동트는 소리
움트는 소리
②

동트는 소리 움트는 소리 ❷

발행일	2023년 6월 15일		
지은이	이대진		
펴낸이	손형국		
펴낸곳	(주)북랩		
편집인	선일영	편집	정두철, 배진용, 윤용민, 김가람, 김부경
디자인	이현수, 김민하, 김영주, 안유경, 신혜림	제작	박기성, 황동현, 구성우, 배상진
마케팅	김회란, 박진관		
출판등록	2004. 12. 1(제2012-000051호)		
주소	서울특별시 금천구 가산디지털 1로 168, 우림라이온스밸리 B동 B113~114호, C동 B101호		
홈페이지	www.book.co.kr		
전화번호	(02)2026-5777	팩스	(02)3159-9637

ISBN   979-11-6836-909-2 04810 (종이책)   979-11-6836-908-5 04810 (세트)
ISBN   979-11-6836-910-8 05810 (전자책)

(주)북랩 성공출판의 파트너

북랩 홈페이지와 패밀리 사이트에서 다양한 출판 솔루션을 만나 보세요!

홈페이지 book.co.kr   •   **블로그** blog.naver.com/essaybook   •   **출판문의** book@book.co.kr

작가 연락처 문의 ▸ ask.book.co.kr

작가 연락처는 개인정보이므로 북랩에서 알려드릴 수 없습니다.

동트는 소리
움트는 소리
②

이대진 지음

번뿐인 인생을 후회 없이 살고 싶다면,
족을 소중히 여기고
경 속에서 성장하는 법을 배워야 한다.

가가 어린 자녀에게 들려주는
야기 형식으로 쓰여진 인생의 지혜와 교훈

북랩

머리말

이 글을 써놓은 지가 많게는 20여 년 가까이 되어 갑니다. '10년 이면 강산도 변한다'는데 강산이 두 번이나 바뀐 시간이 지났습니다. 이 때문에 최첨단 인공지능 시대에 부적합하고 누구나 웃을 만 큼 얼토당토않은 말들이 많습니다. 너절한 골동품도 아닌 겨우 고 물상에 켜켜이 수집된 먼지 쌓인 고철이나 폐지 등과 같다는 생각 이 듭니다. 그러나 괴발개발 갈겨쓴 알량한 글이지만 한편으로 내 버려 두기에는 너무나 아깝다는 생각이 들어 용기를 내 출판하게 됐습니다. 한없이 부끄러운 생각이 앞설 뿐입니다.

'동트는 소리 움트는 소리'를 출판하는 데 많은 도움을 주신 분들 이 있습니다. 먼저 출판사 임직원분들에게 감사를 드리지만, 편집 자님께 특히 감사를 드립니다. 출판을 도운 막내 여동생에게도 편 집자님 못지않은 감사를 전합니다. 이 책이 태어나게 하는 데 누구 보다도 적극적이었기 때문입니다. 여동생이 아니었다면 이 책이 세 상에 태어났을까 하는 생각이 앞섭니다. 바쁜 와중에도 힘을 아끼 지 않고 도와준 생질녀에게도 한없이 감사를 전합니다. 이 책이 태 어나게 넌지시 도와준 저의 늦둥이에게도 고맙다는 말을 전합니 다. 일찍이 제가 글을 쓴다고 소문내고 묵묵히 지켜봐 준 아내에게 도 감사를 전합니다.

'동트는 소리 움트는 소리'는 제가 자녀들과 대화한 내용들을 테마로 삼았습니다. 하지만 저의 일방적인 말이고 거듭거듭 늘어놓은 잔소리라고 분명히 해야 옳을 것 같습니다. 이 책은 너주레한 말들로 저의 추억이나 제가 경험했던 풍습 등이 담겨 있기도 합니다. 이 글들은 저의 아이들의 미래에 대한 한 가닥의 보탬이 됐으면 하여 써 내려갔던 것들로 참말로 시시콜콜하고 잡다한 신변잡기입니다.

어두운 게 미래입니다! 그야말로 미래는 암흑세계입니다! 이 책이 조금이라도 미래의 서광이 비치게 한 톨의 밀알이 되고 징검다리가 됐으면 참 좋겠습니다. 간절한 소망입니다.

출판사 임직원분들에게 다시 한 번 진심으로 감사를 드립니다. 각종 활자매체에게도 감사를 전합니다. 인터넷 매체에게도 감사를 전합니다. 이러한 매체들은 제가 글을 쓰는 데 많은 도움이 됐습니다. 누구 할 것 없이 모두에게 감사를 드리는 게 옳을 듯합니다.

맥송 이대진 올림

목차

신변잡기

신변

———

잡
기

온라인 게임과
헤로도토스

네가 온라인 게임을 하는 것을 곁에서 보고 있노라면 열과 성의를 퍼부어 최선을 다한다는 것을 느낄 수가 있다. 어느 때는 내가 뭐라고 말해도 너는 내 말을 들은 건지 만 건지, 네 대답을 듣지 못하는 예가 십상이었다.

그럴 때면 나는 이런 생각을 했었다. 네가 컴퓨터하고 싸우는 것이 아니라 마치 네가 네 자신과 싸우는 듯했다. 다시 말해 네가 게임 하는 모습이 땀과 끈기와 인내 등 네게 내재되어 있는 요소들이 집합해 즉 모든 능력이 총동원령이라도 발동된 듯한 느낌을 받았기 때문에 그런 생각을 했었다.

그래서 어떤 일이든 간에 그렇게만 한다면 어느 분야에서건 최고가 되어 정상에 우뚝 설 수 있겠다는 생각을 하게 됐다.

네가 컴퓨터를 가지고 열정적일 때 그리스의 역사학자 헤로도토스가 떠올랐다. 아테네에서 태어난 그는 이집트 등 많은 여행을 하고, 여행에서 얻은 경험 풍부한 지식 등을 동원해 흥미진진하게 저술을 했다고 한다. 그를 '역사의 아버지'라고 불리기도 한다. 그런 그는 "사람은 자신과 싸우기 시작할 때 진정한 가치를 뽑어낸다."라고 말을 했다고 한다.

네게 컴퓨터를 선물할 때 "컴퓨터 게임을 할 적에는 최선을 다해 즐겁게 하여라." 반면 "네가 지금 해야 할 일은 공부다. 때문에 공부도 컴퓨터 게임을 할 때처럼 최선만 하면 된다."고 말했다. 그때 너는 "그렇게 하겠다."고 말했었다. 그런데 너는 지금 그때 말한 것과는 판이하다. 때문에 네가 했던 말에 대한 책무를 느껴야 된다. 지금도 그렇지만 장차 신용의 문제다.

"말이 입 안에 있을 때는 내가 말을 지배하지만, 말이 입 밖에 나오면 말이 나를 지배한다."는 말을 상기시킬 필요가 있다. (유대인 속담) 성공한 유대인들의 힘이 세계 경제에 막강하다는 말도 있다. 유대인들은 국민성이 남달라, 작은 나라이지만 이스라엘은 '화약고' 중동에서 떵떵대며 힘을 과시하고 있다.

미국의 한 택배회사는 수년 전 광고에 "하룻밤 만에 확실히, 분명히 배달됩니다."라는 모토로 소비자에 다가갔다고 한다. 그런데 광고가 한창 나가던 때인데, 많은 눈과 폭풍으로 어느 스키장으로 가는 산악길이 두절됐다고 한다. 때문에 제때에 배달을 하지 못해 소비자(고객)와의 약속을 지키지 못할 지경에 놓이자, 한 배달원은 윗선 어느 누구에게도 말하지 않고 헬리콥터를 동원해 배달을 했다고 한다. 이런 일이 있은 뒤 곧 미국 전역은 물론이며 전 세계적으로 널리 퍼지게 되자, 한층 신용등급이 높아져 신뢰하는 택배회사가 될 수 있었다고 한다. 이게 바로 약속의 중요성의 증거다.

매사냥이라는 게 있다. 조선 시대에는 매사냥이 흔했다는 말도 있다. 그랬던 매사냥이 일제강점기를 거치면서 소멸될 지경에 놓였다는 말도 있다. 매사냥이 우리나라에서는 존폐위기의 기로에 놓였지만 2006년 아시안 게임을 개최한 중동의 카타르는 지금도 매사냥이 성행하고 있다고 한다.

카타르에서 잘 길들여진 매 한 마리 가격이 우리나라 돈으로 따져 3,000만 원을 호가하는 것도 있다고 한다. 카타르에서 잘 훈련된 매가 3,000만 원 하듯 비컨대 적절치는 않지만 사람도 다를 바 없다고 생각한다. 많은 학습을 받고 제대로 노력한 사람은 좋은 직장을 얻을 수가 있다. 따라서 많은 연봉도 받으니 잘 훈련된 매나 뭐가 다르냐는 것이다. 학교나 학원에서 학습하고, 궁구하여 앎을 추구하는 것이 궁극적으로는 가치척도를 높이는 데 목적이 있다.

세계에서 두 번째 부자라고 하는 버크셔 해서웨이 회장 워런 버핏은 "이 세상의 모든 투자는 가치 투자다."라고 말을 했다고 한다.

매가 처음부터 나는 새를 사냥해 잡아 오지는 못한다. 매가 사냥할 수 있게 하는 데는 조련사에 의해 훈련하고 그것이 몸에 배어 길들여졌을 때 가능하고, 가치척도가 높아진다.

앞에서도 말했으나, 여의도에는 63빌딩이 있다. 그 빌딩에는 엘리베이터도 있고, 계단도 있다. 때문에 63층까지 올라가기 위해서는 엘리베이터를 이용해 올라갈 수도 있고, 계단을 이용해 올라갈 수도 있다고 했었다. 그러면서 학습은 엘리베이터와 같은 대상이 아니라고 했었다. 즉 학습은 계단을 일일이 빠뜨리지 않고 밟아가듯 차근차근 하는 것이지 어느 날 갑자기 잘할 수 있는 것이 아니라고 했었다.

불과 두어 달 정도 지난 것 같은데 네가 내게 이런 말을 했었다.

"노벨 물리학상을 받을 것"이라고 네 말을 들은 나는 "네 형은 중학교 때까지는 공부를 잘했지만 고등학교에 들어가서부터 열심히 하지 않았다."고 말하고 "너는 지금까지는 공부를 열심히 하지는 안 했지만 이제부터라도 열심히 하려고 하는 마음 자세인 듯하니 미래 지향적이고 좋은 생각"이라고 말했었다. "노벨 물리학상을 받겠다는 꿈과 희망 비전을 가지는 일로, 너의 진취적인 생각은 무척이나 다행한 태도"라고 말했었다.

"후회는 아무리 빨라도 후회다."는 말도 있고, "늦었다고 생각할 때가 가장 빠른 때다."는 말도 있다. "늦게 배운 도둑질이 무섭다."는 말도 있는데 열심히 노력하겠다는 의지가 엿보이는 네 말에 나는 고무적이다.

네게 나는 이런 말을 한 적이 있다. "나는 큰 재산가가 아니기 때문에 네게 많은 재산은 못 물려줘도 네 노력 여하에 따라 고기 잡는 방법만은 배우게 하겠다." 이를테면 "한 사람에게 한 마리의 고기를 주면 그 사람은 한 끼의 식사를 할 수가 있다. 그러나 그 사람에게 고기를 잡는 방법을 가르쳐 주면 그 사람은 영원히 살 수 있다."는 외국의 속담처럼 말이다.

저자이면서 명연설의 강연가인 지그 지글라는 "칠면조들과 땅바닥을 기어서는 독수리와 날 수 없는" 것이라고 말했다고 한다.

겉모양만 내는 사람을 일컬어 '칠면조'라는 닉네임을 붙이기도 한다. 온라인 게임은 화려하다. 화면도 맑고, 형형색색, 온갖 동작 등등 그런 것에 의해 아마 현혹되었다고 말해야 옳을지 아무튼 너는 거기에 걸려들고 있는 것만은 분명한 기정사실이다. 다르게 포현하면 칠면조와 한 무리가 되어 놀고 있다고 말하는 것이 차라리 나을 법하다.

온라인 게임에서 레벨이 치솟아 올라간들 뭐 하나, 실제 사람이 살아가는 일상의 현실 속에서 레벨이 중요하지. 온라인 공간 속 무형의 세계에서 레벨은 현실에서 발전적 전진은커녕, 도리어 인생에 좀이 슬고 있는 것이다. 덧붙여 말하면 정신세계가 시나브로 병들어 가고 있는 것이다.

요즘 게임 중독이니 증후군이라는 말이 등장하는데 미국에서는 병적인 현상으로 봐야 할 것인가를 놓고 논란이 일었다고 국내 언론의 보도도 있었다.

며칠 전 언론에는 컴퓨터를 만들고, 소프트 프로그램을 개발해 세계를 움직이고 있는 마이크로소프트 회장 빌 게이츠가 말한 내용을 보도했었다.

언론에 따르면 10세, 8세, 3세 된 자녀가 셋이 있는데, 빌 게이츠가 2007년 3월 20일(현지 시각) 캐나다 오타와에서 열린 모임에서 "열 살 난 딸의 게임 이용 시간을 하루 45분 이내로 제한하고 있다." "부모들은 자녀들의 인터넷 이용 실태를 주의 깊게 살펴야 한다."라고 말했다고 한다.

열 살 난 딸이 컴퓨터 게임에 빠져 있는 것을 보고, 컴퓨터 게임에 관련한 해악에 대해 직시한 그의 게임에 대한 우려의 경고성 말이었다. 또한 그는 "나는 평생 컴퓨터 이용에 제한을 받아야 하나요."라는 세 살 난 아들의 질문에 "아니, 네가 커서 따로 나가 살면 네 맘대로 하렴."이라고 대답했었다고 말했다고 한다.

　컴퓨터가 등장하고, 인터넷이 등장하게 되자, 종이가 쓸모없게 될지도 모르고, 종이의 수효가 많지 않을 거라고 예측하여 말하는 사람도 있었다.

　하지만 그 예측은 빗나가 현재 종이의 수효는 늘고 있다고 언론의 보도도 있었다. 빌 게이츠만 해도 1999년 자신이 쓴 저서에서 "종이 없는 사무실이 탄생할 것이다."고 예측하고 있다고 하는데 그의 예측은 서서히 빗나가고 있다.

　"동서고금을 막론하고 책을 많이 읽는 사람이 세상을 지배한다."는 말도 있다. 그 예로 자신이 만들고 개발한 것(컴퓨터)을 가지고 자녀가 악영향을 미치자, 그 문제점을 지적한 마이크로소프트사의 빌 게이츠는 일주일에 한두 권의 책을 읽는다는 말도 있다. 그는 또한 "지금의 나를 만든 것은 하버드 졸업장도 아니고, 미국이라는 나라도 아니고 내 어머니도 아니다. 내가 살던 마을의 작은 도서관이었다."라고 말한 적이 있다고 한다. 그는 또 언젠가 "컴퓨터가 책을 대체하리라 생각하지 않는다."는 말을 하기도 했다.

　또 다른 예는 최첨단 과학의 선진화로 말미암아 경제는 물론이며 최첨단 무기로 힘의 우위를 바탕삼아 세계를 평정하고 있는 미국에는 미 대통령 부시가 있다. 부시는 "텔레비전보다 책을 많이 읽어라. 독서는 꿈을 심어준다. 너희들이 어른이 되어 세상을 펼쳐주는 것은 텔레비전이 아니라 책이다."라고 그의 고향 텍사스에 있는 한 초등학교를 방문 했을 때 한 말이라고 한다. 미 대통령 부시 역시 매주 필수적으로 한두 권의 책을 읽는다는 말을 들었다.

2006년 4월 1일자 동아일보 86회 창간 특집에는 미국 매사추세츠(MIT)에서 박사 학위를 취득한 과학자 SKT 윤송이 상무의 글이 실렸다. 그의 글 일부를 그대로 인용해 옮겨 적는다.

"그토록 손에서 놓기 싫었던 책의 외형은 한 손에 쏙 들어올 만한 아담한 크기와 무게를 가진 종이 뭉치에 불과하다. 하지만 그 몇백 그램의 종이 뭉치는 그 속에 담긴 저자들의 고민과 한숨, 수없이 반복되는 퇴고의 과정을 거칠 고뇌의 산물로 단순히 물리적 크기와 무게만으로 평가할 수 없는 엄청난 가치를 지니고 있다. 더욱이 이런 책들은 내가 직접 만나보기 어려운 사람들이 수년간 계속해온 고뇌의 정수를 전수받을 수 있다는 측면에서 우리에게 주는 가치에 비해 저렴하고 편리한 매체임에 틀림없다."

동아일보 2006년 10월 3일자 이규민 대기자가 쓴 칼럼 일부를 그대로 옮겨 적는다.

"발명품에 명예의 전당이 있다면 제일 높은 자리에는 아마도 '책'이 올라 칭송을 받고 있어야 할 것 같다. 책이야말로 선인들의 지식과 지혜를 축적하고 전수하는 수단으로 오늘의 문명을 이룩하게 한 가장 큰 공로자이기 때문이다. 인류의 위대한 사상과 중요한 지식은 책이라는 발명품 속에 기록되고 보존되어왔다. 성경 등 대부분의 종교 경전과 세계 각국의 헌법들은 대개 책으로 반포되었고, 공자의 사상과 뉴턴의 이론도 책으로 전해져 왔다. 찰스 디킨스의 흥미진진한 소설과 모차르트의 아름다운 음악도 책이 있어 즐길 수 있었다."

2007년 1월 3일자 동아일보 사설에는 '읽는 대한민국에 미래 있다'라는 제목 아래 글의 말미에는 "책, 신문, 잡지 등 활자 매체는 지혜의 곳간이다. 당장 눈앞의 번쩍임에 현혹돼 읽기를 소홀히 하는 국민이 많은 나라에는 미래가 없다. 선진국일수록 1인당 독서량이 많다. 읽는 국민이라야 1등 국민이 될 수 있다."라고 적혀있었다.

『제3의 물결』, 『부의 미래』 저자이기도 한 미래학자 앨빈 토플러가 『청소년 부의 미래』라는 책 출간을 기념해 방한했다. 2007년 6월 1일 그는 전경련 회관에서 "미래학자로서 예측할 수 있는 능력이 어디서 나왔느냐?"는 질문을 받고 "신문과 책 여행 등 다양한 경험이 많은 도움이 됐다."고 말하고 "매일 아침 손끝이 새까맣게 될 정도로 6~7개의 신문을 읽는 신문 중독자'라고 말했다고 한다.

네가 중학교 2학년 때 담임선생님에게서 선물 받은 『지구를 행군하라』(저자 한비야)라는 책을 너는 읽었는지 궁금하다. 나는 네 덕택으로 거푸 두 번 읽었다. 이 세상에는 한 권의 책에서 영향을 받아 인생이 달라졌다는 사람들이 있다. 그렇기는 예나 현재나 마찬가지일 것이다. 한편 네 담임선생님에게서 선물 받은 책을 두고 무릇 생각건대 아무에게나 아무런 책을 무턱대고 선물을 하지는 않을 것이라고 나는 생각한다.

한 권의 책이 얼마만큼의 중요성을 지녔는가에 대한 예를 들어

보자. 발명왕 에디슨은 12세가 되었을 때 열차 내에서 신문팔이를 하면서 공부를 했다고 한다. 그런데 그가 15세가 됐을 때 역장의 아들을 구해준 일이 있다고 한다. 그래서 그는 역장의 아들을 구해준 은혜로, 역장의 배려가 있었기 때문에 전기 기술을 배울 수가 있었을뿐더러 전기 기술을 배운 뒤에는 전신 기사로 일하게 되었다고 한다. 에디슨은 전신 기사로 일하고 있을 때 패러데이의 『전기학의 실험적 연구』라는 한 권의 책을 읽은 것이 발명가가 되는데 동기가 됐다는 말도 있다.

한 사람 더 말해 보면 "두드리라 그러면 열릴 것이오."라는 명언을 말한 『타임머신』의 저자 하버트 조지 웰즈는 영국의 켄트주 브롬리에서 1866년 하층민 신분의 가난한 집안에서 태어났다고 한다.

그는 유소년기를 어렵게 거쳐 대학을 졸업하고 고등학교 교사도 지냈다고 한다.

작가가 된 하버트 조지 웰즈는 타임머신을 통해 작가의 반열에 올랐고 『우주전쟁』 등 많은 작품을 남겼다. 세계적 작가인 그는 어려서부터 독서광이었다고 한다. 그렇게 많은 책을 읽었다는 그도 세계적 작가가 되기까지에는 저자 존 우드의 『박물학』이라는 한 권의 책에서 많은 영향을 받았다고 한다.

국내 신문 칼럼란에 글이 소개되기도 하는 부라이언 트레이시는 비전을 선사하는 세계적으로 내로라하는 명사다. 강연을 하고, 책을 써 억만장자가 되었다는 그는 자신의 저서 『백만불짜리 습관』 (서사봉 옮김, 용오름 출판) 책에서 "사실 매일 아침 30~60분 동안 책을 읽는 습관을 들이면 당신이 일하는 분야에서 가장 독서량이 많고, 가장 지식이 풍부하고, 가장 전문적이고, 가장 많은 보수를 받는 사람이 된다. 나는 지구상 어느 곳에서도 매일 독서 하는 습관으로 자신의 삶을 변화시키지 못한 사람은 만난 적이 없다."라고 적혀있다.

집에는 『갈매기의 꿈』이라는 동화책이 있다. 책을 보면 갈매기 조나단은 고깃배나 기웃거리는 여느 갈매기와는 달리 하늘을 개척하여 전혀 다른 삶을 살았다.

조나단이 지그 지글라가 말한 "칠면조와 땅바닥을 기어서는 독수리와 날 수 없는" 것이다는 그러한 것을 깨닫고 저 높은 창공을 힘차게 마음껏 날았다.

『갈매기의 꿈』 저자 리처드 바크는 1936년 일리노이주 오크파크에서 태어났다. 공군에 입대한 그는 전투기를 날게 하는 조종사가 되었다.

그가 쓴『갈매기의 꿈』은 저자가 직접 체험했던 것들, 또는 그가 평소 가지고 있었던 꿈과 희망, 비전을 토대로 일궈낸 작품이었다는 것을 느낄 수가 있다.

네 초등학교 저학년(3학년) 때까지만 해도 책을 가까이했으며 상당량의 책을 읽었다. 그래서 '다독왕'이라는 상장도 수차례 받아왔었다. 네 노력 대가인 그 소중한 상장은 학교 성적표와 함께 고스란히 스크랩되어있다.

하지만 너는 어느 때부터, 아니 분명히 말하면 네 방안에 컴퓨터가 등장하면서부터 책을 멀리하기 시작했었다.

컴퓨터 때문에 책 읽는 것이 남의 일인 양 책을 남 보듯 하는 너는 컴퓨터를 만들어 세계에서 최고 부자가 된 빌 게이츠가 컴퓨터 게임 때문에 자녀가 공부에 방해가 되자 철퇴를 놓은 것을, 네가 스스로 심사숙고할 일이다. 컴퓨터 게임을 네가 스스로 제어해야 된다. 그러지 않고서는 목표와 목적했던 네 꿈을 이루는데 컴퓨터 게임은 방해가 되는 가장 큰 요소로 봐야 한다.

컴퓨터 게임을 억제하고 초등학교 때처럼 책을 읽었으면 한다.

우선 읽기 쉬운 책부터 읽었으면 한다. 처음부터 다시 시작하는 자세로 말이다. 예컨대 『갈매기의 꿈』이라든가 또는 『우동 한 사발』 같은 책을 말한다. 그런 동화책은 글의 숫자는 많지 않으나 그 안을 들여다보면 많은 것을 생각할 수 있다.

논술이라는 것 때문에 마치 나라 안이 온통 질풍노도에 휩싸인 듯하다. "책을 많이 읽는 사람이 세상을 지배한다."고 하니 논술로 말미암아 질풍노도가 닥치는 것은 어찌 보면 당연지사라고 생각도 해본다.

이런 판국에 반드시 네가 생각하기를 "나는 종전처럼 많은 책을 읽을 수 있다." "나는 책을 읽는다." "나는 할 수 있다."라고 작정하라고 천하다 못해 절실히 강권하고 싶다.

"나는 한다."는 말은 매터론 북쪽 암벽을 세계 최초로 정복했던 사람이 말했다고 한다. "나는 한다."를 두고 『정상에서 만납시다』(저자 지그 지글라 옮김 출판 안암문화사)라는 책에 나오는 이야기를 그대로 인용해 옮겨 쓴다.

"몇 년 전에 매터혼의 암벽을 정복할 국제 등반팀이 조직된 적이 있다. 이곳을 정복한 사람은 지금까지 하나도 없었던 것이다. 신문, 방송 기자들은 이 등반대원들과 인터뷰를 가졌다. 그들은 세계 도처에서 모여든 등반대원들이었다. 한 기자가 등반대원에게 이런 질문을 던졌다. "당신은 매터혼의 북쪽 암벽을 정복할 자신이 있습니까?" 그때 그 사람은 이렇게 대답했다. "최선을 다할 것입니다." 다른 기자가 또 다른 등반대원에게 또 질문을 했다. "당신은 매터혼의 북쪽 암벽을 정복할 자신이 있습니까?" 그때 등반대원은 이렇게 대답했다. "노력할 작정입니다." 마지막으로 또 다른 기자가 젊은 미국 출신의 등반대원에게 똑같은 질문을 던졌다. "당신은 매터혼의 북쪽 암벽을 정복할 자신이 있습니까?" 미국인은 기자를 똑바로 쳐다보면서 이런 신념 어린 말을 남겼다. "나는 매터혼의 북쪽 암벽을 기필코 정복하겠습니다. 나는 한다면 합니다. 나는 어떤 일을 시작할 때 우선 "나는 한다."는 말을 외치고 시작하면 안될 일이 없다고 믿습니다." 결국 오직 한 등반대원만 매터혼의 북쪽 암벽을 정복했다. 그는 바로 "나는 한다"는 말을 남긴 사람이었다."

"나는 한다.", "나는 할 수 있다."라고 적극적으로 긍정적인 사고를 가지는 것은 출세와 성공과도 곧바로 직결될 수가 있지만, 그렇지 않고 "나는 할 수 없어.", "나는 못 해."라고 하는 부정적인 사고, 소극적인 자세는 성공과 출세를 가로막는 일이라고 수많은 책에서 설파하고 있다. 집에도 그와 유사한 책이 여러 권 있다. 그런 책들을 제대로 읽는다면 분명 네 삶에 많은 영향을 미칠 것이다. 나는 왜! 그런 책들을 보다 일찍 접하지 못했다는 것이 못내 아쉽다. 우선 『정상에서 만납시다』를 읽어봤으면 한다. 책명부터 좋지 않으냐!

　긍정적으로 사고하는 것은 전쟁에서도 유리한 국면으로 이끌어 승리할 수 있다. 예를 들면 미국에는 지혜, 용맹을 겸비한 전략가로서 "노병은 죽지 않고 사라질 뿐이다."라고 명언을 남긴 맥아더 장군이 있다. 그는 1950년 한국전쟁이 발발하자, 국제 연합군 사령관으로서 작전을 진두지휘했다. 특히 인천상륙작전을 지휘하여 기세등등한 적을 맥 못 추게 하여 압록강까지 뒷걸음치게 했다.

　그는 또한 한국전쟁 이전에 발생한 제2차 세계대전 때는 일본군을 공격하여 항복을 받아내 승리했다.

　군인으로서 명성을 날린 맥아더 장군은 궁지에 몰려 상황이 위태로울 때 "나는 오늘처럼 승리에 대한 확신을 가져본 적이 없다."는 긍정적인 말로 군인들을 안심시키고 전쟁에서 승리할 수 있었다고 한다.

기회를 놓치지 말자

2007년 8월 12일 동국대학교에서 네가 물리 올림피아드 시험을 치르는 날이었다. 정오가 되기 전 30분 전쯤이었다. 너와 한 학원생을 학원 선생님이 올림피아드 시험이 치러지는 동국대학교에 인솔하기로 되어있었기 때문에 네가 학원으로 가 있을 때였다.

네가 시험에 필요로 하는 필기도구를 준비되었는지가 궁금했던 나는 학원에 갔었다.

엘리베이터에서 내린 나는 복도에서 벽에 걸린 포스터를 보고 있는 참이었다. 그때 학원 선생님과 마주치게 됐다. 평소 몇 차례 전화로 통화한 적은 있었으나 처음 대면이었다. 인사말을 나눈 나는 네가 공부를 어떻게 하는가에 대해 물었었다.

너의 학원 선생님이 네가 "머리는 좋지만 아깝다."고 말하면서 노력만 한다면 네가 목표로 삼고 있는 포항공대는 물론이며 "서울대와 여타 어느 대학도 갈 수 있다."고 말했었다. 그러면서 "노력이 부족하긴 하지만 잘한다."고 칭찬하셨다. 또한 "고집이 있고 과목을 골라가면서 공부를 한다."고도 하셨다.

나는 언젠가도 "제아무리 머리가 좋다고 해도 노력이 부족하고 배우지 않으면 문제가 따르고, 앎의 박식은 삶의 방식이 버겁다."고 말한 적이 있다. 여기서 네게 일말의 도움이 될지 몰라 내 지능지수를 말하고 넘어가자. 불과 작년이었다. 네가 컴퓨터를 가지고 내게 IQ테스트를 하도록 권유했을 때 나는 한사코 거절을 하다가 마지못해 따른 적이 있다. 너도 기억하겠지만 145가 나왔다.

모르긴 하지만 내가 너의 나이 무렵 때는 IQ가 더 좋았을지도 모른다는 생각을 할 수 있다. 그렇다면 평균치는 웃돌고 IQ가 높아 좋은 머리라고 말할 수도 있다고 본다.

하지만 많이 배우지 못해 앎이 부족한 나는 냉큼 덤벼들어 아무것이나 하지 못한다. 능력의 한계 때문이다. 그래서 내가 하고 있는 일, 내가 살아가는 방식은 녹록지 못했을 때 증표로써 불문율로 보면 옳다.

너는 분명히 포항공대를 목표로 삼고 있다. 하지만 분명한 목표, 의욕만 있을 뿐이지 열정과 노력은 미흡하다. 요컨대 그 점이 아쉬울 뿐이다.

네 선생님도 말한 너의 고집이 성공하게 하는 원천이 될 수도 있다. 예를 들면 제너럴 일렉트릭을 창업했다는 발명왕 에디슨이 어릴 적 고집이 다분했다는 것이 곳곳에 흔적이 있기 때문이다. 단적인 예를 들면 에디슨은 어릴 적 알에서 어떻게 병아리로 되는가를 궁금해했다고 한다. 그래서 에디슨은 어미 닭처럼 몇 개의 알을 품고 있었다는데, 해가 지고 어둑해져도 어린 에디슨이 나타나지 않자 그를 찾아나선 그의 어머니가 알을 품고 있는 에디슨을 헛간에서 발견했다는 말도 있다.

종종 네가 말하는 것을 듣노라면 성질은 급하고 강하다는 느낌이 들 때가 있었다. '외유내강'이라는 말이 있는데 겉은 온유한 듯 보이나 내면적으로는 강하다는 뜻이다.

반대쪽에 '외강내유'라는 말이 있는데 네가 지금 현재는 외강내유로 내비쳐진다. 정신수양을 쌓는다면 외유내강으로 발전할 수 있다고 본다.

"강한 것이 이기는 것이 아니라 이기는 것이 강한 것"이라는 말이 있다. 이기기 위해서는 내면적으로 강한 힘이 발산되어 솟아나야 한다. 즉 외유내강처럼 말이다.

내면에서부터 발산되지 않고, 겉만 강하게 보이는 것은 가면에 불과하다. 외강내유를 쭉정이에 비유하면 어떨지 모르겠다. 외양은 그럴듯하기 때문이다. 네 내면의 힘이 부족함의 지적이다.

너의 학원 선생님이 이런 말도 하셨다. "네가 내년이면 고등학교 1학년, 고등학교 2학년쯤 됐을 때 비로소 노력하는 것은 이미 늦다."

어쨌든 학교에서 교장 선생님이 추천한 2명 안에 캐스팅되어 시험을 치른 것에 대한 칭찬을 하면서 "쇠는 달았을 때 두드려라."는 로마 속담을 말한다. 또한 "좋은 기회를 만나기는 힘들어도 놓치기는 쉽다."는 일본의 속담도 기억했으면 한다. 그리고 네가 물리 올림피아드 시험을 볼 수 있는 기회가 주어졌다는 말을 처음 들었을 때 "만약 올림피아드 시험에서 입상이라도 한다면 대학 진학은 물론이려니와 네 인생에 많은 영향을 미칠 수 있다."고 내가 한 말도 기억했으면 한다.

앞에서도 말한 적이 있지만 미국에는 폭발적인 인기를 끌고 있는 켈리 클락슨이라는 여가수가 있다. 켈리 클락슨은 기회를 놓치지 않았던 것이 성공할 수 있는 매개가 되었다. 즉 방송에서 실시한 가수 선발대회에서 기회를 놓치지 않고 캐스팅됐기 때문이다.

그래서 그는 "꿈, 목표, 노력 모두 중요하지만 기회를 놓치지 않는 것이 가장 중요하다."는 말을 하기도 했다고 한다.

이번 물리 올림피아드 시험을 계기로 동기가 되어 네게 열정이 고양됐으면 하는 마음 간절하다. 아울러 기회라는 것이 무엇인가도 되돌아봤으면 한다.

통상적으로 정상에 오르지 못한 사람들이 기회를 갈망하는 것 같지만 정상에 올라 있는 사람도 기회를 갈망하기는 마찬가지인 것 같다. 옛날에 한 임금이 궁중에서 궁중화가로 활동하는 화가에게 기회를 한눈에 알아차릴 수 있는 그림을 그려 오도록 명령했다고 한다. 그런데 놀랍게도 며칠 후 화가가 그려온 그림은 온통 흑색 바탕에 한 사람만이 앞으로 걷는 모습만 그려져 있었다고 한다.

그림을 본 임금이 화가에게 그림이 담고 있는 내용을 물었다고 한다. 그때 화가는 "기회는 일단 앞으로 다가오는 것이고 한번의 기회는 지나가면 끝이라는 내용을 함축시켰습니다."라고 말했고 한다.

임금의 명령에 의해서 그린 화가의 그림에서 암시하듯이 기회는 컴컴한 어둠 속에서 나타나듯 소리 없이 살며시 다가온다고 생각한다.

때문에 기회가 다가왔을 때는 그것을 모를 수도 있고, 기회가 지나간 뒤에 그 기회를 놓친 것에 대한 후회가 있을 수 있다고 생각한다.

기회가 새날이 밝듯이 매일같이 선을 뵌다면 기회의 중요성을 말하는 사람이 딱히 헛된 사람으로 취급당하기 일쑤일 것이다.

기회라는 것은 삶 동안 흔치 않기 때문에 인생 전도사들이 한결같이 기회의 중요성을 역설한다.

팝가수로서 성공한 켈리 클락슨이 기회가 줘졌을 때 기회를 놓치지 않고 여지없이 기회를 포착한 것이 성공할 수 있는 토대였다고 할 수 있지만 내면에서 솟구치는 힘이 강렬했기 때문에 가능했다고 생각한다.

다시 말하면 그가 내면의 깊은 곳에서부터 소리가 우러나오기 때문에 거기서 태동하는 결정체는 호소력, 놀라운 가창력은 팬들에게서 크나큰 호응을 받을 수밖에 없다고 본다.

여러 나라를 거쳐 흐르는 긴 나일강은 유럽의 여러 나라에 기적이 있게 했고, 우리나라 태백산에서 발원한 긴 한강은 '한강의 기적' 한국의 발전을 가져왔다.

고대나 현대나 긴 강을 끼고 도시가 형성되고 유구한 역사와 함께 발전하듯, 만약 그가 입에서 멀지 않은 쪽에서 발성되는 소리였다면 가수 선발대회에서 캐스팅될 리도 만무했겠지만 쏟아지는 열열한 인기 속에서 톱가수로 자리매김하진 못했을 것이다. 가수로서 단명하고 말았을 것이다.

아 참! 네가 노래를 할 때면 음치라는 것을 이해할 수가 있다. 그런데 원래 음치라서 그런 게 아니고 내면의 능력을 제대로 발산하지 못했을 뿐이라고 생각한다. 노래가 그렇듯이 모든 것이 네 내부에서부터 이뤄지는 창조가 제대로 된 참 창조이지 외부에서 창조되는 것은 '부실공사'이며 모방에 불과하다고 생각한다. '외유내강' 내면의 힘이 응집되도록 해야 한다.

강육약식의 법칙

매스컴에서 가끔 승자독식이라는 표현을 한다. 승자만이 많은 것을 얻어 독차지한다는 뜻으로 실상이 그렇지만 냉혹스러운 표현으로 그리 듣기 좋은 말이 아닌 듯하다. 아울러야 하는 인류의 공동체에서 말이다.

승자독식이라는 말은 사람이 살아가는데 사회생활에 적용되는 극한되는 말이고, 강육약식이라는 말은 보다 포괄적이라는 생각이 든다. 그러나 따지고 보면 승자독식이나 강육약식이나 다른 바 없는 듯하다.

강육약식 법칙은 정글에서고, 바다에서고 어느 곳이 됐건 강한 놈이 약한 놈을 먹어 치운다. 동물뿐만 아니라 식물도 강육약식의 법칙은 마찬가지다. 생명력이 강하고 끈질긴 놈만이 살아남아 번져나간다. 그렇지 못한 놈은 멸종에 직면하고 만다.

내가 어릴적 살았던 고향 집 뒷산이 민둥산이었다. 민둥민둥한 산에는 원추리, 창포, 도라지, 잔대 등이 수두룩했었다 당시 도라지, 잔대 등의 뿌리를 캐내어 즉석에서 먹어 본 적도 있다. 하지만 지금은 그 현장을 눈 씻고 봐도 많고 많던 그런 식물들은 눈에 띄지 않는다. 강자에 밀려났기 때문인 듯하다. 지금은 아름드리 소나무나 잡목, 가시덤불이 빼곡하다.

속담에 "큰 나무 덕은 못 봐도 큰 사람 덕은 본다."는 말이 있는데 사람은 덕이 높고 훌륭한 사람에게서 덕을 볼 수 있지만 작은 나무는 큰 나무 아래서 살지 못한다는 뜻이다. 큰 사람과 승자와는 개념이 다르다.

우주에서도 강육약식의 법칙은 진행되고 있다. 달, 화성, 목성 등 명왕성까지도 정복과 탐험을 목표로 하고 있는 미국의 나사가 큰 별이 작은 별을 잡아먹는 모습을 촬영한 것을 신문이나 방송을 통해 본 적도 있다.

고요한 바다에 잔잔한 파고가 일다가도 강풍이 몰아치면 평온하게 잔잔했던 파고는 높다란 파고에 파묻혀 사라지고 말 듯이 삼라만상이 강육약식의 법칙은 자연의 섭리인 듯하고 불문율이다.

어렸을 때와
지금의 너를 비교하며

평소 같으면 네가 학교에서 학습을 마치고 집에 도착할 시간이었다.

전화벨이 울렸다. 뜻밖에 네 담임 선생님이었다. 네 담임 선생님이 내가 됐든 네 어머니가 됐든 학교 생활지도부로 와서 너를 데려 갔으면 한다고 하셨다. 네 선생님을 한번 뵌 적도 없고, 전화 통화 한번 한 적 없는 나는 무슨 일인가 하고 내심 궁금했으나 안절부절못한 나는 "네 그렇게 하도록 하겠습니다."라고 말하고 전화를 끊었다.

곧 네 어머니가 학교 생활지도부로 갔었다. 학교에 다녀온 네 어머니가 내게 말했다. 그때 네가 무릎을 꿇고 있었다고 말했다. 너의 선생님에게서 자초지종 들었다는 네 어머니의 말을 적어 본다.

교내에서 어떤 네 잘못된 행동을 목격했다는 기술부 선생님이 너를 교무실로 오도록 말했다고 했다. 기술부 선생님의 지시에 따라 교무실로 갔다는 네가 심드렁했기 때문인지, 아니면 잘못된 네 행동을 인정하지 않은 탓인지 고개 숙일 줄 모르고 뻣뻣하게 한 네 자세가 문제였다고 했다.

그런 뒤 얼마 후 네 자세가 그랬다는 사실을 알게 된 네 담임 선생님이 네게 훈계했다고 했다.

그런데 그때 네가 함부로 내뱉은 말이, 그 자리에 안 있었지만 기술부 선생님을 향해 외마디 비속어를 했었다고 했다. 도저히 해서는 안 될 말로 불경스럽고 무례한 너의 말을 들은 네 담임 선생님이 교육적 차원에서 몇 대의 체벌을 가했었다고 했다. 종종 사회의 이슈가 되곤 하는 체벌을 평소 교육적인 차원에서 적절한 체벌은 행해져야 한다는 의견을 갖고 있는 네 어머니가 "잘하셨습니다."라고 말했다고 했다.

불경하고, 무례하게 한 너의 행동을 아버지로서 훈육에 문제가 있었지 않나 자문하고 자성한다. 이번 일을 계기로 되짚어 볼 때 자율적으로 자라게 한 나의 훈육방식이 "애들을 버릇없이 키운다." 고 주변에서 들었던 말이 스쳐가곤 한다.

네 형이 초등학교 5학년 때인 것 같다. 너는 태어나지도 않았을 때이다. 당시 네 형이 감기에 걸려 소아과에 갔었는데 네 형 진료 차례가 되어 네 형이 나와 함께 진료실에 들어갔었다. 의자에 앉아 진료를 받던 네 형이 나에게 평소처럼 경어를 쓰지 않았다. 그때 소아과 의사 선생님이 "아버지하고 친하구나."라고 하셨다. 그 말을 듣게 된 나는 안절부절못하고 곤혹스러웠다. 네 형은 고등학교 입학 후 경어를 사용했었다.

네가 지금 네 어머니나 나에게 경어를 안 쓰는 것이 혹여 네 행동에 영향을 미치지 않나 하고 생각이 든다. 네게 "어서 빨리 애티를 벗어야 된다."라고 말하면서 "그래야만 달라지고 공부도 잘할 수 있다."라고 몇 차례 말한 적이 있다. 요즘 너를 보면 많이 달라지긴 했지만 아직 상당 부분 애티가 여전하다.

요 며칠 전 네 어머니가 너하고 백화점에 가는 길이었다고 하는데 네가 종전에 다녔던 정철어학원 선생님을 만났다고 했다. 너도 옆에서 들었겠지만 학원 선생님이 말하기를 네가 "많이 컸고, 잘생겨지고, 많이 달라졌다."고 말했다고 네 어머니가 말했다.

어제 네가 불경하고 무례하게 한 말 때문에 학교에 갔던 네 어머니는 너의 담임 선생님을 만났을 때 네가 많이 달라졌다고 너의 담임선생님이 말했다고 네 어머니는 말했다.
그러면서 수학 선생님이면서 네 담임 선생님이 네가 "수학을 아주 잘한다."라고 말했다라고 했다.
또 2학년 때 담임 선생님도 1학년 때 담임 선생님도 거푸 만났다는데 마치 입을 맞춘 듯 두 선생님 모두 "몰라보게 달라졌다."고 말했다고 네 어머니는 말했다. 또한 체육 선생님도 만났다는데 달라진 네 모습 때문에 칭찬을 아끼지 않았다고 말했다.
모든 게 마찬가지겠지만 행동은 더구나 점진적으로 좋아질 수 있다. 네가 어렸을 때 행동은 천방지축이었다고 하면 지나칠지 모르겠다. 그때와 지금을 비교하면 천양지차이기는 하다.
하지만 조금 더, 조금 더가 요긴하다.

며칠 전 여러 매체는 미국의 고소득자가 즐겨하는 말이 "미안합니다."라고 했다.

미국의 여론조사 전문기관이라고 하는 조그비 인터내셔널이 미국인 7,590명을 상대로 하여 온라인 인터뷰 방식으로 조사를 했다고 한다.

조사 결과 중요한 상대와 언쟁을 벌인 상황에서 '자신이 잘못했다고 느꼈을 때 사과하느냐'는 질문에 연봉이 10만 달러가 넘는 사람은 92%가 '그렇다'고 대답했다고 한다.

그런가 하면 7만 5,000달러에서 10만 달러 미만 소득자는 89%가 '그렇다'고 답했다고 하고 5만 달러에서 7만 5,000달러까지 소득자는 84%가 3만 5,000달러에서 5만 달러 미만 소득자는 72%가, 2만 5,000달러 미만 소득자는 애오라지 '그렇다'고 대답한 사람이 52%에 불과했다고 한다.

3만 5,000달러에서 5만 달러까지 소득자가 2만 5,000달러에서 3만 5,000달러 소득자보다 '그렇다'고 대답한 사람이 낮게 나타나긴 했지만 소득수준이 낮을수록 '그렇다'고 대답한 사람이 순차적으로 낮게 나타난 결과이다.

그리고 '자신이 잘못한 게 없다고 생각했을 때도 미안하다고 말하느냐'는 질문에도 10만 달러 이상의 고소득자는 22%가 '그렇다'고 대답했지만 2만 5,000달러 이하의 저소득자는 13%만이 '그렇다'고 대답했다고 하는데 결과를 되씹어 눈여겨볼 대목인 듯하다.

이런 결과에 대해 유명 비즈니스 컨설턴트 피터 쇼라는 사람은 "성공적인 사람일수록 자신의 실수로부터 배우고 인간관계의 손상을 회복하는 데 적극적임을 보여준다."라고 말했다고 한다.

경력 관련 저술가라는 마티 넴코라는 사람은 "고소득자들은 상황을 안전하게 만들어 가려는 경향이 있으며 잘못했을 때 사과하는 게 자신의 경력에 흠이 되지 않는다는 것을 더 잘 안다."고 진단했다고 한다.

이런 여론조사의 결과를 가지고도 네가 생각해야 할 것이 많은 것 같다.

내가 20대 중반까지 농사일을 했었다. 모를 길러 모내기한 뒤 가을이 되면 이삭이 패고 그런가 싶으면 어느새 황금벌판을 이룬다. 이삭이 막 팼을 때는 버젓하기라도 한 양 의기양양한 것처럼 뻣뻣하게 고개를 쳐들고 있다. 그러다가도 누렇게 황금색이 짙어질수록 못나 쑥스러운 듯 점점 더 고개를 숙여가고 있다.

네가 지금까지만 해도 뭇 선생님을 만났다. 그중에서 네 맘에 들어 좋은 선생님이라고 생각한 적도 있었을 것이다. 반면 어떤 선생님은 네 맘에 안 들어 안 좋은 선생이라고 예단하기도 했을 것이다. 하지만 지금 현재 양분하여 좋고, 나쁘다고 예단과 단정을 하는 것은 시기상조며 타당하지 않다고 생각한다. 지금 네가 안 좋고 좋고 하는 차이는 종이 한 장 차이가 될까 말까 하고 그런 생각은 선입견에서 기인했다고 본다.

언젠가도 말한 적이 있듯이 선생님은 장차 네가 삶을 추구하는 데 있어서 꿈을 이루게 하는 안내자이고 네게 지식과 자양분을 챙겨 넣게 하는 지식공장인 셈이다.

지식공장에서 양산하는 삶의 영양소를 비가 지표면에 닿이 일부만 흡수되고 강물을 타고 흘러지듯 하는 것은 문제가 따른다.

세계는 지금 물 부족으로 아우성이다. 우리나라도 유엔보건기구가 물 부족 국가로 지정했다. 하지만 내리는 비를 마냥 흘려보내지 말고, 담수하는 기술을 개발한다든가 관리만 잘한다면 물이 남아도 한참 남고, 물 부족 국가에서 되레 지원국이 된다고도 생각하는데 그렇듯 지식공장에서 양산하는 지식을 제대로 쓸어담는 것만이 네가 꿈을 이루는 길이다.

이번에 불경하고 무례한 행동은 지식을 제대로 쓸어 담지 못한 데서 빚어지고 그 연장선상에서 기인했다고 봐야 한다.

선생님은 아무나 되는 것이 아니다. 자질이 적합해야 되고 충분한 자격 요건을 갖춰야 한다. 그래서 자격증도 있다. 물론 교육자로서 자질을 키우기 위해 수년 동안 전문적인 교육을 받아 전문가로서 최고의 소양을 갖췄다.

그래서 교육받은 것을 토대로 검증된 방법들을 훈육에 활용한다. 한편 선생님의 개성에 따라 교육방식의 약간의 차이 때문에 좋은 선생님 안 좋은 선생님으로 분별하는지 모르겠다.

네가 담임 선생님 앞에서 기술부 선생님을 향해 불경하고 무례하게 한 행동을 통감하고 그 다음날 네 담임 선생님과 기술부 선생님에게 '죄송하다'고 머리 숙인 것을 무한량하게 칭찬한다.

비즈니스 컨설턴트 피터쇼도 "성공적인 사람일수록 자신의 실수로부터 배운다."고 했다고 한다. 경력 관련 저술가 마티 넴코는 "잘못했을 때 사과하는 것이 경력에 흠이 되지 않는다."고 말했다고 한다.

네가 만약 잘못한 게 있다면 주저 말고 '미안하다', '잘못됐다', '죄송하다'라고 하는 것은 자양분이 되어 네 소양을 키우는 요소라고 생각한다.

컴퓨터와의
싸움

"컴퓨터를 할 때마다 포항공대는 점점 멀어진다." 네가 컴퓨터 모니터 하단에 써 붙인 표어다.

이런 표어를 써붙인 것을 본 나는 흐뭇했고 놀랐다. 그래서 너의 행동이 달라지나 보다 하고 이해했었다. 하지만 "컴퓨터를 할 때마다 포항공대는 점점 멀어진다."라고 표어를 붙인 지가 어언 반년이 지났지만 네 행동은 변함없이 요지부동이다.

되레 컴퓨터 앞에 앉아있는 시간이 늘었다고 해야 할 판이다.

위의 표어처럼 네가 한 말에 대한 실천이 따르지 않는 때가 종종 있었는데 흰소리를 해대는 네게 신용의 문제가 염려된다. 사람이 살아가면서 말이 근간이 되고, 거기서 시작되는 신용은 장차 성공의 바로미터라고 생각한다.

그리고 무한량하게 컴퓨터를 붙들고 있는 네게 게임 중독이 염려된다. 중독이라고 하는 것은 통제불능 상태를 말한다.

만약 네가 컴퓨터 게임 중독이라고 가정했을 때 포항공대를 지향하는 시점에서 해야 할 일이 태산 같은데 제어능력 부재로 게임을 안 하면 못 배기고 네가 지향하는 목표는 수포로 돌아가 공염불이 되고 만다.

국가도 그렇고, 개인도 그렇고 실로 중요한 분수령이 되는 분기점이 있다.

우리나라는 지금 북핵 6자 회담이 전개되고 있고 FTA의 국가와 국가 간에 체결을 앞두고 있는 지금이 분수령이 되는 시점인 듯하다. 국가도 분수령이 되는 분기점을 지혜롭게 극복해야만 도약할 수 있듯이 개인도 그런 분수령, 분기점의 중요성을 직시하지 못하고 소홀히 했을 때 그 결과는 삶에 많은 영향을 미친다.

네가 지금 중학교 3학년이지만 내년이면 고등학교에 입학하고, 고등학교 3년이라는 기간이 네게는 분수령이고 분기점이다.

네 형으로서는 고등학교 시절이 분수령이 되기는 마찬가지였다. 그런 분기점을 제대로 직시 못한 네 형에게 따르는 여파를 너는 가까운 데서 보고 있다. 그 여파가 언제까지 지속될지 모른다.

미국 케네디 대통령은 취임사에서 "과거와 현재가 싸우면 희생되는 것은 미래"라는 말을 했다고 한다. 네가 지금 과거도 그렇거니와 현재도 '그놈'의 컴퓨터 게임에 빠져 허우적대는 것은 너의 과거와 현재가 마주치는 데서 등식되어 발생하는 총체적인 산물은 케네디 대통령이 말했듯이 미래가 불투명하다.

2007년 12월 19일 치를 대통령 후보를 뽑는 한나라당 경선에서 패배한 한나라당 박근혜 전 대표가 패배 후 두 번째로 자신의 홈페이지에 글을 실었다. 그는 '아름다운 삶'이라는 제목을 붙이고 "지나간 1분은 현재가 되어 버릴 것이다."라고 했고 그는 또한 "붙잡아 둘 수 없는 시간에 대해 우리가 할 수 있는 최선의 길은 그

시간 시간을 알차고 성실하게 채워 나가는 것이라 생각한다. 흐르는 시간을 잡아 둘 수 없듯이 그 시간 시간을 바르게 살아가는 것이 가장 아름다운 삶일 것"이라고 올렸다.

언젠가 말한 적이 있지만 네게 부여된 시간이 확성기가 되어 고함치듯 경종하면 좋으련만 고작 발견할 수 있는 것은 유일하다고 해야 할 정도로 아날로그 시계의 초침만이 째깍거릴 뿐 여타 어느 곳에서도 발견하기가 막연하다.

오늘도 네가 컴퓨터 앞에 앉아 게임 하는 것을 보고 있노라면 네가 시간의 중요함을 깨닫기만을 오매불망 갈망하는 나는 안동답답이이다.

무지개처럼 꿈을 펼쳐라

내가 어렸을 때 저 먼 곳에서 피어오른 오색 영롱한 무지개를 가끔 본 적이 있다. 그때 나는 이런 생각을 했었다. 저 무지개가 핀 곳까지 간다면 무지개를 잡을 수 있겠다 하고 말이다.

어린 시절이었지만 달려가서 금방 붙잡을 수 있는 기분이었다.

흔히 사람들이 "무지개처럼 꿈을 펼쳐라."라는 말을 한다. 네가 가지고 있는 꿈이 있다. 너의 다른 꿈은 차치하고 적는다면 포항공대를 가는 것과 노벨 물리학상을 받겠다는 꿈이다.

네 성적표를 보면 과학, 수학, 영어가 타 과목에 비교해 월등히 천의무봉이다. 그래서 네가 목표로 하고 있는 꿈과 상당 부분 합치한다고 본다.

하지만 국어, 논술이 여간하게 중차대한 문제인 듯하다. 해법은 독서를 해야 되고, 학교 선생님이나 학원 선생님이 말하기를 "신문의 사설이나 칼럼을 읽는 것이 도움이 된다."고 네게 말한다고 너는 말한다.

말이 옆으로 새 독서 말이 나왔는데 독서는 네가 세운 꿈과 희망, 목표의 연장선상에 놓인 문제다. 앞에서 내가 어렸을 때 무지개를 따라 그곳에 가면 무지개를 잡을 수 있겠다는 생각을 했었다고 했는데 무지개가 핀 곳에는 오색영롱한 무지개는 없다. 비구름이 드리운 채 빗방울이 내릴 뿐이다. 영롱한 빛은커녕 어두컴컴하다.

무지개는 먼 곳에서 발견하는 것이지 가까운 곳에서 발견되는 것이 아니다. 그렇듯 네 꿈은 먼 곳을 봐야 발견할 수 있다.

내가 네게 말할 때마다 컴퓨터 게임이 따라다니다시피 하는데 네가 컴퓨터 게임을 하는 것이야말로 근시안적 태도다. 전방 1미터도 될까 말까 하는 거리, 모니터를 보고 있는 순간의 재미는 헛된 일로 공허할 뿐이다.

무지개가 형성되려면 몇 가지 충족되어야 할 요소가 있다. 비구름이 드리워져 빗방울이 내려야 된다. 게다가 빛이 있어야 된다. 이랬을 때 등식되듯 결정체는 하나의 무지개로 탄생한다.

무지개가 그렇듯 네가 목표로 지향하고 있는 꿈을 성취하기 위해서는 한곳에 여러 요소를 직접 해야 된다. 천의무봉인 과학, 수학, 영어는 지금처럼 하면 되고 독서에 집념 어린 열정만 발현된다면 단초가 된다고 생각한다.

여기서 인공위성 말을 해보자.

인류가 우주에 인공위성을 쏘아 올리기를 1957년 1월 4일 소련에 의해서 이뤄졌다. 러시아로 동반자라는 뜻이 담긴 '스푸트니크'라는 인공위성이었다. 크기가 직경이 58㎝, 무게가 84㎏이었다고 한다.

스푸트니크라는 인공위성이 내가 어릴 적 머리 위로 지나갔을지도 모른다는 생각을 했었다. 그때 당시 밤하늘에는 초롱초롱한 별들 사이로 반짝이며 지나가는 모습을 봤기 때문이다. 나는 인공위성이 만약 헬리콥터처럼 정지라도 한다면 인공위성인지 별인지 분간하기 어려워 육안으로 분별하기는 불가능하다고 생각도 했었다. 그만큼 높이 떠서 날아간다는 말이다.

1957년 소련이 인공위성을 쏘아 올려 성공을 했을 당시 대개는 환호했을 거라고 생각되지만 충격을 받은 나라는 미국이었다. 그야말로 패닉에 빠진 미국은 1958년 나사를 설립해 우주개발에 착수했다. 나사를 설립한 미국은 명왕성까지도 탐험을 계획하고 있다고 하고, 화성에 인류가 첫발을 내딛는 계획도 하고 있고, 우주개발에 독주하고 있다.

미국은 소련이 쏘아 올린 인공위성 때문에 동기가 되어 학교 교육에서 수학, 과학에 치중해 달에 첫발을 내디뎌 정복한 것을 비교할 때 수학, 과학, 영어까지도 천의무봉인 네가 동류의식 해야 할 필요성을 느낀다.

네게는 "어떤 동기가 필요하다."라는 한 학원 선생님의 말이 뇌리를 스친다. 네가 지금 당장 분, 초가 급하게 컴퓨터 게임을 중지하여 종지부를 찍는다면 더할 나위 없겠지만 점진적으로 축약해 줍혀나가야 한다. 그래야만 무지개처럼, 미국이 수학, 과학에 치중해 순차적으로 우주를 정복해가고 있듯이 수학, 과학, 영어가 남다른 너도 그래야만 활짝 핀 무지개처럼 네 꿈을 활짝 펼 수 있고 네가 생각했던 것들을 쥐락펴락 할 수 있다. 그래야만 수학, 과학을 잘했던 알베르트 아인슈타인처럼 노벨 물리학상을 받을 수 있다.

어둠에서 비춰지는
빛과 그림자

▬▬▬

만물의 영장이라고 하는 사람이 됐건 야행성 미물을 제외한 모든 미물을 망라하여 짙게 드리운 어두움은 두려움의 대상인 듯하다.

내가 태어나고 자랐던 고향은 내가 어렸을 때는 호롱불이나 등불로 어둠을 밝혀야 했다. 때문에 호롱불이나 등불로 어둠을 밝게 밝히는 데는 한계가 있었고, 더구나 빙 둘러쌓인 산에서 에워싸 몰려오는 어둠 때문에 호롱불이나 등불에서 내뿜는 미광은 빛을 발산하지도 못하고 오므라지는 듯했었다.

그래서 소쩍새, 산짐승이 지르는 소리는 내게 두려움을 가중시켰다.

그때 농가에서는 가가호호 한두 마리의 소를 기르는 예가 흔했다. 지금이야 트랙터 등이 논밭을 파헤치지만 당시는 소의 힘을 빌려야 했기 때문에 필수적으로 없어서는 안 될 가축이었다. 그래서 우리 집에서도 언제고 소를 길렀다.

그런데 푹푹 찌는 듯한 한여름 밤이 이어질 때면 밤늦도록 소를 감나무에 메어 놓곤 했었다. 마당에서 식구들이 더위를 피해 있다가 방으로 들어가기 직전 소를 외양간으로 몰아넣곤 했었는데 그때 소는 발걸음 소리도 내지 않고 허겁지겁 황급히 외양간으로 들어가곤 했다. 무섭게 짙게 깔린 어둠 때문인 듯하다.

지금으로부터 26년 전의 일로 사료된다. 네 형이 세 살 정도였을 때의 일이다. 어린 네 형하고 내가 서울에서 너의 할아버지, 할머니 댁에 가는 길이었는데 읍내에 도착했을 때는 봄날 저녁때 8시쯤이었다. 그때 막차인 시외버스를 타고 한 시간 반가량 지나 목적지에서 내렸다. 시계는 홀딱 9시 30분이 훨씬 지나고 있었다. 칠흑 같은 어둠 속의 밤이었다. 2㎞가량 걸어가야 네 조부모님 댁이었다.

달도 없고 별들만 초롱초롱 빛나는 밤은 지척도 분간할 수가 없었다. 하지만 하릴없이 어린 네 형과 나는 정거장 주변에 위치한 여러 집에서 창문을 뚫고 등식되는 미광에 정류장 어귀를 돌아설 때는 나지막한 재가 시작되는 지점이고 미미하게 비추는 미광은 등 뒤로 사라졌다.

그때 한 치 앞도 안 보이는 순간, 어린 네 형이 앞으로 걸어가는 것을 멈췄다. 어둠의 두려움 때문에 섬뜩하게 두려움을 느끼는 것을 손을 잡고 가는 나는 깨달을 수 있었다.

그래서 우리는 정거장으로 되돌아가 주막집의 점포에서 랜턴을 마련해 앞을 훤히 비추고 갔었던 적이 있다.

'까막눈'이라는 말이 있다. 글을 모르는 사람을 일컫는 말이다. 글을 모르는 사람의 답답함의 표현이기도 하다. 정규교육을 제대로 받지 못한 나 또한 까막눈이라고 해도 맞아떨어지는 말이라고 생각한다. 녹록지 못한 나는 모든 것이 두려움의 대상이고 힘이 들고 버겁다.

더구나 영어를 마주칠 때는 어찌할 바를 모른다. 만약 교육을 많이 받아 영어도 잘하고 유능한 지식인이라면야 모든 게 두렵고 무서울 게 뭐 있나 싶다. 비컨대 네 형이 어릴 때 어두움 때문에 섬뜩함을 랜턴이 앞을 훤하게 비추어 어두움에서 발생한 두려움을 제거했듯이 많이 배워 많이 알면 앞을 가릴 게 없다. 두려울 것도 무서울 것도 없는 광명천지라고 생각한다.

우리가 가는 길

어떨 때면 TV 방송이 지구촌 곳곳에 나가 있는 특파원들과 연결해 네트워크로 방송할 때가 있다.

그런데 광섬유 케이블이 발달하기 이전에는 앵커의 질문에 마치 한참을 기다렸다고 말하는 듯이 한참이 지나서야 특파원이 말하는 모습을 볼 수가 있었다.

우리가 있는 곳에서 지구의 반대편 대척지에 있는 특파원과 국내에서 방송하는 앵커의 대화에서는 더더욱 심했다.

하지만 지금은 대척지가 됐건 어디가 됐건 마주 앉아서 대화하는 것처럼 앵커의 말이 떨어지자마자 곧바로 질문에 답하는 것을 볼 수가 있다. 빛으로 음성, 영상이 빠르게 전송되는 광케이블, 우주통신 등의 효과이다.

지구촌 곳곳을 이웃이 되게 한 광케이블은 인구가 늘고 발전함에 따라 사용량이 폭주한다고 한다. 그래서 광케이블을 지나가는 빛이나 영상이 포화상태에 이르면 깔려있는 기존 광섬유 케이블을 그대로 놔두고 양쪽에 있는 송신기와 수신기의 용량을 확대해 수용능력을 넓힌다고 한다. 2차선 도로를 3차선, 4차선으로 넓혀 효과를 보듯이 말이다. 그래서 지체와 정체 현상은 없는 모양이다.

사람이 살아가면서 이용해야만 하는 거미줄처럼 연결된 길도 넓어지고, 평평해지고, 가까워지고 있다. 터널도 마찬가지다.

서울 외곽고속도로에는 사패산 터널이 있다. 불교계와 환경단체의 반대로 공사가 중단되기도 했던 사패산 터널은 편도 4차로 터널로는 국내에서 가장 긴 4킬로미터라고 한다. 쌍터널인 사패산 터널은 높이가 10.7미터이고 폭은 18.8미터 편도 4차선 터널로는 세계에서 가장 넓고 웅장한 터널이라는 말도 있다.

수십 년 전에 나는 영동고속도로를 이용해 강릉, 주문진, 속초 등을 1개월에 1번 정도 가곤 했었다.

태백산맥의 준령을 넘으면 마음은 이미 동해안이 펼쳐진 듯했다. 한국해 동해를 건너 일본이 보일 듯이 말이다. 그런데 태백산맥의 준령을 넘어 강릉, 주문진, 속초등에 이르기까지는 대관령 고개를 굽이굽이 이어지는 99개의 굽이를 돌아가야 했다. 그랬던 곳이 지금은 터널이 뚫려 거리가 가까워지고 따라서 소요시간이 단축되었다. 해발 1000미터가 넘는 고개를 넘어야 했던 것이 지금은 평지가 된 셈이다.

몇 년 전만 해도 네가 시골 조부모님 댁에 갈 때는 약 2킬로미터 전쯤부터 굽은 길은 좁고, 포장 안 된 농로였다. 거기다 몇 개의 언덕이 있었다. 그중 한 개의 언덕은 언덕이 상당해 재라는 명칭이 붙기도 했다. 그랬던 길이 이제는 마치 '서해안 고속도로'라고 해야 할까 직선이 되다시피 하고 오르막, 내리막은 모두 사라지고 평평한 도로가 되었다. 또한 시멘트로 포장되고 왕복 2차선으로 넓어진 도로가 되었다.

오래전에 구리선을 통해 느리게 전송된 시대가 아날로그였다면 빛으로 즉각 즉각 전송되는 광케이블은 디지털이다. 아날로그와 디지털은 지능과 비교하면 보통 이하의 지능과 영재성의 지능이라고 생각한다. 보통 이하의 지능에 광케이블처럼 수신기와 송신기에 들이대 용량을 높인다고 해도 임계점에 부딪혀 과부하라고 생각한다. 반면 영재성의 지능에 수신기, 송신기 용량을 확대 설치는 소통을 원활하게 하는 능력이 충분하다고 생각한다.

지능이 웬만한 네게 용량을 넓히는 수신기와 송신기가 절실하다.

평평해진 세계, 광케이블도 그렇거니와 도로도 가면 갈수록 넓어지고, 간격은 좁혀지고, 더욱 평평해진다는 건 경쟁의 장이 좁아진다는 말이다.

일본의 와세다대 후카가와 유키코 교수는 "세계 어디에도 대졸자에게 맞는 직장은 그다지 많지 않다."라고 말했다는데 하나의 경쟁의 장이 된 글로벌 시대의 한 단면도인 듯하다.

외국 속담에 "빈 자루는 서지 않는다."는 말이 있다. 궁구하는 건 빈 자루를 채우는 일이다. 빈 자루를 채워 급격하게 발전하고, 급변하는 글로벌 시대에 불루오션을 개척하고 그물망이 되도록 인프라를 구축해야 한다.

광케이블의 병목현상을 막기 위해 수신기와 송신기 용량을 넓힌다는데 확대할 수 있는 기술이 지금처럼 지속된다면 놓여있는 광케이블은 손 하나 까딱 안 해도 끝도 한도 없다고 한다.

광케이블이 수신기와 송신기의 용량만 넓혔을 때 무하하듯 무한대로 능력이 잠재되어있는 네게도 앎을 추구하고 궁구해 앎을 축적하는 것만이 수신기와 송신기의 용량을 확대하는 것과 같다.

글로벌 시대에 궁구하고, 열정적인 자세를 갖는 것은 기초 기반을 튼튼히 닦는 길이고, 네가 가야 할 미지의 길을 개척하는 일이다. 산악인 박영석이 했다는 말이 생각이 난다. "1미터도 못 되는 걸음으로 아침부터 걸었더니 산을, 세계를 넘었어요. 걷는다는 것이 무서운 거예요."

찬찬히 한 걸음씩 걸어가는 것이 네가 설정한 목표, 정상을 향해 치닫는 길이다.

새 대통령이 당선되어 많은 것이 변화하고 있다. 나라의 발전을 위해서다. 이명박 대통령 당선인이 당선인 신분인 지금 화물 운송에 방해가 되는 전봇대를 뽑아내 화제가 되고 있다.

네가 이제 고등학생이고, 그래서 더욱 변화해야 한다. 중학교 시절의 태도나 행동, 사고방식들을 그대로 답습하는 건 네가 발전하는 데 걸림돌이고 최대의 적이다. 네게 내재되어 있는 그중 우선해서 뽑아야 할 '전봇대' 한 가지를 끄집어내 네게 신신당부하면 아침 일찍 서둘러야 한다. 명심해야 할 것이 지각해서는 안 된다.

자랑스러운 산악인 박영석은 이른 아침부터 걸어 만년설 빙하의 산을 세 개를 넘었다고 한다. 학생인 네가 만년설을 넘는 것은 아침이면 굼뜨지 않은 것이다. 네 어머니 머리가 만년설처럼 희어가는데 네 어머니가 '어서 일어나라.', '학교 가라 늦겠다.', '지각한다.' 등의 말에서 만년설을 맞는 듯하다. "아침 일찍 일어나는 새가 벌레를 잡는다."

환골탈태의 백미라고 할 수 있는 솔개의 삶에 대해 말을 하고 싶다.

조류 중에 가장 장수한다는 학은 십장생도에도 한약(첩약)의 감초처럼 등장한다. '천년학'이라는 말도 있다. 그런데 실은 조류학자들에 의하면 솔개가 가장 오래 사는 새로 알려져 있다. 수명이 70년이라고 한다. 그런데 솔개는 40살이 되면 노화현상이 극에 달해 날카로운 발톱이 뭉툭해지고, 날렵한 깃털은 나무가 제철을 맞난 것처럼 풍성해지고, 완만하게 굽은 부리는 활을 당겨 놓은 듯 더 굽고 자라 맹조류의 표상인 위용 있는 기품과 기세가 둔탁해져 날렵하게 날지 못하게 되어 먹잇감을 사냥할 수 없는 '종이 솔개'가 되는 식이라고 한다.

노년기를 맞는 이때 솔개가 가는 길이 두 가지가 있다고 한다. 하나는 현재 처한 그대로 지내다 삶을 마감하는 것이고 다른 길은 바위 절벽에 올라가 새 둥지를 틀고 다시 태어나는 환골탈태의 길, 6개월여의 여정에 들어가는 길이라고 한다.

바위 절벽에 둥지를 튼 솔개는 바위에 자기 부리를 부딪쳐 부서지게 하여 부리가 뽑히도록 한다고 한다. 자신의 첫 번째 표상이라고 할 수 있는, 사냥할 수 있는 부리가 다시 돋도록 위함이다.

사냥할 수 있는 새로운 부리만 가졌다고 해서 부리만으로는 사냥할 수는 없다. 날렵한 깃털, 날카로운 발톱이 필요하다. 그래서 솔개는 새로 돋은 부리로 유용성 없게 돼버린 뭉툭한 발톱을 쪼아대기도 하고, 뜯어 뽑히도록 하고 풍성해진 깃털도 여과 없이 뽑는다고 한다.

그 후 곧 날카로운 발톱이 돋고, 날렵한 깃털이 돋게 되면 드디어 부리, 깃털, 발톱의 새로운 '무기'로 진용을 갖춘 솔개는 삶의 제

2막이라고 해야 할까, 다시 태어난 새 삶이라고 해야 할까 기세등등하게 위용을 펼치며 70살까지 장수를 누린다고 한다.

앞서도 말했지만 이명박 대통령이 당선인 신분으로 있을 때 화물 운송에 방해가 되는 전봇대가 뽑혀 나가 화두가 되었다. 네게도 너의 진로를 방해하는 '전봇대'가 있다. 네 진로를 방해하는 '전봇대'를 뽑아야 한다. 솔개가 환골탈태를 하듯 말이다.

칭기즈 칸은 정보화의 능력이 뛰어난 사람이다

2008년, 초·중·고 학생들을 대상으로 한 제30회 '전국학생과학발명품경진대회'에서 초등학교 1학년 학생이 대통령상을 받았다.

대통령상을 수상한 작품에 관한 신문기사를 읽고 나는 "야!" 하고 감탄사를 표출했다. 거창할 것만 같은 최고의 대통령상을 색연필 비닐케이스에(구멍을 뚫고) 뚜껑 하나를 더 밑부분에 부착한 아이디어의 놀라움에서고 1937년 노벨 의학상을 수상한 알베르트 센트죄르지가 "발명과 발견은 모든 사람들이 보는 것이지만 아무도 생각하지 못했던 것을 생각해 내는 것"이라고 했다는 말의 징표인 듯해서다.

며칠전 나는 네게 이번 전국학생과학발명품경진대회 관련한 내용이 게재된 신물을 건네줬더니 읽는 등 마는 등 경시한 듯한 태도가 문제인 듯하다. 더욱이 너는 이공계를 지망할려고 해서 관심의 대상인데도 말이다.

국가도 잘못된 태도로 말미암아 파장을 몰고 오기도 한다. 이명박 대통령을 말하면, 성공한 CEO 출신이 대통령이 되면 경제가 안정되겠지 하는 기대심리가 한몫을 톡톡히 해 48%라고 하는 가반 득표에 육박하고 차점자인 정동영 후보와는 530만 차, 압도적 지지로 당선된 이명박 대통령은 미국산 쇠고기 수입에 대해 매끄럽지 않게 처리한 데에 따른 촛불집회가 한동안 지속돼 어려움을 겪기도 했다.

2006년 경제학상 분야에서 노벨상을 수상한 에드먼드 펠프스는 "성장 발전에 국가 정책보다도 더 중요한 것이 태도"라고 말했다고 하는데 국가의 부정합한 태도야 네게 미치는 영향이 극미할 수도 있는 것이지만 네 태도에서 비롯돼 미치는 영향은 전적으로 네 몫이고 그 폐해는 이만저만이 아니다.

입이 하나이고 귀가 둘인 것은 말하는것보다 더 많이 듣기 위해서라는 말이 있다.

몽고의 칭기즈 칸은 자신의 이름자도 못 썼다는 말이 있다. 하지만 그는 동서양에 걸친 대제국을 건설하였다. 그가 세계를 정복할 수 있었던 것은 많은 말을 경청해서 가능했다고 한다.

'정보화시대'라고 하는 말이 있는데 책을 읽는 것도 정보를 얻는 것이고, 많은 말을 듣는 것도 많은 정보를 얻게 되는 것이라고 말하는 사람이 있다.

입이 하나인데 눈이 두 개인 것도 말로만 하는 것보다 더 많이 보라는 것일 듯하다. 최근 현장학습이니 하는 것도 같은 맥락일 듯하다.

백문불여일견이라는 말도 있다. '백 번 듣는 것이 한 번 보는 것만 못하다는 뜻'인데 칭기즈 칸이 듣는 능력 때문에 세계를 평정한 것과도 정합되는 것 같다. 그렇지만 경청에서 생성하는 동력보다는 사물을 제대로 직관할 때 백배의 에너지가 있을 듯하다. 시너지 효과가 있을 듯하다.

퍼뜩, 한 방송사가 방송했던 '세상에 이런 일이'라고 하는 프로가 떠오른다. 당시 네가 중학교 2~3학년 때일 듯하다. 네 어머니와 TV를 보고 있었다는 네가 내게 전화로 "거북이를 업고 다니는 사람이 있다."고 하면서 TV를 켜 보라고 했다. 전화를 끊고 TV를 시청한 나는 살아있는 거북이가 아니고 '거북이 인형'이라는 것을 알았었다. 그 뒤 살아있는 거북이가 아니라는 내 말에 네 어머니나 너는 살아있는 거북이가 맞다고 한사코 우겨댔다. 그래서 필경 인터넷을 뒤져 다시 봐, 살아있는 거북이가 아니라는 것을 인정한 적이 있다.

이 에피소드는 등딱지 길이가 15센티 가까이 되는 수생거북이를 기르던 중이었기 때문에 관심이 돼 이슈화됐는데, 과학자가 꿈인 네게는 극미한 사물도 남다른 관심과 관찰력이 증폭돼야 한다고 생각한다.

네게 세밀한 관찰력이 발현될 때 경시하는 태도는 아노미화해 소멸될 듯하고 성장의 동력만 작동할 듯하다.

현미경을 통한 관찰은 확대 재생산돼 점진할 수는 있어도 현미경 렌즈보다 수백 배 넓은 컴퓨터 게임 모니터는 수백 배 전진은 차치하고 가재인 양 뒷걸음질이 고작이다.

똥 된장
분간 못 한다

네가 고등학교 입학하여 처음 치른 중간고사 성적이 기대치에 미치지 못했고, 모의고사 시험 날짜가 불과 2~3일 앞으로 다가왔는데도, 컴퓨터 게임만 몰입하는 네게 나는 "때가 어느 땐데 똥, 오줌 못 가린다."고 비약적인 면은 있으나 어쨌든 내뱉고 말았다. 그랬더니 네가 "똥, 된장 분간 못 한다."고 해야 옳다고 했다.

네 말을 듣고 보니 "똥, 오줌 분간 못 한다."고 말했더라면 책잡히진 않았을 것이라는 생각이 들었고 오류가 있었다고 자인한다. 한편 2008년 하안거 해제를 앞두고 법전 스님이 "공부한 것이 금인지 똥인지를 제대로 점검받아야 한다.", "알고 보면 똥과 금은 둘이 아니다. 번뇌의 똥을 치우면 보리의 금이 나오기 때문이다."라고 했다는 말을 덧붙인다.

논리적인 네 말을 듣고 보니 네가 치렀던 중간고사 성적이 문득 떠오른다. 중간고사 성적 중에 국어 논술식 점수가 37점이었다. 논리적 사고력이 부족하다고 할 수 있는데 독서량의 부족이 원인일 듯하다.

일주일에 한두 번 학교에서 나눠주는 유명인의 글을 빼놓지 않고 읽는 것도 상당한 도움이 될 듯하다.

머리 좋은 사람은 뭐든지 잘한다는 말이 있는데 "국수를 잘하는 솜씨가 수제비 못 할 리 없다."는 말이 있다.

영어면 영어, 수학이면 수학, 과학이면 과학을 잘하는 네가 국어 논술 못 할 리가 없다. 다만 아직 국어 논술에 관심 부족이고 흥미 부족에서 기인했다고 보는데 요즘 네가 시집을 관심 갖는 것 같은데 요원지화 일취월장이 기대된다.

그리고 네가 체육 시간에 급우와 상반된 의견으로 주먹을 주고받고, 상처를 입고 보름 동안 이른 아침 학교 정문 안쪽에서 "싸우지 맙시다"라는 피켓을 들고 반성의 벌칙을 받았었다.

'10대 때 가장 혈기 왕성하다.'는 말도 있긴 하지만 그렇다고 해서 규칙(법) 앞에 주먹이 우선할 수는 없다.

2007년 12월에 치러진 대선 때 '한방'과 '헛방'이 화두가 된 적이 있는데 상대의 한방을 커버링하여 헛방으로 만들어 이명박 대통령이 탄생하기도 했다.

당시 괴리개념, 또는 백마비마론식의 논박으로 치고받았지만 주먹이 오가지는 않았다. 불가항력적일 때 헛방이 되게 하는 게 급선무이고 최선이지만 그 이전에 논리정연한 논거와 논증으로 이해를 돕고 설득하는 게 소양을 키우고 마인드를 넓힐 듯하다.

자기가 개진한 의견이 일반적으로 통용된다는 사회 가치로 여기고 타인도 내가 개진한 의견과 일치할 것이라고 막연하게 추량하는 오류를 말한다는 "잘못된 합의 효과"가 생각나는데 상대방의 의견을 이해하고 존중하는 감정조절이 절대적으로 필요하다고 생각한다.

네가 체육 시간에 주먹을 주고받은 것도 '잘못된 합의효과' 때문인 듯하다.

그래서 논리력의 기반이 되는 언어학습이 중요하다고 생각하는데 정연한 논리력은 소리가 조금씩 원을 그리며 퍼져나가듯 네가 전진할 수 있도록 반경의 폭을 넓혀가는 매개라고 생각한다.

밤하늘 금성이 동쪽에 있을 때는 '샛별'이라고 한다. 금성이 서쪽에 있을 때는 '개밥바라기'라고 한다. 이런 걸 등가개념이라고 한다.

너는 지금 샛별에 위치하고 있는데 언제까지나 샛별에 머무르지는 않는다.

에드워드 할로웰은 "당신은 당신의 시간을 어디에 어떻게 쓰는지 아는가. 돈은 동전 한 푼까지도 어디에 어떻게 쓰는지 낱낱이 적는 사람이 많다. 그렇지만 내가 알기로 자신의 시간을 마지막 일분일초까지 어디에 어떻게 쓰는지 꼼꼼하게 적는 사람은 없다."는 말을 했다고 한다.

소용되는 시간을 일일이 기록하는 사람이라고 할까! 7미터 배에 몸을 싣고 노를 저어 대서양과 태평양을 건넌 세계 최초 여성이 된 프랑스의 탐험가 모 퐁트누아가 생각난다.

프랑스 대통령이 된 니콜라 사르코치는 퐁트누아의 용기와 도전 정신이 청소년들에게 희망과 꿈을 안겨주는 데 충족시킬 것으로 기대하고 청소년 담당 정무차관직을 맡아 주라고 요청했다고 한다.

그러나 퐁트누아는 "내각에 들어가서 나를 희생할 시간이 없어요."라고 입각을 거절했다고 한다.

그는 또한 한 신문과의 인터뷰에서 "내 삶은 자서전 출간과 전 세계 탐험 기록을 담은 다큐멘터리 제작, 방송프로그램 등으로 일정이 이미 꽉 차 있다."며 "정무차관직을 맡지 않고도 청소년에 대한 나의 관심과 관련 업무에 대한 참여는 계속될 것"이라고도 말했다고 한다.

고등학교 1학년인 네게 학습하는 시간이 그리 녹록하지 않다. 너는 지금 쇠를 제대로 달구어야 되고 쇠가 달구어지면 두드려야 하는 절박한 때다.

내가 네 성적표를 보고 "중학교 때보다 석차가 올라갔다." 말한 적이 있는데 네가 공부하는 책상에 "나는 중학교 때 꼴찌였다."라고 써 붙여 놓았으면 한다고 말했었다. 의미심장한 경각심을 부추길 듯해서고 심기일전해 삭발하듯이 말이다.

이번 중간고사 성적이 중학교 때 하위권에서 중위권으로 도약했다. 그래서 차제에 성적의 성장세가 지속 발전할 수 있도록 마음의 자세가 중요하다고 생각한다. 한편 종요로운 논리적 사고력이 영양소일 듯하고 네게 상당 부분 악영향을 미치는 집중력 부재가 최대의 숙제라고 생각한다. 까닭에 집중력 부재에서 한시바삐 탈출할 때 성장세는 가속력이 붙고 시너지효과는 배가되어 십분 증진된다고 생각한다. 네가 이제 고등학생이고, 집중력의 소중한 가치를 터득해야만 항시 기대되고 촉망받는 샛별이 될 수 있다.

롬바디 시각

2002년 한일 월드컵에서 4강 신화를 이룬 거스 히딩크가 2008년 유럽축구선수권대회(유로 2008)에서 러시아를 4강에 올려놓아 '히딩크 마법'이 화제에 오르고 있다.

히딩크가 이끄는 러시아팀은 히딩크의 모국 풍차의 나라 네덜란드와 전후반, 연장전에서도 승부를 못 가리고 승부차기 끝에 승리했다.
프랑스 월드컵, 한일 월드컵, 유로 2008 모두 '4강 징크스'라는 닉네임이 못내 아쉽다.

러시아 대표팀을 이끌고 있는 히딩크는 지각을 밥 먹듯 일삼는 세르게이 이그나셰비치라는 선수에게 "지각생은 필요 없다."며 야단쳐 집으로 돌려보냈다고 한다.
나태하고 시간개념이 무딘 세르게이 이그나셰비치 선수는 유능하고 재능도 뛰어나 훌륭한 선수였다고 하는데 유로 2008에 출전할 수도 없었고 국가대표팀에서 제외되는 불명예를 안았다고 한다.

엇비슷한 얘기인데 미식축구에서 전설적인 빈스 롬바디 코치가 생각이 난다.
롬바디가 '그린베이 패커스' 팀의 코치로 있을 때 선수들 중 일부가 예정된 버스 출발 시간을 종종 어긴다는 사실을 발견했다고 한다.

그래서 그는 어느 날 평소 시간보다 15분을 앞당겨 승차할 것을 지시하고 어김없이 앞당긴 시간에 출발하게 했다고 한다. 부연하면 15분 앞당긴 시간까지 도착하지 않은 선수가 있다고 해서 기다린다는 것은 어림 반 푼어치도 없다는 것이다.

이렇게 해 잘못된 지각 선수 버릇을 여지없이 일거에 바뀌게 한 '롬바디 시각'이라고 한다고 한다. 성공한 CEO들 중에는 아예 시계를 30분이고 1시간이고 얼마를 앞당겨 놓고 생활화하는 사람도 있다고 한다. 지각을 하고, 시간개념이 흐린 사람과는 대칭점에 있는 듯하다.

요즘 연일 지속되는 원유가 인상 여파인 듯한데 도로의 교통량 사정은 예전보다 한결 나은 편이지만 정체현상을 감안해 학원 수강 시간, 등교 시간 등을 잘 계산해야 한다. 수학을 잘하는 네가 계산의 오류로 따른 지각은 더욱 부끄럽고 비소거리고 조소할 일이다.

수학의 본질은 정확성이다. 지각에서 파생되는 폐해를 극밀하게 산출해야 한다. 네 두뇌로 난해하다면 이럴 때 요긴하게 유용할 수 있는 것이 컴퓨터다. 컴퓨터 프로그램 '엑셀'로 하면 된다.

네가 지향하는 목표가 과학자이고 수학자인데 보탬이 될지 몰라 적어 본다.

과학자들은 약 1억 년 전에 멸종한 공룡화석 발자국을 보고 초식동물인지 육식동물인지를 가려내기도 하고, 흥미 있는 것은 얼마만큼 속도로 걸었는가도 알아낸다고 한다. 2008년 6월 30일자 동아일보, 척추 고생물학 임종덕 박사의 '세계 이목 끄는 국내 화석지'라는 제목의 글을 보면 경북 의성군 앞으로 나아가는 발자국이 있고 주변에 여러 마리의 수각류 육식공룡 발자국이 있다는데 어미 쪽을 향해 다급하게 달아나는 아기 공룡들을 쫓아가는 육식공룡의 발자국이라고 한다. 쫓기는 아기 공룡의 속도는 2~5㎞ 속도이며 쫓는 공룡의 속도는 5~10㎞라고 한다는데 실로 놀라 입이 쩍 벌어진다.

거스 히딩크는 한국명이 히동구이다. 성자 어감이 비슷하고 이름은 똑같은 네가 히동구에게서 '모니터링'했으면 한다. 1% 부족량을 열정적 노력으로 채우는 힘도 그렇지만 히동구가 중시하는 시간개념이다. 네가 히동구에게서 모니터링할 수 있도록 네덜란드의 풍차가 쉼 없이 돌았으면 한다. 히동구의 쓸 만한 몇 가지 장점들이 고스란히 네게 전이되도록 풍차의 순풍을 기대해 본다

네덜란드와는 벨기에를 사이에 두고 지리적으로 아래에 위치한 나라 프랑스에는 소설가 알퐁스 도데가 있다.
도데는 소설 '풍차 방앗간 편지'가 뜨면서 일약 이름을 떨치기 시작했다고 한다.
'월요 이야기' 등의 서설과 '한 문학자의 추억' 수상집이 있는 도데가 유명하게 된 '풍차 방앗간 편지'라는 소설을 쓰기 전 그는 풍차 방앗간에서 영감을 얻었다는데, 그런 영감력도 히동구의 장점들과 벨기에 상공에서 도킹해 네게로 전이됐으면 한다. 물론 영유권을 벗어난 도킹이라야 한다. 안 그러다가는 경우에 따라선 영공침범

에 대한 공범으로 몰릴 수 있는 곤란한 상황에 놓일 수도 있어서
다.

화석연료가 머잖아 고갈된다고 해서 에너지가 문제가 되고 있
다. 그러다 보니 주목받고 있는 에너지가 풍력에서 발생하는 에너
지라고 한다.

그래서 히동구의 나라 네덜란드의 풍차 에너지가 네게 원동력의
기폭제가 됐으면 한다.

히동구의 말이 나왔으니 박지성 선수가 떠오르는데 '경영자 코칭'
의 권위자 로버트 하그로브 박사가 한국을 방문하여 연세대 신학
관에서 기자 간담회를 겸한 강연을 했다고 한다. 방한한 그는 "정
치인, 최고경영자(CEO) 그리고 리더를 꿈꾸는 사람이라면 자기 자
신을 어떻게 변화시킬지 끊임없이 고민해야 합니다."라고 말하고
"단순히 장사를 하는 '거래적 리더'가 아니라 꿈을 제시하고 세상을
바꾸는 변화적 리더가 필요하다."고 말하고 그는 한편 유럽 리그 프
리미어에서 활동하고 있는 성공한 박지성 선수에게 대해 "박지성이
성공할 수 있었던 것은 불가능해 보이는 미래를 이룰 수 있다고 믿
게 만든 히딩크가 있었기 때문"이라고 말했다. 그리고 그 이듬해 박
지성은 챔피언스리그 결승전에 선발로 출전했다.

박지성은 비록 첫 유럽 챔피언스리그 결승전에 출전은 못했지만
팀이 우승하는 영광을 안았다. 동양 선수로서 전대미문이라고 한다.
세계가 급변하는 시대에 더욱이 지각은 해서도 안 되고 곤란하다.
이명박 정부가 들어서고 얼마 안 돼서 새 국회도 들어섰다. 새로

들어선 국회가 한 달 이상을 개원도 못 하고 있는 휴점 상태인데 18대 국회 시작을 앞두고 이런 일이 있었다고 하는데 네가 일삼는 지각이 떠올라 적어본다.

'1호 법안' 제출을 누가 먼저 하느냐를 놓고 한나라 이혜훈 의원 보좌진과 무소속 이인기 의원 보좌진이 18대 국회가 시작되는 2008년 5월 30일 오전 9시 제출을 목적으로 이인기 의원 보좌진은 전날 오후 9시 40분부터 사무실 옆 간이 의자에 진을 치고 밤을 새웠다고 하고 이혜훈 의원 보좌진은 뒤늦은 30일 오전 1시 30분경 도착해 법안을 제출하도록 돼 있는 의안실 문고리를 선점해 아예 붙잡고 아침까지 '버티기 작전'에 돌입하는 진풍경이 벌어졌다고 한다.

한편 그들은 밤새워가며 "사무실에 먼저 들어갈 권리가 나에게 있다."며 설전을 벌인 승패는 제비뽑기 끝에 결론이 나 이혜훈 의원에게 영광이 돌아갔다고 한다.

밤새워 아침이 되도록 각고의 끝에 얻어낸 법안 제출이 그만큼 상징성이 큰 건지 의문이 든다.

지각의 가이드라인도 없는데 서둘렀다는 건 의의가 크고 의욕만큼은 극치인 듯하다. 그래서 네가 지각에 대한 생각을 다시 한번 생각하는 기회가 됐으면 한다.

지각생이라는 닉네임은 불명예이고, 사회는 지각을 용인하지 않는다. 축구선수 박지성이 엔드라인 사이드라인 등의 범주 내에서 종횡무진해 부, 명예를 거머쥐었다. 그가 만약 엔드라인 사이드라인 범주를 이탈했다면야 부와 명예는 귀모토각이다.

미물의 자각력,
인간의 불안함

이명박 정부가 들어서면서 '아침형 인간'이 화두가 됐다. 청와대 일부 직원들이 출근 시간이 한 시간 앞당겨지기도 하고 일부 부처 공무원들의 출근시간이 앞당겨지기도 했었다.

갑자기 앞당겨진 출근시간에 익숙하지 않아 게슴츠레한 공무원이 있는가 하면 부작용이 나타나기도 한 모양이다.

그런 데서 나타난 표출인 듯한데 "일찍 일어나는 벌레가 일찍 잡아먹힌다."라는 자조적인 해학적 속담이 공무원 사회에서 등장하기도 했다고 한다. "일찍 일어나는 벌레가 일찍 잡아먹힌다."는 말은 적응력 미숙에서 투영된 불평불만, 산통의 부르짖음인 듯하다.

일찍 일어나는 벌레가 잡아먹힌다는 말은 비약적이고 영구적 멘토로는 미약하다고 섣부른 생각을 했는데 따지고 보면 변화하는 세계 질서 속에 진화한 멘토라는 사실을 느끼기도 한다. "일찍 일어나는 벌레가 일찍 잡아먹힌다."는 말을 역으로 뒤집어 보면 "기는 놈 위에 나는 놈 있다."고 '일찍 일어나는 새' 이면에는 강육약식의 법칙이 도사린다는 것에 대한 경종을 울리는 듯해서다.

성공과 행복에 대해 일출과 일몰을 얼마만큼 봤느냐에 따라 정비례한다는 말이 있다. 근면성을 강조하는 말일 듯하고 분명한 목표를 갖고 빠른 변화에 확고히 대비해야 한다는 메시지로 생각이 들기도 하다.

네가 아침 일찍 일어나 책가방을 짊어지고 달려가는 목적지가 학교이고 공부를 마치고 교문을 나설 때도 집을 향한 분명한 목적지가 있다.

그런데 네 미래 지향적 원대한 목표 지점이 확고한가를 묻고 싶다. 목표한 기대치만큼 이뤄진다는 말도 있다. 언젠가도 말했지만 단적인 예를 들면 미국의 4성 장군이 된 니미츠는 4성 장군이 되겠다는 꿈이 있었다고 한다. 그는 사관생도 시절에도 그랬고 장교 시절에도 별을 하나 달고 두 개 달고 별이 세 개가 돼서도 별 네 개의 반짝이는 계급장을 항시 몸에 지니고 다닌 뒤에 기어이 꿈을 이뤘다고 한다.

비컨대 걸인에게 비하적 같은데 어쨌든 길거리를 배회하는 걸인을 생각해 보자. 무릇 걸인은 목표치 꿈이 있어 봤자 백보 앞도 안 되고 행인에게 손 내미는 거리이고, 문전걸식이고 다리 밑이 고작이다!

원대한 목표가 분명했던 미국의 한 장군과 꿈이라고 해야 고작 몇 미터 앞이 전부인 걸인에게서 이해가 충분할지 궁금하다.

문전걸식하는 걸인이 자각력이 뛰어났다면야 운명은 판이할 것이다.

문뜩 사람의 자각력과 미물의 자각력이 비교되기도 한다. 사람이 미물을 지배하고 경세지재가 있을 뿐이지 자각력이야 미물이 존경의 대상이다.

사람들은 가축 등 동물들의 이상행동을 보고 대피해 화를 모면

하는 예도 있다고 한다. 예컨대 수년 전 인도네시아에서 쓰나미가 발생해 수만 명의 인명피해가 발생했었다. 당시 소, 돼지 등의 동물들이 이상행동을 보여 뭔가 불길하다는 생각에 황급히 달리고 달려 고지대로 피신 간 사람들은 무사했다고 한다.

사람이나 미물이나 근본적 삶은 안위에 있다고 봐야 하는데 자각력으로 봐서 미물이 사람보다 우월하다는 것은 명약관화한 일로 기정사실인 듯하다.

사람들이 미물들의 자각력을 숙지하려는 듯 지진, 쓰나미 등의 재난에 대해 매일 수차례 방송하는 일기예보처럼 예보도 한다.

하지만 현재는 걸음마 단계인 듯하고 설령 100% 정확한 예보를 한다고 해도 기계적 소산이다.

과학자가 되겠다고 하는 너의 연구 대상인지도 모르겠다. 부연하면 사람도 미물처럼 자각을 할 수 있게 자각하게 하는 물질을 계발하는 것 말이다.

곡물가 상승, 원유가가 고공행진하고 있는데 곡물가나 원유가나 다시 되돌려지지 않는 불변가격이 될 징후가 짙다.

이럴 때일수록 현실을 직시하는 자각력이 중요한데 23명에 한 명꼴로 내재되어 있다는 공감각이라도 내재돼 발현됐으면 싶다. 그런다면 단초가 되는 자양분으로써 모든 게 불변가격이 된다 해도 솜털 끝 하나 끄떡없는 생각에서다.

미신과 믿음,
삶에서의 미묘한 상관관계

━━━━━

네가 식사 시간에 젓가락으로 반찬을 집어 흔들고 툭툭 털어댄다. 의자에 앉아있을 때는 자발없이 발을 흔들 때면 나는 "복 달아난다."는 말을 한다.

한번은 네가 내게 "그런 미신을 믿냐."고 말을 했다. 너의 말을 들은 나는 미신을 꼭 믿는다고 하기보다는 전래되는 말이고 그런 말들을 무조건적으로 경시할 필요는 없다고 말했다.

그랬더니 너는 한발 더 나아가 "증거도 없는 것을 가지고 그런다."고 하면서 "복 달아나는 증거를 대봐라."고 따졌다. 증거를 대보라는 네 말에 황당무계하다고 생각한 나는 "증거는 찾기 어렵고 그러나 '옛말이 틀림없다'는 말이 있듯이 그런 행동을 하는 사람들은 보편적으로 궁핍하게 사는 경우가 많기 때문에 전해 내려오는 말인 듯하다."고 말하고 "증거를 대라는 네 말에 내 대답이 불충분하다고."고 말하면서 "세살 버릇 여든까지 간다."고 말했었다.

네가 '미신'이라고 한 말은 '속설'이나 대동소이한 것 같은데 그렇지만 속설이라고 하는 편이 더 나을지 모르겠다.

어쨌든 미신 얘기가 나왔으니 망정이지 내가 어렸을 적 있었던 이야기를 해보자. 내가 살았던 고향 마을에는 나이가 많은 고모님이 살았다. 내가 예닐곱 살 정도 됐을 무렵 같다. 머리가 아프고,

열도 나고, 배도 아픈 증세가 며칠째 지속된 것 같다.

평소에 고모님은 토속적 신앙을 믿었다. 토속적 신앙이라고 하니 거창스러운 것 같은데 그런 것은 아니고 조왕(부엌)신, 집을 지킨다는 성주신을 남다르게 신봉했다.

이를테면 이른 새벽 샘에서 물을 길어다가 하얀 사발에 물을 담아 성주(장독), 조왕(부엌)에 각각 놓고 집안이 태평하게 해달라고 주문하고 두 손 모아 싹싹 빌었다. 매일 그랬다고 한다.

이런 고모님이 나의 할머니를 뵈러, 집에 왔었다. 그때 아픈 나더러 문턱 밑 앞마당에 대문 밖을 쳐다보고 앉도록 했다. 그런 다음 박으로 만든 바가지를 내 머리에 씌웠다. 그러더니 부엌칼을 가지고 머리에 쓴 바가지를 칼로 슥슥 긁듯 스치면서 뭐라고 주문을 했다. 바가지를 슥슥 긁듯 스칠 때 득득거리는 소리는 지금 생각건대 묘하고 형언하기 어렵다.

한참을 주문하다가 마당 밖 출입문 쪽을 향해 외마디 뭐라고 하면서 순간 부엌칼을 전방을 향해 내던졌다. 칼끝이 밖으로 향하지 않으면 다시 주문을 하고 칼을 던졌다. 몇 번이고 그러다가 드디어 칼끝이 밖으로 향하면 출입문 밖에다 부엌칼 끝을 땅에 꽂고 그 위에 내가 쓰고 있었던 바가지를 엎어 씌워 놓았다.

반추하면 그때 나의 고모님이 주문을 하고 토속적인 미신행동을 했을 때 아팠던 머리도 배도 마치 거짓말처럼 나았던 것 같다.

토속적인 미신은 세계 어느 곳이든 존재하는 것 같기도 하다. 토속적인 미신과 뉘앙스는 다른 듯하나 버마 민주화를 요구하는 시위대에 무력으로 진압한 군부의 부당함을 알리기 위한 일이었는데 적어본다.

"버마의 군부에 대항해 싸울 무기로 여성들의 팬티를 모읍시다."
는 '버마를 위한 라나 액션'이라는 단체가 2007년 민주화 시위를
무력으로 진압한 미얀마 군사 정부에 항의 하는 표시로 지구촌 곳
곳에서 여성들이 '팬티를 모아 해외 주재 미얀마 대사관에 보내자'
는 캠페인이다.

미얀마 군사 정부 최고 지도자를 포함해 고위급 인사들이 미신
을 신봉한다는데 '여성의 팬티를 접촉하면 권력이 약화된다'는 미
신 때문이라고 한다.

네가 내게 미신을 믿냐고 따졌을 때 아주 돈 많은 부자나 "정치
인 등 고위직에 있는 사람 중에 상당수가 역술인에게서 조언을 듣
는 것으로 알고 있다."고 말했다. "돌다리도 두드리고 건넌다."라는
심리인 듯하다고 말하기도 했다.

2007년 대통령 후보로 나선 이명박 후보가 다른 곳으로 이사하
려 했다는데 "지금의 한옥 터가 좋다."는 풍수지리 전문가의 말 때
문에 집을 안 옮겼다는 말도 있다. 한편 역시 대통령 후보로 나선
정동영 후보의 한 측근도 정동영 후보가 당내 경선에서 승리할 것
이라고 예언해, 맞게 한 역술인 말을 가끔 한다고 한다. 참고로 말
하면 이명박 후보는 기독교 신자라고 하고, 정동영 후보는 천주교
신자라고 한다.

한편 조상의 묏자리를 명당으로 이전하면 대통령이 될 수 있다
는 풍수전문가의 말을 믿은 듯한데 조상의 묏자리를 이전한 정치
인도 있었다.

미신은 전해 내려오는 구전이나 속담과는 개념이 상이하다. 하지만 어떤 경우에는 공통분모가 되는 경우도 있다고 본다. 그렇다고 해서 미신을 신봉하라는 것은 아니고 네가 생각하기에는 미신이더라도 한 번쯤 짚어 봤으면 하고 무조건적으로 경시하는 태도는 잘못이라고 생각한다.

과학이 아무리 발전을 거듭해도 예부터 전래되는 속담이나 토속적인 말은 영원히 사라지지 않을 거라고 생각도 해본다. 뉘앙스 차이가 있지만 적어본다.

과학이 발달해 인류가 달을 딛었고, 디지털 시대의 기상대만 해도 최첨단 장비가 도입된 것으로 알고 있고 인공위성을 일기예보를 관측하는 데 활용하고 있다. 이렇듯 디지털시대에 걸맞게 일기예보를 관측하는 기술이 무진장하게 발전하고 있다.

그런데도 일기예보를 예측하는 데 청개구리 울음과 움직임, 개미의 움직임, 날벌레의 움직임, 제비가 나는 모습의 높낮이, 먼곳에 있는 산이 가깝게 보이는 현상, 굴뚝의 연기가 낮게 깔리는 현상 등을 참고도 한다는 것을 언젠가 들은 것으로 기억된다. 조상들이 비가 내릴 것인가를 예측하는 데 활용된 것들이다.

때로는 구전되는 말에서 성찰을 하게 하는 것을 발견할 수 있고, 혜안을 발견할 수도 있고, 희망과 영감을 얻을 수가 있다고 생각한다.

전래되는 말들이 네 소양을 배가시키는 자양분이 될 수 있고, 절대 명언이 될수도 있다고 생각한다.

2007년 12월 19일은 제17대 대통령을 선출하는 선거일이었다. 기호 2번으로 출마한 한나라당 이명박 후보가 대통령으로 당선되었다.

공교롭게도 12월 19일은 결혼기념일이기도 하다는 이명박 대통령 당선자의 생일이었다고 한다. 66번째 생일을 맞이한 날 아침, 그의 부인 김윤옥 여사는 미역국을 대신해 뭇국을 끓여 생일상을 차렸다고 한다. 기독교 신자라고 하기 때문에 미신을 안 믿을 듯도 하지만 마음에 걸렸던지 뭇국을 선호한 듯하다.

지구온난화와 인류의 평화: 상반된 개념?

노르웨이 노벨위원회는 2007년 노벨 평화상에 지구온난화 방지에 관한 영화에 출연도 하고, 지구온난화 방지에 기여도 했고, 부통령을 8년간 지내기도 한 미국의 엘 고어와 유엔정부 간 기후 변화 위원회(IPCC)가 선정됐다고 발표했다.

지구 온난화 예방에 앞장서 온 엘 고어와 유엔정부 간 기후변화위원회가 노벨 평화상을 받은 것에 대한 일각의 회의적인 반응이 있었다. 기후에 인류의 평화에 대한 무슨 관련성이 있냐는 것이다.

이에 대해 노벨위원회는 "기후 변화는 대규모 난민과 자원에 대한 폭력적 경쟁을 유발해 궁극적으로 인류의 안전을 위협할 것"이라고 해명했다고 한다.

내가 생각해봐도 기후변화와 인류의 평화는 서로 간에 상이한 듯하다. 하지만 궁극적으로 일맥상통하고 공통분모라는 생각이 든다. 시대에 따라 모든 것이 진화하고 변화하듯이 노벨 평화상도 거기에 준거하는 모양 같다.

기후 변화가 눈앞에 직면해 있는 것만은 기정사실인 듯하다. 하지만 직면해 있는 지금보다는 수십 년, 수백 년, 수천 년 후의 미래에 대한 지구의 안위를 염려하는 일이라고 생각해 본다.

"멀리 보고 쏘는 화살이 멀리 날아간다."는 말이 있다. 노르웨이의 노벨위원회가 유구하게 지구의 안위를 위해 멀리 보듯 네가 가이드라인을 정해서라도 멀리 보는 자세를 직시해야 할 필요가 있다. 네가 금쪽같은 시간을 효용성 없이 허비하는 자세는 아웃사이드다.

'인터넷의 아버지'라고 칭송받는 구글의 빈튼 서프 부사장이 한국에 왔다. 2007년 10월 17일 서울에서 열리는 '세계지식포럼 2007'에서 그는 "우주에서도 인터넷에 접속할 수 있는 시대가 얼마 남지 않았다."고 말했다고 한다.

네게서 내풍기는 함의는 알쏭달쏭하여 짚어 헤아리는 데 어려움이 있다. 예측가능해야 되는데 말이다. 언젠가 '투자의 귀재'라고 하는 워렌 버핏, 버크서 해서웨이 회장이 관련하여 말한 적이 있다. 워렌 버핏 회장이 2007년 10월 25일 한국을 처음 방문했다고 한다.

주식을 투자해 부자가 된 그는 한국을 방문해 대구 달성군 대구텍에서 기자회견을 통해 "이해할 수 없는 기업에는 투자하지 않는다."라고 말했다는데 알쏭달쏭한 네 함의가 떠오른다.

워렌 버핏은 또 "최고 투자는 자기 자신에게 하는 것입니다. 더 나는 자신을 위해 노력하는 것은 어떤 주식보다도 좋은 결과를 가져옵니다."라고 말했다고 한다.

워렌 버핏이 "이해할 수 없는 기업엔 투자하지 않는다."고 한 말은 개인도 이해할 수 있어야 되고, 투명해야 되고, 예측가능해야 된다고 본다. 그래야만 '지식기반' 경제시대에 급속히 전개되는 현실에서 네 지적재산이 네게 부를 가져다준다고 본다.

2007년 노벨위원회가 엘 고어와 유엔정부 간 기후변화 위원회에 노벨 평화상을 수여한 것은 예측 가능한 일로 혜안이라고 생각한다.

온난화 방지를 서두르지 않을 경우 필경 통제불능상태에 직면한다고 하기 때문이다.

온난화 방지를 안 했을 때 오존층이 파괴되고, 빙산이 사라져 해수면은 수 미터가 높아진다고 한다. 그랬을 때 지구의 재앙은 이루 말할 수 없다고 한다. 지구에 존재하는 동식물의 70~80%가 멸종에 이른다는 말도 있다. 이것은 곧 지구의 멸망이고, 인류의 멸망이라고 하는 게 무리라면 멸망의 일보 직전이라고 하면 될 것 같다.

이런 재앙을 대비해 노벨위원회가 지구의 온난화 방지에 힘쓴 엘 고어와 유엔정부 간 기후변화 위원회에 노벨 평화상을 수여한 것이 미래지향적이고, 예측가능한 혜안이라고 할 수 있듯이 네게도 미래지향적인 대비책이 절실하다.

구글의 부사장 빈튼 서프가 "우주에서도 인터넷에 접속할 수 있는 시대가 얼마 남지 않았다."라고 한 말은 좋게 해석하여 그저 앉아서 게임을 하고 검색을 할 수 있다는 식의 자세는 오판의 극치며 금물이다.

우주에서 인터넷을 접속할 날이 멀지 않았다는 것은 지식산업 경제에서 개인의 지식기반 경제로 옮아 오는 시대에 시공을 초월한다는 말일 것이다. 내가 네게 다시 말하면 지금처럼 질펀하게 앉아서 인터넷에 접속하는 행동은 날개를 펼 수 없는 자세라고 생각한다. 네가 우주에서 지구에 인터넷을 접속하는 주체가 되어야 한다. 닫혀있는 미래의 창을 네가 스스로 활짝 열어야 한다.

책에서 느껴지는 길

한국보건사회연구원이 2006년에 전국 6,787가구를 대상으로 자녀 1명을 낳아 대학 졸업까지의 양육비를 조사했다고 한다. 그 결과 2억 3,200만 원이 소모되는 것으로 추정된다고 발표했다.

한국보건사회연구원이 조사한 결과 발표를 보고 나는 시뇨리지라는 말이 언뜻 떠올랐다. 시뇨리지라는 말은 화폐의 액면가와 화폐를 발행할 때 드는 비용을 공제한 차액을 일컫는 말이다.

예컨대 10원짜리 동전을 만드는데 금속 물질을 포함한 제조 비용이 5원이라고 하면 10원에서 5원을 공제한 5원을 뜻한다.

우리나라가 현재 사용하는 동전은 10원짜리, 50원짜리, 100원짜리, 500원짜리가 일상에서 통용되고 있다. 10원짜리보다는 50원짜리가 50원짜리보다는 100원짜리가 100원짜리보다는 500원 동전이 제조하는 원가 비용이 더 든다고는 하는데 시너지효과 즉 차액은 순차적으로 엄청나다.

그래서 나는 10원짜리 동전은 초등학교 졸업이라고, 50원짜리 동전은 중학교 졸업이라고, 100원짜리 동전은 고등학교 졸업이라고, 500원짜리 동전을 대학교 졸업이라고 대비시켜 봤다.

10원짜리 동전은 제조하는 비용이 비교가 안 될 정도로 500원짜리 동전을 제조하는 비용과 비교해 상대적으로 제조하는 비용이 적다. 낮은 액면가에 걸맞게 시너지효과가 미미하다.

세부적으로 산술적인 계산을 해봤다.

10원짜리 동전을 제조하는 비용이 5원, 50원짜리 동전을 제조하는 비용이 25원, 100원짜리 동전을 제조하는 비용이 50원, 500원짜리 동전을 제조하는 비용이 250원이라고 한다면 따라서 각각의 시뇨리지는 5원, 25원, 250원이다.

동전을 제조하는데 액면가가 높은 동전이 제조비용도 많은 차이가 나지만 각 동전에서 발생하는 시뇨리지를 두고 동전 간의 관계를 대척점이라고 하면 어떠한지 모르겠다. 다시 말하면 식자와 그렇지 않은 자의 시너지효과를 말하고자 하는 것이다.

요즘 양극화 현상이 두드러지는데 식(識)자와 그렇지 않은자의 차이는 극에 달한다. 상대빈곤 폭이 증폭되고 있다는 말이다.

나태의 대척점은 열정이다.

궁구해 앎을 축적한 사람만이 시뇨리지 효과가 정점에 달해 부가가치가 높아진다. 동전이 액면가가 높아질수록 동전을 발행하는 데서 발생하는 시뇨리지처럼 말이다.

세계는 지금 글로벌 경제라고 한다. 무형의 '지적재산'을 충족하게 축적한 사람만이 앞서 나갈 수 있다. 그런 사람만이 뚫고 나가 대척지서 활보할 수 있다.

앎의 가치 척도를 제대로 성찰 못하는 네게는 절대 음감이 절대적으로 요구된다.

인터넷으로 말미암아 네게 미래를 보장받지 못하는 인터넷 게임에 한량없다. 한치 앞의 미래도 없는 일로 즉흥적인 즐거움뿐이다.

일중에 네가 인터넷 게임을 가장 우선시하다시피 하는 행동으로 봐서 네가 남다르게 칭송해야 할 사람이 한국에 왔다. '인터넷의 아버지'로 칭송받는 구글의 빈튼 서프 부회장이다. 그는 "우주에서도 인터넷에 접속할 수 있는 시대가 얼마 남지 않았다."라고 말했다고 한다. 앞에서도 말한 바 있다.

세계경제가 급속도로 전개되는 상황에서 거기에 상응하는 대응책을 마련해 조응하는 자세가 최선의 방법이다 준비하는 사람만이 기회가 오고, 맞설 수 있다.

"우주에서도 인터넷에 접속하는 시대가 얼마 남지 않았다."고 예측하는 사람도 있는 판국에 닭 쫓던 개 지붕 위에 오른 닭 물끄러미 쳐다보듯 해서는 안 될 일이다.

며칠 전 내가 네게 했던 말을 덧붙인다. 네가 어학원 단어집을 펴놓고 외우고 있을 때였다. "영어 단어를 외우는 것도 좋지만 영어 단어를 외우는 것을 한시적으로 중지했으면 한다."라고 말하고 그러면서 몇 권의 책을 말하면서 "그런 책을 읽어 봐." "맹목적으로 영어단어를 외우기보다는 영어 단어를 외우는 것, 공부를 왜 해야 하는가를 성찰하는 것이 우선"이다고 말한 적이 있다.

책말이 나왔으니 말이지 독일 프랑크푸르트에서는 2007년 59회 독일 프랑크푸르트 도서전이 열렸다고 한다. 독일의 배우이면서 화가라는 아민 뮬러스탈이 설계했다는 조형물을 방송, 신문 매체를 통해 봤다.

아민 뮬러스탈은 '브로크하우스' 백과사전의 조형물을 책꽂이에 세워 꽂듯 연이어 세워 놓았다. 책 상단이 마치 길처럼 말이다. 거기에 사람이 걷는 모습이었다. "책에 길이 있다."는 것을 표현했던 것이다.

마음의 열쇠,
행복의 문

네가 하는 컴퓨터 게임은 순간의 흥미일 뿐인데, 영원한 행복이고, 강장제라고 생각하는지 모르겠다.

행복이라는 것은 어떠한 사물 유형 형태가 존재하는 데서 발생하는 산물로써 눈에 보이지 않는 무형의 존재라고 생각한다. 동아일보와 서울대가 한국갤럽에 의뢰해 2007년 9월 성인 남녀 1,005명을 대상으로 '국민 의식조사 IMF 10년 한국 사회 어떻게 변했나'에 관한 조사 결과를 보면 60.5%가 "성공의 조건으로 돈"이라고 답했다고 한다.

가난한 사람에게도 행복은 존재하기도 하지만 보편적 관점에서만 봐도 어불성설이라고 생각한다. 뉴스 속에는 가끔 절도 사건이 잇따르고 있다. 스스로 자멸로 가는 불행의 무덤을 파는 행동인데 대개는 가난에서 오는 행동이다.

결혼을 하는 것도 행복을 추구하는 행동이다. 무에서 유를 창조하는 것인데 행복을 만들려고 설립한 공장이라고 해도 된다. 사람들의 궁극적인 목표가 불행을 원하는 사람은 단 한 명도 없을 것이다.

공부를 하는 것, 일을 하는 것 등의 모든 것이 행복을 추구하는 행동이다.

그런데 네가 하는 컴퓨터 게임도 궁극적으로 지향점이 행복이어야 하는데 요원한 일이다.

1881년에 태어나 1931년에 세상을 뜬 러시아의 발레리나 안나 파블로는 "성공은 행복이 아니다. 행복은 잠시 나타나서 우리를 즐겁게 해주고 날아가 버리는 것."이라고 했다는데 네가 하는 컴퓨터 게임과 비교된다. 무릇 안나 파블로가 "성공은 행복이 아니다."고 한 말은 행복을 옴짝달싹 못하게 영원토록 가둬둬야 행복이 존재한다고 말할 수 있다.

『처음의 마음으로 돌아가라』라는 정채봉의 책을 보면 "행복의 열쇠는 금고를 여는 열쇠와 맞지 않고 마음을 여는 구멍과 맞는다."라고 적혀있다.

희망, 용기, 비전이 있는 마음의 열쇠야말로 금고를 여는 구멍과 맞는다고 본다. 금고의 열쇠라야 행복의 문을 열 수 있다.

안나 파블로는 경험을 토대로 말을 한 듯하다. 그런데 너는 성공을 위해 공부 중이다. 앞서 말했지만 공부라는 것은 궁극적으로 행복을 갈망하는 데 목적이 있다. 미완성을 성숙에 이르게 해 완숙으로 가는 단계이다. 이런 판국에 너는 컴퓨터 게임, 거기서 성공을 위한 강장제를 얻는 건지 마는 건지 의문이지만, 아니 오판하고 있는데 순간의 즐거움, 쾌감에서 얻어지는 행복감은 증발되고 만다. 그저 공허할 뿐이다. 파블로는 메시지를 주고 있다. 영원한 행복을 만들려고 하는 마음가짐이 중요하다.

거울에 비친
내 자화상

버스를 타고 또는 걸어서 어학원에 다니는 것을 여간 불편하게 생각한 네가 한동안 네 형 자전거를 이용해 어학원에 다녔었다.

그런데 어느 날 여느 때처럼 자전거를 타고 어학원에 간 네가 깜박 잊고 자물통을 채워놓지 않았었는데 수강을 마치고 나왔을 때는 이미 자전거가 없어졌다고 내게 말했다.

그 후 며칠째 되던 날 네가 "걸어서 집에 오는 길에 버려진 듯해 보이는 녹이 잔뜩 슨 자전거를 타고 왔다."고 했다. 그러면서 "타고 다닐려고 하니 페인트를 칠해 달라."고 내게 말했다. 녹이 슨 자전거를 타고 다니기에는 너무 볼품이 없었기 때문이었는데 "자전거를 버리기는 누가 버려."라고 하면서 "그 자전거에 페인트를 칠하는 행동은 훔친 물건을 위장하기 위해 도둑이나 하는 행동"이라고 말했다. 또한 "그 자전거가 있던 그곳에 다시 갔다 놓았으면 한다."고 말했었다. 그러면서 "정 자전거가 필요하면 구입해 달라고 말하라."고 말했다. 다음 날 너는 문제의 자전거를 있었던 그곳에 갖다 놓았었다.

내가 10대 중반 꼭 네 나이 됐을 무렵이다. 문뜩 떠오른다. 당시 비가 날이었다. 식물을 이식하는 데는 아주 적합한 날이었다. 남에 집 울타리 옆에 있는 철쭉과의 한 뼘 남짓 되는 작은 나무 한 그루를 뽑아다 집에다 옮겨 심었었다. 반추할 수 없는 순간의 실수였다.

그런데 그곳을 내가 자주 지나기 때문인 듯한데 그 집에 어찌 알고 다음 날 내가 훔쳐 온 문제의 나무를 회수해 간 적이 있다.

반추하면 한 뼘 남짓 되는 나무 한 그루를 훔친 나는 몸 둘 바를 어찌할 줄 모르고 망신살이 끼었지만 성찰하는 전화위복이었다고 생각한다. 반성의 기회였고 자성하는 자각의 기회였다고 생각한다. "바늘 도둑이 소도둑 된다."는 말이 있는데 약이 됐다고 생각한다.

지금도 당시를 회상하면 내 마음 한 켠에는 가장 지울 수 없는 행동으로 남아있다. 지금까지의 나의 행동에서 가장 수치스러운 일로 쥐구멍이라도 찾고 싶은 심정이다. 심적 몸부림은 '깨진 유리창의 이론'이 돼버렸다. 당시 누추하고 비루하고 올곧지 못한 나 자신의 행동 때문에 거울이 내포하고 있는 위력, 투시력의 놀라움을 깨닫게 됐다. 당시 나는 한동안 거울을 제대로 주시하지 못했다. 거울에 비친 내 얼굴, 나의 부끄러운 자화상을 응시하지 못했기 때문이다.

거울에 굴절은 없었을 텐데 나의 얼굴은 이리저리 온갖 곳으로 굴절이 되어있었다. 다른 거울을 봐도 마찬가지였다. 거울에 투영된 굴절은 분명 삐뚤어진 나의 양심의 굴절이지 문제가 있는 거울은 아니었다. 올곧지 못한 내 양심이 발현되어 투영된 굴절이었다.

옛날에 한 선비가 아내에게 거울을 선물했다는데 거울을 들여다본 아내가 남편에게 왈 이 양반이 어디서 첩을 데리고 왔냐고 야단법석을 떨었다는 일화가 있는 거울은 내게 고해성사를 할 수 있는 것이고, 성찰하게 하는 사물이다.

내가 네게 언젠가 "오늘 하루를 최선을 다해 열심히 살았는가를 확인 차원에서 거울을 쳐다봐라."고 말하면서 "오늘을 최선을 다해 열심히 살았다면 네 얼굴은 똑바로 쳐다볼 수 있지만 그렇지 않다면 고개가 숙여지고 말 것이다."라고 말한 적이 있다. 나는 오늘도 네게 열심히 살았다고 말하고 싶다.

네가 타고 왔던 자전거를 있었던 그곳에 갖다 놓은 행동을 높이 칭찬한다. 문밖으로 아무렇게나 내팽개치지 않고 얌전스레 제자리에 갖다 놓았으니 천의무봉이다.

네 통신표를 읽어봐도 그렇고, 네 어머니가 선생님들을 만날 때마다, 한결같이 네가 올곧고 정직하다고 말한다는 말이 생각이 난다.

며칠 전 네가 다니는 어학원 앞에서 너를 기다리고 있을 때였다. 시간은 저녁 10시가 조금 지났을 무렵 네가 수강 선생님과 함께 나왔다. 승용차 안에 있던 나를 알아차린 네 선생님이 다가오길래 냉큼 차에서 내려 다가가 인사를 나눴다. 처음 나누는 인사였다.

그때 학원 선생님이 불현듯 네가 "책값을 얼마 받아갔냐."고 물었다. 평소에도 나는 네가 올곧고 정직하고, 꾸밈이 없다고 생각한 나는 전혀 예상하지 못한 뜻밖의 질문에 멈칫멈칫 머뭇거리다 너를 쳐다보며 "네가 말해."라고 선생님 옆에 서 있는 네게 말했다. 내가 네게 건넨 금액과 네가 말한 금액은 일치했다.

네 학원 선생님은 책값을 부풀려 받아 내는 줄 알고 그랬다면서 머쓱해한 모습은 너의 올곧음이 빛을 발하여 돋보인다.

간발이즐

네가 문제집을 풀면서 아니면 학교 숙제를 시작한 지 채 10여 분도 안 돼 네 어머니 아니면 나를 부른다. 1시간 공부한다면 따라서 횟수가 늘어난다. 너의 집중력 부재의 한 단면이다.

미국의 클레어몬트 대학원 교수이며 심리학자인 미하이 칙센트미하이는 성공한 CEO, 성공한 정치인, 성공한 예술가, 노벨상을 수상한 사람 등 다방면에 걸쳐 두루 성공한 사람들을 상대로 그 사람들의 생활방식이 어떠한가를 조사했다고 한다.

그 결과 지능지수가 낮은 사람이 있었는가 하면 높은 사람도 있었고, 명문대학 출신도 있었고, 그렇지 않은 사람도 있었고, 성장 배경이 좋은 사람도 있었고, 그렇지 않은 사람도 있었고, 학력 차이가 나는 등 천차만별이었다고 한다.

미하이 칙센트미하이 교수가 유일하게 발견한 공통점은 성공한 사람들이 한결같이 몰입하는 능력이 뛰어났다고 한다.

물리학자, 천문학자, 수학자이고 사과나무에서 사과가 떨어지는 데서 '만유인력의 법칙'의 원리를 찾았다는 뉴턴은 영국의 링컨셔주에서 농부의 아들로 태어났다고 한다.

케임브리지 대학에서 수학, 천문학을 전공했다는 그는 불과 28세 되던 해 교수가 되어 모교에서 강의를 시작했다. 교수직에 있을 때 그는 '미분과 적분'이라는 수학의 신분야를 개척했다. 이렇게 수학에서도 선구자가 된 뉴턴에게는 자기 집에 있는 사과나무만큼이나 유명한 몰입에 대한 일화가 있다.

그는 의문점이 있을 때 잠과 식사도 잊은 채 무아경에 빠지곤 했다는데 그게 바로 몰입이다. 그가 한번 생각한 것에 대한 얼마만큼 몰입했는가를 생각케 하는 유명한 일화가 있다. 어느 날 그의 집을 가는 데는 어지간히 가파른 재를 넘어야 했다고 한다. 그래서 어느 날 말을 타고 가던 그는 버거워하는 말을 고려해 말에서 내려 말의 고삐를 붙잡고 가파른 재를 오르기 시작했다. 재를 다 오른 뉴턴은 다시 말을 타려고 했다. 그러나 말은 온데간데없이 사라지고 그의 손에는 말고삐만 쥐어져 있었다고 한다.

몰입이라는 것은 어떤 일에 무아경에 빠진다는 뜻인데 집중력에서 기안한 경지로 봐야 한다.

네가 컴퓨터 온라인 게임에 무아도취하는 것도 얼핏 보기에는 대동소이한 듯하다. 하지만 깊이 파고들면 몰입의 무아경과는 개념이 극과 극에 달해 대척점이다.

몰입의 무아경은 유용성, 효용성이 있고 혜안이 있지만 온라인 게임의 무아도취는 순간의 즐거움뿐이고 미래가 전무하고 비전이 없다.

참으로 컴퓨터 게임이야말로 간발이즐(簡髮而櫛)이다. 현재를 노력하는 것은 미래를 위함이다. 미래가 없는 헛된 일은 유용적 가치가 없고 시간 낭비이다.

책과 산문,
지적재산의 시작

네 어머니가 너의 학교 국어 선생님에게서 전화를 받았다고 했다. 독후감 숙제 때문이라고 했다는데 학년 초부터 하나하나 순차적으로 내준 숙제였는데 지금껏 제출하지 않았다고 하면서 4개를 제출해야 된다고 말하고 컴퓨터로 내려받아 수정해 제출해도 된다고 말했다고 했다.

2학기도 불과 얼마 남지 않았는데 오죽했으면 "컴퓨터로 내려받아 수정해 제출해도 된다."고 했을까라고 네 어머니의 말을 들은 나는 생각해봤다.

『렉서스와 올리브나무』, 『세계는 평평하다』, 『청소년 부의 미래』, 『공부가 가장 쉬웠어요』 이외에도 부지기수인데 네가 읽으려고 폼잡고 애오라지 몇 쪽 읽다가 만 책들이다.

네 직분은 학생이다. 그래서 학습을 열심히 해야 할 책무가 있다고 생각한다. 학력 순위가 전부는 아니지만 이 사회의 실상이 순위를 가려 결정되고 있다. 그래서 순응할 수밖에 없다.

내가 네게 하는 말이 심하게 표현하면 귀가 딱지가 입고 따갑도록 "책 읽는 습관을 들여라." "책을 읽지 않고서는 아무것도 이룰 수 없다."라고 말한다.

내가 했던 말에 일부나마 증명할 만한 한 조사 발표가 있었다.

일본 문무과학성이 중학생을 대상으로 실시한 전국학력시험에서도 대체로 신문이나 책을 읽고, 독서에 많은 관심을 가졌던 학생들은 자국어 시험에서 75점에서 78점을 받았고, 안 그런 학생들의 점수는 61점을 얻어 상당한 점수 차가 있었다고 한다.

나보다는 방송을 더 보는 네가 잘 알고 있을 것으로 생각되는데 방송에 자주 출연하는 김제동이라고 하는 유명 방송인이 있다. 그는 2006년 '신문 읽기 스타'로 선정됐다. 그는 한 특별 강연에서 신문을 가리켜 "집 앞까지 보내주는 최고의 아침 밥상"이라고 말하고 "읽으면서 깊게 생각하도록 만드는 것이 가장 큰 장점"이라고 말했다고 한다. 또한 "사설은 신문만의 매력"이고 "사설을 스크랩해 여백에 내 의견을 적으며 필자와 대화하거나 논쟁한다."라고 말했는데 네 학교 선생님, 학원 선생님 들의 "신문의 칼럼이나 사설을 읽는 것이 논술력을 증진시키는 데 도움이 된다."는 말과도 합치한다.

방송인 김제동은 "수도꼭지만 있다고 물이 나오는 건 아니다." "물이 나올 수 있는 원천이 있어야 하는데 그게 바로 신문이고 활자"라고 했다고 한다. 그는 2007년 10월 3일 제44회 저축의 날 기념식에서 성실히 저축한 공로로 대통령 표창을 받기도 했다.

2007년 '올해의 읽기 스타상'에는 유명 소설가 은희경 씨가 받았다. 상을 받은 그는 "신문 읽기로 소설가의 기초체력을 가졌다." "신문 기사는 논리를 갖추고 있어 사고력을 키우고 자기 주장을 갖는 데 도움을 준다."고 말했다고 한다.

동서고금을 막론하고 지구촌 어디가 됐든 간에 책을 많이 읽는 사람이 세상을 지배한다고 한다. 작금의 세상 문명이 디지털이다 뭐다 하여 급속도로 빠르게 진행되고 있다. 그렇지만 모든 문명의 시작은 활자 매체가 발원지고 모태라고 생각한다.

개인의 지식기반 경제시대에 신문을 읽고 책을 읽어야만 해박해지고 혜안을 발견할 수 있다. 그래야만 지적재산 부가가치가 높아진다. 그것은 두말할 필요도 없는 해박한 사실이다.

상처에서 배운
큰 교훈

『마음을 열어주는 101가지 이야기』(엮은이 잭 캔필드, 마크 빅터 한
센, 옮긴이 류시화, 도서출판 이레)에 있는 이야기이다. 인용해 적는다.

미국에 성공한 어느 과학자가 있었다 그는 어느 날 한 신문기자
로부터 창조적이면서 그렇게 성공할 수 있는 비결이 뭐냐는 질문
을 받았다고 한다. 질문에 과학자는 네 살 때 냉장고에서 유리병에
담겨진 우유를 꺼내다가 손이 미끄러져 병이 깨지면서 마룻바닥이
온통 하얀 우유 바다가 되게 했던 것이었다고 한다.

그가 우유병을 깨뜨려 우유 바다가 됐는데도 그의 어머니는 큰
소리로 고함치지 않고 "도대체 웬 걸작을 만들어 놓은 거니! 이렇
게 어마어마한 우유 바다는 난생처음 본다. 기왕에 이렇게 된 이
상 네 맘껏 놀아라. 그런 다음 닦아내자"라고 말했다고 한다. 어머
니의 말을 들은 그는 기회는 이때다 싶어 얼씨구나 하고 마룻바닥
에 흥건한 우유로 손, 발등에 칠하고 얼굴에 세수하듯 마사지하고
즐겁게 놀고 있었다. 한참 지난 뒤 그의 어머니는 "이렇게 어질러
놓은 뒤에는 반드시 깨끗이 치워야 한다는 것을 너도 알지. 그런데
너는 어떻게 치웠으면 좋겠니? 스펀지, 수건, 걸레가 있는데 뭐가
마음에 드는지 모르겠다."고 말하자 그는 스펀지를 가지고 어머니
와 함께 우유가 흥건한 마룻바닥을 닦았다고 한다.

아들과 함께 마룻바닥을 말끔히 닦은 어머니는 "넌 작은 손으로 큰 우유병을 드는 실험에서 실패한 거라고 말할 수 있다. 그러니 유리병에 물을 담아 다시 한번 해보자. 실수 없이 제대로 옮길 수 있는 방법을 네가 터득하도록 말이다."라고 말했다는 얘기는 혜안을 엿볼 수 있는 훈육에 철학인 듯하다.

그런데 네가 두 살 때 일이다. 냉장고 문을 열고 우유가 담겨진 유리컵을 깼다는 사실이 공통점이라는 생각에서 이어본다.

네가 두 살 때 어느 날 너는 냉장고 문을 열고 우유가 담긴 유리컵을 꺼내려다 그만 바닥에 떨어뜨리고 말았다. 그때 유리컵은 산산조각이 되고 안타깝게도 파편 하나가 유리컵이 깨짐과 동시에 네 오른쪽 엄지발가락에 꽂혔다. 부리나케 나는 유리 파편을 조심스럽게 뽑아냈다. 무릇, 상처가 깊은 듯했다. 얼추 잡아 족히 1㎝ 가량 깊숙이 파고든 듯했다. 안 되겠다 싶어 곧바로 개인 정형외과에 갔더니 대학병원으로 가라는 것이었다. 하릴없이 대학병원으로 갔었다. 인대가 파손됐을 수도 있고, 그래서 만약 인대가 손상됐다면 수술하지 않을 경우에 성장하면서 다친 발가락이 비정상일 수 있다는 대학병원 측의 말에 따라 수술을 받았다.

네가 수술을 받는 동안 나는 보호자 대기실에서 수술 대기 중, 수술 중이라는 등의 표시가 나오는 상황판을 보고 있었다. 나뿐만 아니라 다른 수술환자의 뭇 보호자가 초조한 심정으로 상황판을 주시하고 있었다.

그런데 네가 수술 중이라고 상황판에 표시될 때 상황판을 주시하고 있던 한 보호자가 "어머, 두 살배기 아이가 수술을 받나 보다."라고 혼잣말로 안쓰러움을 표시했을 때 곁에 있던 나는 마음이 찡했었다.

성공한 미국의 어느 과학자가 어린 시절 유리병을 깨뜨린 것과 네가 어린 시절에 유리컵 깨뜨렸다는 것이 너무나도 흡사하다. 다만 주워 담을 수 없는 우유를 가지고 놀이를 한 것과 상처로 인해 병원으로 가 수술을 받아야 했고, 그리고 놀이를 할 수 없었다는 차이다.

미국의 성공한 과학자는 우유병을 깨뜨린 것을 회상하며 비결이라고 했다. 네게는 당시 엄지발가락 상처가 깊은 탓인지 흔적이 지워지지 않고 그대로 남아있는 듯하다. 그래서 미국의 성공한 과학자와 우유 사건의 정도를 비교하면 네가 정점에 올라서 있다! 성찰하는 자세가 요원해 적어봤다 피장부아장부(彼丈夫我丈夫)이다.

반딧불이와 빛

지난해, 네 할머니 생신을 즈음해 시골에 갔을 때 어두운 여름 밤이었다.

너와 앞뜰에서 밖으로 나왔을 때는 어둠 속의 적막감이 돌았는 데 그때 바로 앞에서 영롱한 빛을 발산하며 휘젓고 나는 몇 마리 의 반딧불이 무리가 있었다.

반딧불이는 체내에 있는 루시페린이라는 물질이 발광효소 루시 페라아제가 산화시킬 때 빛이 발생한다고 한다.

반딧불이의 발광체는 어둠 속에서만 빛을 발광하여 자신의 주위 를 밝게 비춘다.

문뜩 떠오르는데 내가 어렸을 적 반딧불이를 잡아 발광체가 달린 꽁무니를 만져보기도 하고 코끝에 갖다 대보기도 했다. 열이 있을 것이라고 생각했기 때문이었는데 아무런 열은 발견할 수가 없었다.

반딧불이가 어두운 밤하늘을 날을 때 발광효소 루시페라아제가 루시페린이라는 물질을 산화시켜 주변을 밝게 하듯이 네가 학습 해 습득한 앎의 논리 정연한 천하지변의 결정체는 빛을 만들어 낼 수 있다. 반딧불이가 발산하는 빛은 달빛처럼 아무런 에너지도 만 들지 못한다. 그저 온기도 없는 영롱한 빛일 뿐이지만 네 앎이 작 동해 발산하는 빛은 뜨거운 태양과 같다. 그래서 따뜻한 빛을 밝힐 수 있다. 감정이 있는 빛이며 에너지가 넘치는 빛이다. 그래서 네 미래가 보이는 투명한 빛이고, 인류에게 희망을 주는 빛일 수 있다. 반딧불이는 어두운 데서만 빛을 밝히지만 네 앞에서 발현되는 빛은 밤낮은 물론이며 전천후의 영원한 빛이다.

큰길로 걷는 용기, 골목길로 빠지는 매력

골목길, 고샅길, 국도, 고속도로, 농로 등의 길은 우리가 걷고 차가 다니고 경운기, 트랙터 등이 다니는 길이다.

며칠 전 너와 병원에 들렀다가 걸어서 집으로 가는 길이었다. 앞서가던 네가 큰길을 놔두고 복잡한 골목길로 갔던 일이 떠오른다. 바로 옆에 있는 큰길과 거리를 따진다 해도 오십보백보였다. 그래서 나는 네게 "큰길이 있는데도 골목길로 가느냐. 당당히 큰길을 걷지 않고"라는 말을 한 적이 있다.

사람이 살아가면서 필연적으로 골목길, 고샅길을 걷게 되고 국도와 고속도로 등도 이용하게 된다. 그런데 약간의 지름길이라고 해서 골목길을 선호했던 너처럼 골목길을 좋아하는 사람이 많은 듯한데 무릇 필연적이라는 생각이 든다.

문득 김영삼 전 대통령이 생각이 난다. 평소 휘호를 자주 쓴다는 김영삼 전 대통령의 휘호 중에 대도무문(大道無門)이라는 휘호가 있다. 대도무문이라는 휘호는 그가 대통령이 되기 전부터 쓴 것으로 알고 있다.

그가 대통령이 됐기 때문이기는 하겠지만 대도무문이라는 글이 무릇 많은 것을 함축하고 있는 듯하다. 그래서 나는 골목길, 고샅길, 국도, 고속도로 등에서 고속도로를 다시 한번 생각게 한다. 고속도로는 길 중에서 가장 큰길로 보면 옳다. 그래서 김영삼 전 대통령이 쓴 대도(大道)를 고속도로라고 생각해봤다.

고속도로는 속력제한을 규제하는 감시카메라가 있기는 하지만, 스톱케 하는 규제적 교통신호등 같은 어떠한 장치는 없다. 그래서 신호등은 문이라고 비유해 봤다. 문이 없는 고속도로는 거침새 없이 목적지에 도달할 수 있다.

옛말에도 '성인군자는 큰길로 다니지 골목길로는 안 다닌다.'는 말이 있다. 김영삼 전 대통령이 대도무문이라는 글을 쓰고, 큰길을 걷고 대통령이 되었다고 할 수 있듯이 거침새 없는 큰길을 당당히 걷겠다는 마음가짐이 네게도 중요하다고 생각한다.

대도무문이나 엇비슷한 뜻이 담긴 말이라고 할 수 있는 행불유경(行不由徑)이라는 말이 있다. '샛길 또는 뒤안길을 걷지 않고 큰길만을 걷는다.'는 말인데 큰길을 정정당당히 걷는다면 네 미래의 문은 활짝 열려있다고 생각한다.

운명의 전환, 류카쿠산

"이 소리가 아닙니다. 이 소리도 아닙니다. 용각산은 소리가 나지 않습니다."라고 하는 광고가 오래전에 있었다. 보령제약의 광고이다.

용각산이라고 하는 진해거담제 약인데 우리나라의 보령제약에 의해서 널리 알려진 일본제약회사의 약이다.

동아일보가 "일본 '100년 기업'을 가다"라는 시리즈로 5번째로 용각산 제조회사 류카쿠산을 소개했다. 회사가 수십 년째 내리막길을 향하고 있었다.

음대를 졸업하고, 음악교사 생활을 하다가 야전 '현장 영업맨'으로 실전 경험을 쌓은 뒤 부친에게서 회사 경영권을 이어받아 사장이 됐다는 후지이 류타 사장은 회사의 발전을 위해 변화를 강조했다고 한다. 그런 그는 "기업이 오래됐다는 것은 지금까지 잘해왔다는 뜻도 되기 때문에 전통이 있는 기업일수록 변화를 싫어하기 마련,"이라면서 "하지만 환경이 변하는데도 변화를 거부하는 기업은 망한다."라고 말했다고 한다.

변화해야만 회사가 산다고 신념에 찬 후지이 류타 사장은 용각산을 어린이도 먹기 좋게 '연하 보조 젤리'로 만들었다고 한다. 그가 생각해 낸 아이디어는 화살이 과녁의 심층부를 적중시키듯 성공해 매출이 급상승했다고 한다. 이때 후지이 류타 사장은 기회를 놓칠세라 내친김에 장장 40년 가까이 이어져 왔다는 TV 광고를 2004년 바꿨다고 한다.

우리나라에 용각산 광고를 보면 언뜻 기침이 연상되곤 했었는데 일본에서도 그처럼 연상되는 듯한 캐치프레이즈 "쿨룩하면 류카쿠산"에서 "목을 깨끗하게 류카쿠산"이라고 일대 대전환시켰다고 한다.

쿨룩하면 류카쿠산이 소비자에게 전달되는 이미지가 '사후치료'였다면 '사전예방' 이미지의 '목을 깨끗하게 류카쿠산'이라는 문구는 내리막길에 있던 회사가 기로에서 일어나게 하는 견인차 역할을 했다고 한다.

류카쿠산, 후지이 류타 사장이 연하보조 젤리라는 것을 개발한 아이디어가 회사를 살렸듯 아이디어로 성공한 사람이 많다고 한다. 일례를 들면 1915년 강원도 통천에서 태어난 정주영 현대그룹 창업주는 10대 후반 소 판 돈을 가지고 집에서 도망쳐 나왔다. 현대를 창업해 성공한 그는 소떼를 몰고 북으로 가 유명세를 타기도 했다. 1946년 서울 중구 초동에서 '현대 자동차 공업사'로 출발한 상호에서 따온 '현대'라는 말이 세계적인 글로벌 기업 현대그룹의 사명이 되었다.

세계적인 기업 현대가 되게 하는 데는 정주영 회장의 톡톡 튀는 재치만점인 아이디어가 상당 부문 기여를 했다고 본다. 그에게는 영원히 길이 남을 이런 일화가 있다. 한국전쟁 때 일이다.

미국 대통령선거에서 '한국전쟁을 종결 짓겠다.'는 공약을 내걸고 당선됐다는 아이젠 하워가 취임을 앞두고 1953년 1월 한국 방문이 예정되어 있었다.

아이젠 하워의 방한 스케줄에는 부산에 있는 유엔군 묘지 참배가 포함되어 있었다고 한다. 때는 1952년 12월 엄동설한. 정주영 회장이 유엔군 묘지 단장 공사를 한창 진행 중이었는데 떼 한 장 입혀 놓지 않아 미완성된 유엔군 묘지는 황량하기 그지없었다고 한다.

새 대통령 당선자 아이젠 하워가 유엔군 묘소 참배 예정일이 불과 얼마 남지 않은 판국에서 미 8군 사령부는 난감한 처지에 놓였다.

난처하게 된 미 8군 측에서 단시일 내에 푸른 잔디를 입힐 수 없느냐는 주문에 정주영 회장은 푸른색 풀만 입혀도 된다는 것을 확인하고 공사비의 300%를 요구해 계약을 체결했다고 한다. 이미 꾀를 내어 무엇을 갔다 해 놓으면 되겠다고 생각했던 그는 낙동강변에 널려있는 보리밭은 사들여 보리포기를 마치 떼잔디처럼 떠다 유엔군 묘지를 순식간에 푸르게 단장했다. 그래서 아이젠 하워는 푸르게 단장된 유엔군 묘소를 참배할 수 있었다고 한다.

삶의 시작,
우리는 모두 도전자이다

네가 태어나서 일성으로 첫 말을 한 것은 응애였다! 전문가에 의하면 태어나자마자 응애라고 하는 울음소리에 대해 환경의 변화 때문이라고 한다. 하지만 나는 그게 사실일지언정 도전한다는 일성으로 세상에 울려 퍼지게 하는 희망찬 메아리라고 생각한다.

네가 5개월이 됐을 때는 누구의 도움 없이 혼자서 몸을 뒤집었다.
네가 8개월이 됐을 때는 기어다녔다.
네가 9개월이 됐을 때는 혼자서 앉기도 했다.
네가 10개월이 됐을 때는 붙잡고 일어서고 손을 떼도 한두 발짝 옮기기도 했다.
네가 13개월이 됐을 때는 제법 잘 걸었다.
네가 17개월이 됐을 때는 어설프게나마 달릴 줄도 알았다. 이렇듯 누가 시키지 않았어도 태어나서 응애라고 선포하고, 뒤집고, 걷고, 뛰어다녔다.

그런데 넘어지기를 수없이 거듭하다 일어서는 데 성공했다. 일어서 걷는 것도 마찬가지로 넘어지기를 반복하다 잘 걸을 수가 있었다. 모두가 네 자의에 의해서 성공한 것이다. 그래서 무릇 사람은 태어나면서부터 도전정신이 충만한 것만은 기정사실인 듯하다.

하지만 성장함에 따라서 아니 유년기를 벗어나면서 점차적으로 도전의식이 약화되는 경향이 문제인 듯하다! 그래서 유년기 시절의 도전정신을 업그레이드해 고취시키고 배양시킬 필요가 있다고 생각한다. '인생은 배팅'이라는 말도 있는데 성공과 실패의 차이는 도전정신이 얼마만큼의 열정적이냐가 열쇠인 듯하다.

하나의 예를 들면 세계적인 글로벌 기업으로 성장케 한 정주영 현대그룹 회장이 조선소 건립 당시 도전정신이 어떠한가를 짐작케 하는 일화가 있다. "우리는 1500년대에 이미 철갑선을 만들었던 실력과 두뇌가 있소. 영국 철삽선의 역사는 1800년대부터로 알고 있습니다. 우리가 300년이나 앞서 있었소. 다만 쇄국정책으로 산업화가 늦어졌고 그동안 아이디어가 녹슬었던 것이 불행한 일이지만 그러나 잠재력은 그대로 남아 있습니다."(『시련은 없어도 실 패는 없다』, 정주영 저서에서 인용) 정주영 회장이 조선소를 설립하기 위해 차관도입을 목적으로 1971년 9월 영국에서 애플도어의 롱바톰 회장에게 한 말이라고 한다. "아직 선주도 나타나질 않고 또 한국의 상환 능력과 잠재력 자체에 의문이 많아서 곤란하군요."라는 롱바톰 회장의 차관 제공, 회의적인 말에 이순신 장군 초상화와 임진왜란 때 승전보를 울렸던 세계 최초의 철갑선 거북선이 도안된 500원 지폐를 꺼내 보이며 정주영 회장이 한 말이라고 한다. 그와 같은 500원짜리 지폐가 집에도 있다.

마포만, 울산 염포리 바닷가 몇 그루 나무, 몇 채의 초가집이 한가롭게 자리한 채 한량하기만 한 백사장에서 1972년 3월 23일 박정희 대통령이 참석한 가운데 현대 조선소 건립 기공식이 열렸다. 정주영 회장이 영국의 롱바톰 회장에게 배를 건조한 역사가 1500

년대부터 시작이라고 했지만 비로소 우리나라의 조선소 역사가 시작되는 날이다.

기공식에는 경제부 총리가 대통령을 수행했다. 대통령을 수행한 경제부 총리는 롱바톰 회장이 회의적이었듯이 배 한 척 만들어 본 적도 없는 사람이 차관을 빌려다 허허 백사장에 조선소를 건립한다는 게 내심 의심스러웠던지 기공식 날 저녁 박정희 대통령과 동석한 자리에서 "각하, 제가 보기에는 조선소 그거 될 것 같지 않습니다."라고 자신의 견해를 대통령에게 피력했다고 한다고 한다. 그때 경제 부총리의 말을 들은 박정희 대통령이 손에 들고 있던 술잔을 탁자에 부딪치며 "담당 부총리가 생각 없이 그런 말을 하면 일을 어렵게 만듭니다. 다시는 그런 말을 입 밖에 내지 마시오."라고 질타를 했다는 일화는 정주영 회장의 회고록에 나온다는데, 말 한마디면 전쟁을 일으킬 수 있고, 나라를 쥐락펴락할 수 있는 자리, 그런 자리에 있던 박정희 대통령도 정주영 회장의 도전정신을 인정하는 정점에 달한 극치의 예인 듯하다.

"책을 읽는 민족이 역사를 이끌어 갑니다."라는 글은 네가 2007년 11월 29일 학교에서 학급단체로 청와대를 방문했을 때 선물로 받아온 '갈피표'를 보호하고 있는 비닐 속 종이에 적힌 글씨이다. "대한민국 대통령 노무현"이라고 사인되어 있었고 "청와대 방문을 환영합니다."라고도 적혀 있었다.

광택이 나는 스테인레스 갈피표에는 "대한민국 대통령 노무현"이라고 음각으로 새겨져 있었고 청와대 건물도 도안돼 음각으로 새

겨져 있었다.

대통령을 만나 대화하지도 않았고 대통령에게서 직접 선물을 받지는 않았다고 하기 때문에 매우 아쉽기는 하지만 네가 다니는 한 학원 선생님이 떠오르고 반기문 유엔 사무총장도 떠오른다.

한 학원 선생님은 네가 어떤 계기가 되든 '동기부여'가 매우 중요하다고 말해서고, 반기문 유엔 사무총장은 고등학교 미국에 가서 미국 대통령 케네디 대통령을 만났던 게 꿈을 갖게 하고 성공하는 데 원동력이었을 듯하기 때문이다.

산이 있으면 계곡이 있듯 사람이 살아가는 데도 오르막도 내리막도 있다. 그렇듯 네 학교 성적표도 높을 때도 있고 그렇지 않을 때도 있다고 생각해 본다. 불과 얼마 전 네 성적표를 보면 상승곡선을 그려도 모자랄 판인데 너무 처져 있어 말하기가 부끄러울 정도다. 바닥의 임계점에 버금가니 말이다. 더구다나 대학입시, 수능시험이 등급제가 되어 모든 과목을 잘해야 한다는데 말이다.

앞서도 말했지만 내리막이 있으면 오르막도 있듯 내리막인 네 성적은 곧 새로운 출발이라고 생각한다. 멀리 뛰기 위해 개구리가 뒷걸음질하듯 엉거주춤거린다고 말이다.

비컨대 주식 시장을 보면 하늘 높은 줄 모르고 상승 행진을 하다가도 느닷없이 곤두박질칠 때가 있다. 그러다가도 나락에 떨어져 바닥을 기던 주식이 어느 순간 오르기 시작해 투자자에 희망을 주곤 한다. 언제 바닥을 기었냐는 듯이 말이다.

네 성적도 마찬가지라고 생각한다. 다만 오르막이라고 하는 것은 내리막과 달라 오르는 데는 내리막의 몇 배의 에너지가 절대적이다. 그렇듯 네 성적이 오르게 하는 데는 절대량의 에너지는 물론이다.

네게 성적이 오르게 하는 에너지의 요소는 노력, 의지, 집념, 몰두, 몰입이라고 생각한다.

회사 경영에 관한 조언과 진단, 처방을 하는 세계적 전도사 경영 컨설턴트 벤저민 트레고라는 사람은 "시간을 가장 잘못 사용하는 행위는 할 필요가 없는 일을 하는 것"이라고 말했다고 한다.

네가 휴대폰을 가지고 게임을 하고 컴퓨터 게임을 하는 것이야말로 유용적 가치 효용적 가치가 없는 일로 절대 불필요한 일이다. 나더러 진부한 사고라고 하려는지 모르나 때가 때인 만큼 네가 지금 처해있는 상황이 절박한 시기이기 때문에 더더욱 그렇다.

가는 길이 잘못됐다고 판단될 때는 지체해야 할 이유가 없다. 질질 끌면 끌수록 시간적 낭비요 무모한 행동이다. 속히 유턴해 제 방향을 잡아야 한다.

내비게이션은 길을 잘못 든 차를 가장 쉽게 목적지에 갈 수 있도록 할애하는 혁신적인 전도사다.

내가 마법이라도 지녔다면 네 행동을 온종일 관찰하고 판별해서 특히나 미적대는 행동에 대해서는 내비게이션처럼 빈틈없이 여과해 안내하고 싶은 생각, 꿀떡 같지만 어림 반 푼어치도 안 되는 소리일 뿐이다.

'위기가 곧 기회'라는 말이 있다. 네게는 지금이 어마하게 굉장한

위기라고 생각하냔. 위기가 곧 기회라는 말마따나 이러한 위기를 절체절명의 기회라고 생각하고 촌음을 다투어 긴 터널에서 탈출해야 한다. 걸림돌이 디딤돌이 되게 말이다.

경제 용어 중에 '스필오버 효과'라는 말이 있다. 한 요소의 생산 활동이 그 요소는 물론이려니와 다른 요소의 생산을 생산시켜 전반적으로 생산성을 높이는 효과를 말하는데, 괜찮은 네 두뇌를 부지런하게 하는 활동은 열정과 노력을 증대시켜 희망과 용기와 의욕이 굴기가 되게 활성화시킨다고 본다.

매년 11월이 되면 학생 신분으로 16년 동안 쌓은 결정체의 함량을 측정하는 달이다. 수능시험이 있기 때문이다.

상위 1%니 2%니 상위 5% 등의 순위가 가려진다. 그중 상위 1%에 속한 부류는 명문, 일류 대학에 가는 것으로 알고 있다. 상위 1%에 들어 일류 대학에 가는 것과 그렇지 않은 것과는 엄청나다. 일류 대학에 못 간다고 해서 반드시 성공 못 하고 출세 못 하는 법은 아니지만 일단 우선의 성공은 상위 1%가 가져간 셈이라고 해도 무방할 듯하다. 사회적 구조상 절대적으로 순위를 준거하는 것이 현실이기 때문이다.

네 성적표가 바닥을 치고 답보 상태인 것은 극치를 이루는 부화뇌동한 안일한 태도 때문이다.

껍데기는 딱딱하고 보잘것없는 날달걀도 부화뇌동하라고 부채질해도 효빈되지는 않는다. 이를테면 날달걀을 접시나 미끄러운 바닥에다 대고 어디 네 맘껏 신나게 돌 테면 돌아봐라 하고 온힘을 다해 힘껏 돌려대도 하라는 대로 돌지는 않고 뒤뚱거리며 마지못해 도는 듯하다가 곧 멈춰 서고 만다. 또한 뒤뚱대며 도는 날달걀을 순간적으로 잡았다 놓았을 때는 멈추지 않고 그대로 뒤뚱대며 도는 것이 날달걀이다.

달걀 속의 흐물흐물한 액체, 노른자위와 흰자위가 달걀 껍데기와 일치하지 않고 따로 움직이기 때문이라고는 하지만 맹목적인 효빈은 싫다는 뜻인 듯하다. 반면 익힌 달걀은 돌려대면 잘 돌뿐만 아니라 도는 달걀을 순차적으로 잡았다 놓았을 때는 잡는 순간 멈추고 말지 돌지는 않는다. 반대의 현상이 인다. 즉 효빈되고 만다. 이미 생명체를 상실한 삶은 달걀은 돌려댄다고 아무 영문도 모른 채 빙글빙글 도는 팽이를 따라 도는 것과 같다고 말하고 싶다. 삶은 달걀이 도는 것과 진배없는 행동이 네가 하는 컴퓨터 게임이라고 생각하는데 미래에 얼마만큼의 파장이 있을 건가를 따져볼 일이라고 생각한다. 파장을 가늠하기가 난해하다면 지난봄 어느 날 선유도에 갔었을 때 선유정에서 한강을 내려다보고 있을 때였다. 때마침 유람선이 물살을 가르고 유유히 지나가고 있었다. 그때 유람선이 만들어낸 파고가 번지고 번져 턱 밑까지 밀려와 언덕에 부딪히는 찰나를 너는 생생히 목격했었다.

에둘러 말하면 "말을 물가에 끌고 갈 수는 있어도 말에게 물을 먹일 수는 없다." 속담처럼 네 어머나나 나나 안동답답이 할 뿐이다. 어떤 해답이 없는 듯하다. 그래서 "공부는 스스로 자기가 알아서 하려고 했을 때 잘할 수 있다. '공부해라' '책 읽어라' 잔소리해봤자 아무 소용없는 일"이라고 뭇사람들이 하는 말이 철학적인 말이라고 정의해 본다.

최연소 기록으로 '세계 명예의 전당'에 등극해 이름을 올린 골프 선수 박세리에 관한 일화가 떠오른다. 박세리가 중학교 시절 박세리의 아버지는 어느 날 박세리를 골프 연습장에서 연습을 하게 하고 친구들과 거나하게 술을 마셨다고 한다. 그는 딸이 골프 연습장에 있다는 사실을 망각하고 있다가 불현듯 그 사실을 깨닫고 딸이 있는 골프 연습장에 부리나케 갔었다고 한다. 그때가 새벽 4시였다는데 놀랍게도 박세리는 그때까지 골프 연습에 여념이 없었다고 한다.

누가 시켜서 하기보다는 스스로 알아서 노력하고 최선을 다해 세계적인 골퍼가 됐다고 할 수 있는 박세리의 아버지는 "무엇이든 스스로 좋아서 해야 한다. 부모가 억지로 시킨다고 되지 않는다." 고 말했다고 한다.

반기문 유엔 사무총장이 영어를 잘해 미국에 갈 수 있었고, 미국에 가서는 케네디 대통령을 만나 사기가 등천해 그의 꿈은 승화되어 '세계 대통령' 유엔 사무총장이 되었다.

반기문 유엔 사무총장이 그랬듯이 영어에 관심이 많은 네가 대통령이 사는 청와대에 가서 징표가 되는 갈피표까지 선물로 받아 왔으니 어지간히 '동기부여'가 충족됐을 법도 하다.

요즘이야 청와대 앞뜰을 개방해 뭇사람들이 방문하기는 하지만 대한민국의 수많은 학생들이 청와대 방문을 못 함은 주류다. 그래서 너는 선택받은 사람으로서 동기부여가 될 수 있는 값진 기회였다고 생각한다. 아울러 "좋은 기회를 만나기는 힘들어도 놓치기는 쉽다."는 외국 속담도 생각난다.

화평굴기의 해 네가 "개천에서 용 났다."고 말할 수 있는 사람이 됐으면 한다. 청와대 말이 나왔으니 망정이지 대통령이 된 노무현 대통령이 한 말이 떠오른다. "저는 개인적으로 성공한 사람이다. 흔히들 '개천에서 용 났다.'고 하는 사람들이 있다."라고 말했다고 한다. 보통의 가정에서 판사, 변호사가 되고 국회의원이 되고 장관이 되고 대통령이 되어 일거에 최고의 명문 가문이 되게 한 노무현 대통령이 귀감이 됐으면 한다. '개천에서 용 났다.'의 대표 격 중 표인 듯하다.

꿈을 향한 나의 노력: 목표를 향한 응시

열정적으로 활력이 넘치는 노력이 지속됐을 때 네 내부 명령이 확대되어 무한경쟁의 글로벌 경제 시대에 팔방위, 십육방위에 질풍노도처럼 밀려와 에워싸는 외부영력과 대적해도 끄떡없다.

'십년 공부 도로 아미타불'이라는 말이 있다. 오랫동안 공들인 노력이 헛됨을 이르는 말인데, 대학원, 유치원은 차치하더라도 초등학교에서 대학교까지의 학습하는 기간이 16년이다.

통계청에 발표를 보면 2006년 조사한 결과 초등학교에서 대학까지 16년에 유치원을 포함해서 드는 비용이 약 2억 3,000만 원이었다.

네가 16년 동안 점진적으로 학습해 가고 있는 것은 비컨대 가마솥의 물을 끓이기 위해 계속해서 아궁이에 불을 지피고 있는 행동이라고 할 수 있다.

언젠가도 말했지만 『처음의 마음으로 돌아가라』 에세이에 저자 정채봉은 0도의 물에서 99도의 물, 그 차이는 99도나 되면서 에너지를 얻지 못하는 것은 마찬가지라고 했다.

앞서도 말했지만 네가 학습해 가고 있는 것은 에너지를 축적하는 노정이다. 그런데 미적대는 학습태도야말로 불을 지피는 시능일 뿐 물은 끓이지는 못하고, 에너지는 흐지부지 소모되고 마는 식이다.

그래서 미적대는 결과의 산물은 '16년 공부 도로 아미타불'이 될 공산이 크다.

네게 가끔 하는 말인데 공부를 미적대지 말고, 차라리 재능을 찾아야 한다. 꿈을 가지고 그 지향점을 향해 노력하면 그 꿈은 기필코 이뤄진다고 뭇사람들이 말을 한다. 네게도 지향하는 목표, 꿈이 있을 것이다. 꿈을 향해 부단히 노력하면 그 방향은 빗나가지 않을 것이다.

나는 트렁크를 열 때면 가끔 이런 일이 있곤 한다. 별생각 없이 나는 손에 익은 습관대로 잠긴 트렁크를 열기 위해 키를 꽂는 동시에 10시 방향을 쳐다볼 때가 있다. 열림 장치가 특별한 경우가 아니면 대기 시계방향으로 돌려야 열리게 되어있다. 그래서 나도 시계방향으로 돌려서 열었던 게 통상적이었고, 습관화되어있었다. 그런데 그렇게 익숙하건만 내가 10시 방향을 바라다보고 있을 때는 그쪽을 즉 키를 쥐고 있던 손이 시계 반대 방향으로 움직여질 때가 있다. 나는 특별한 의미도 부여치 않고 10시 방향을 주시했는데도 말이다. 평소의 습관이 180도 돌아서 내가 주시하고 지향하는 목표에 합치하려 한 듯하다. 내가 사고한 지향점을 향해 응시한 데서 동인하는 결과물인 듯하다. 그래서 또렷한 목표에 분명한 열정적인 의지로 전진할 경우 그 놀라움은 가히 짐작케 한다. 짐 캐스카르트라고 하는 강연가는 "당신이 바라보는 그 사람이 장차 당신이 될 사람이다."고 말했다고 한다. 이 시대를 세계화, 세계화하는데, 이 세계가 국가 간의 국경이 퇴색해지고 하나의 지구촌을 일컫는 말이다. 광케이블이 깔리고, 컴퓨터가 등장하고, 인터넷이 등장한 디지털 문명은 지구의 반대편까지도 이웃이 되게 한 셈이다. 이렇다 보니 빠르게 전개되는 질서 속 지식 경쟁이 정점에 달하고 있다. 네가 학습해 지식을 축적하는 건 지적재산, 무형의 재산을 축적하는 일로 인프라를 구축하는 것이고, 블루오션을 넓히는 것이다.

서자서아자아(書自書我自我)라는 말이 있다. '책은 책대로 나는 나대로'라는 뜻인데 공부는 한다고 하나 정신 집중을 안 하고 허투루 공부하는 네게 비견하기에 가장 적합한 말이다. 총알이 총구에서 빠져나오자마자 회전하며 직경을 점진적으로 넓혀가다 표적에 명중한다.

총알이 직경을 넓혀가다 표적에 명중하듯 지식 기반을 확대해 그 폭을 넓혀가야 한다. 그런데 그런 낌새를 알아차릴 수 없으니 오리무중이다.

컴퓨터 게임, 인터넷 게임, 휴대폰 게임 등은 네게는 뒷걸음치는 일로 가재한테나 송두리째 일임해야 한다.

최소한 프로게이머가 되겠다고 선언이라도 해야 한다. 아웃소싱, 인터넷 사업이라도 벌일 태세를 갖춰야 한다. 그게 아니라면 프로그래밍하여 프로그래머라도 될려고 하는 자세가 절실하다. 그러는 게 네게는 세계화에 동참하는 자세다.

아 참! 2007년 4월 프랑스에서는 "더 일하고 더 벌자."라는 모토로 슬로건을 내건 사르코지가 대통령에 당선되었다. 그때 함께 출마한 농민운동가 조제 보베는 1차 투표에서 1.32% 득표해 12명 중에서 10위를 차지했다는데 반세계화를 부르짖는 사람이라고 한다. 그는 반세계화를 실천하겠다며, 세계 곳곳에 문어발처럼 뻗어 있는 맥도널드가 매장을 건설하는 공사 현장에 직접 불도저를 몰고

들어갔었다고 한다. 그뿐더러 유전자 조작 연구소와 유전자 조작 농산물 재배지 등을 훼손한 혐의로 구속되기도 했다고 하는데 네가 취하는 뒷걸음질 치는 세계화의 개념과는 상이하다.

농민운동가 조제 보베는 인류의 건강을 위해 부르짖으며 세계화에 앞장서고 있다고 해야 한다.

미국 대통령을 지낸 클링턴이 햄버거를 너무 즐긴 탓으로 심장수술을 받았다는 말도 있다.

햄버거 맛이 얼마나 맛있는 건지 네가 햄버거를 먹을 때면 네 혀 미뢰의 정곡을 찔러 요동치는 듯하다. 내가 뺏어 먹을세라 맹꽁이 입 불거지듯 미어지게 미어지게 먹어 치울 때가 있다. 그때 너는 채 30분도 안 돼, 마치 믿기 어려울 정도로 금세 도드라진 피부를 긁어댈 때가 있다.

너만 봐도 프랑스의 대통령 후보로 나섰던 조제 보베의 행동은 뒷걸음질하기 위한 반세계화가 아니라 유일하게 직립하는 인류의 건강을 위한 열정적이고 역동적인 명약관화한 세계화다!

삿갓집

건설회사의 광고를 보면 갖가지를 들추면서 좋은 집이라는 의미를 부여해 선전하는 것을 볼 수 있다. 그런 광고를 접할 때마다 내가 유년기, 청소년, 청년기를 보냈던 고향 집이 연상되곤 한다.

고향 집은 네 면의 길이가 똑같은 정사각형으로 즉 전(田)자 형태의 구조로 되어있었다. 전면을 제외한 셋의 면은 두꺼운 황토 토담으로 되어있었다.

방 둘, 광 하나, 부엌 하나로 된 내부구조도 정사각형 네 개로 되어있었다. 각각의 크기가 같았다.

마치 독립기념이라도 된 양 집을 한 바퀴 빙 둘러싼 울타리는 키 2~3미터 남짓 되는 무궁화나무로 되어있었다. 그래서 울타리에서는 늦가을까지 무궁화꽃이 피고 지기를 반복했었다. 어찌 보면 장미꽃과 닮은 듯했다. 늦가을까지 피고 지기를 반복하는 것을 말한다. 무궁화나무는 이른 봄에는 연녹색의 연한 잎을 따서 된장을 넣고 국을 끓여 먹기도 했었다. 아욱국 같기도 했는데 맛은 더 좋았으며 별미였고 묘미가 미뢰를 흔들었다!

늦가을 아니면 이른 봄에 매년 한 차례씩 수수대나 볏짚 등을 엮어서 무궁화나무 밑동에 대고 둘러 가면서 울타리를 단장하곤 했었다. 단장을 하고 나면 깔끔해서도 좋지만 방한복을 입은 듯해 따뜻한 감도 있었고 토속적 미가 등천했다.

내가 태어난 곳이고 내가 첫걸음을 걷기 시작한 집은 애당초부터 즉 설계부터 상량이 없었다. 그래서 상량문도 있을 리 만무했다. 때문에 초가지붕에 이엉을 얹을 때 용마루를 틀어 올리지 않아도 됐었다.

옥척 없는 집은 뾰쪽할 수밖에 없었다. 궁궐 연못 등에 있는 오각정, 육강정, 팔각정 정자 지붕 같기도 했고 우산 같은 지붕이었다.

그래서 '삿갓집'이라는 별칭이 붙기도 했었다. 선사시대 움막집의 효시로 하면 어떨지 모르겠다.

언제부터는 용마루가 없는 게 미관상 심미성이 떨어진다는 이유에서 지붕에 이엉을 얹을 때 한발 남짓 가량의 용마루를 틀어 억지로 넣기도 했었다. 하지만 아무리 그렇게 한들 삿갓집이 누각으로 되진 않았다. '호박에 선 긋는다고 해서 수박이 되지는 않는 식'이었다.

일명 '삿갓집'은 동지섣달 엄동설한에는 아궁이에 불을 조금만 지피어도 온돌 방안은 외풍 없이 훈훈했었다. 토속미가 넘치는 삿갓집은 어미가 알을 품은 듯 온화함이 가득했었다. 뿐만 아니라 푹푹 찌는 듯한 한여름 삼복더위에도 여느 기와집이나 누각에 뒤지지 않고 시원했었다. 그래서 제아무리 굉걸한 집도 내가 자랐던 삿갓집에 비교하면 심미성이나 광장할 뿐이지 실용성 토속적 측면은 삿갓집이 월등하다!

요즘 건설회사가 짓는 대부분의 아파트는 흙 한줌 쓰지 않고 사람에게 해롭다는 잿빛 시멘트로 지어지고 있다. 목재가 들어갈 만한 곳에는(문, 문틀 등) 대개 합성건축자재가 주류를 이루고 있다. 그런 것들은 목재와 어찌나 흡사한지 목재인지 합성건축자재인지 분별하기 어려울 정도다.

많이 사용되는 도료, 본드 등은 유해물질이 함유하고 있어 사람에게 해를 끼치는 것으로 알려져 있다. 이런 요소들은 어린이가 아토피성 피부염을 앓는 데 원인이 되어 아토피성 피부염으로 곤욕을 치르다가 급기야는 새집증후군을 견디지 못하고 다른 집으로 이사 가는 경우도 있다고 한다.

건설회사가 흙 한줌 안 쓰고 짓는 집을 이것저것 늘어놓으면서 자랑을 하고 있으나 겉만 번드레하다고 좋은 집은 아니다!

출판 생각의 나무 번역 이현주 저자 데이비드 하비의 『에펠』이라는 책에는 이런 말이 있다 스코틀랜드의 포스교 건설자인 벤저민 베이커는 자신이 건설하던 스코틀랜드의 포스교가 강철 구조물이 갖는 미적인 의미에 대해 혼란스러울 정도의 다양한 반응이 있는 것과 관련하여 그는 "종종 다리의 외관이 바라는 것만큼 우아하지 않을 것이라는 주장들이 있다. 그러나 나는 마음속으로 베이컨 경의 말을 빌려 반박을 한다. 집을 살기 위해 짓는 것이지 보려고 짓는 것이 아니다."라고 자신을 변명했다.

어떻게 보면 스코틀랜드의 포스교 건설자인 벤저민 베이커가 한 변명은 내가 태어나서 청년기까지 지냈던 일명 삿갓집을 마치 대변이라도 하는 듯해 무한량하게 흐뭇하기도 하다.

내가 청년기까지 살았던 뾰쪽한 삿갓집은 비록 황토 토담과 이엉으로 있었던 초가지붕이면서 겉은 투박해 보이고 볼품은 없었지만 살아 숨을 쉬는 생명력이 충만한 집이었다!

요즘 황토방이 유행이고, 외벽이고 내부벽이고 황토로 쌓아 집을 건축해 사는 현대 건축가도 있다고 하니 내가 살았던 삿갓집은 선견지명이었고 건설회사도 흉내 내지 않는 참으로 흔치 않은 좋은 집이었다. 하지만 삿갓집은 흔한 사진 한 장 남겨놓지 않고 사라진 지 오래됐다. 대신 삿갓집이 있었던 그 자리에 신축한 건물이 자리매김하여 떡 버티고 있다. 안타깝고 아쉬운 생각이 간절하다.

만약 삿갓집이 존재하고 빙 둘러쳐진 무궁화나무 울타리가 그대로 존재한다면 모름지기 3.1절, 8.15 광복절에 한 번쯤은 훈장을 받았을 것이라고 극찬하고 찬미한다.

새끼 송아지의 용기

내가 어렸을 때 일이다.

학교에서 집에 오면 으레 개천 둑이나 산이나 들에 나있는 밭으로 소를 몰고 다니면서 소에게 양질의 풀을 뜯어 먹게 했었다. 한두 시간이 지나면 소의 배는 임신이라도 한양 불룩하게 튀어나오곤 했었다.

한번은 실제 이런 일이 있었다. 이날은 만삭으로 배가 볼록하게 나와있는 소에게 저 혼자 돌아다니면서 개천 둑에 나 있는 풀을 뜯어 먹도록 고삐를 풀어 놓았었다.

그런 다음 나는 풀피리를 만들어 불고 있었다. 그런 참에 쇠똥을 경단처럼 빚어 골프공만 한 것을 굴리고 있는 쇠똥구리를 발견했었다.

물구나무서듯 앞다리는 지면에 짚고 뒤쪽의 다리는 위로 쳐든 채 뒷걸음질로 굴리고 있었다.

한참을 굴리다가 미미하게 움푹 팬 곳에서 굴리고 가던 쇠똥을 놓치고 말았다. 구르던 쇠똥은 20~30㎝ 정도를 대굴대굴 구르다 멈췄다. 굴리고 가던 쇠똥을 놓친 쇠똥구리는 후각 때문인지 놓친 쇠똥을 금방 찾았다.

사람으로 비유하면 수레를 끌고 산등성이를 넘는 격이라고나 해야 할까. 안간힘을 다 쓰는 듯한 쇠똥구리는 오르막이 버거운 듯

오르지 못하고 필경, 뭉친 쇠똥을 3분의 1쯤을 갈라내고 나머지를 다시 둥근 경단이 되게 하여 오르막을 쉽사리 올라챘다. 갈라내고 남은 쇠똥을 동분서주하며 순식간에 경단으로 만들고, 난관을 헤쳐나온 쇠똥구리는 한결 가벼워진 쇠똥 경단을 경보하듯 빠르게 굴리는 것을 흥미진진하게 보고 있는 관객이 되었다.

거꾸로 처박고, 뒤로 잘도 굴리고 가는 버거워 보이는 행동에 의문점이 더해져 점점 삼매에 빠져들고 있는 참이었다.

그렇게 한눈을 팔고 있는 틈에 소 엉덩이에 새끼 송아지 다리 두 개가 나란히 삐주룩히 나와 있는 것을 발견했었다. 뒤늦게 안 사실이지만 앞다리였다.

불현듯 당황한 나는 안절부절 어떻게 할 바를 모르고 주위를 둘러봤으나 도움을 줄 만한 사람을 아무도 발견할 수 없었다.

그러는 사이 세상 밖으로 나오려고 하는 새끼 송아지는 풀밭 위에 와락 떨어질 것만 같았다. 그래서 나는 엉겁결에 두 팔을 가지고 안아 붙들려고 했다. 하지만 여남 살 된 내 힘으로 껴안기에는 도저히 택도 없는 역부족이었다. 때문에 나의 노력은 아무 소용없었고, 새끼 송아지는 어미 소에게서 분리되어 미끄러지듯 내 두 팔을 시치면서 카펫 같은 풀 위에 떨어지고 말았다.

이때 어미 소는 끈적대 보이는 액체로 물에 빠진 생쥐처럼 온몸이 흠뻑 젖어있는 새끼 송아지를 긴 혀로 한참을 정신없이 바삐 핥는 사이 새끼 송아지는 일어나지 못해 안달을 떠는 듯했다.

이를테면 새끼 송아지는 고개에 힘을 주어 쳐들고 다리에 힘을 주어 일어나려 하는 등 채근당하는 것을 나는 느낄 수가 있었다. 성질이 급하기가 참으로 짝이 없는 듯했다.

그러그러하다가 새끼 송아지는 드디어 일어나 걷기 시작했다. 하지만 비틀대며 몇 걸음 걷지도 못하고 주저앉고 말았다. '넘어진 김에 쉬어 간다.'고 쉬는 듯하더니 곧 다시 일어나 걷기 시작한 새끼 송아지는 비틀거리기는 했지만 비로소 제법 잘도 걷기 시작했다.

이후, 어림잡아 두어 시간이 가까워질 무렵 나는 두 마리의 소를 몰고 집으로 향했었다.

소를 몰고 집으로 가는 길은 좁디좁은 논둑, 밭둑을 거쳐야 되고 작은 도랑도 몇 군데 건너야 했다. 동네에 당도했을 때는 약 40도 정도의 비탈진 150여 미터의 언덕배기를 올라가야 했다. 이러한 길을 태어나서 처음 가는 길인데도 태어난 지 겨우 네댓 시간도 안 된 새끼 송아지는 어미 소의 네 발 가랑이 사이 틈새를 비집고 다니기도 하고, 펄쩍거리는 시늉도 하면서 도랑도 용케 잘도 건넜다. 비탈진 언덕배기 고샅길을 오를 때는 뚜벅뚜벅 걷는 모습이 영락없이 어미 소를 꼭 빼닮았고 힘차 보였다. 하지만 걸음걸이에 맞춰 울려 퍼지는 어미 소 턱밑의 워낭 소리에 발맞춤 하기에는 역부족이었고 새끼 송아지는 종종걸음을 걸었다.

텃새와 인간 철새

우리나라에는 사시사철 한곳에 머물며 살아가는 텃새가 있는가 하면 철 따라 찾아오는 철새가 있다. 선거 때만 나타나는 '인간 철새'도 있다.

철 따라 찾아오는 철새는 매년 같은 경로를 이용해 무리 지어 많게는 수만㎞를 비행하는 철새도 있는 것으로 알려져 있다. 우리나라를 찾는 철새 중에 시속 90㎞ 속도로 나는 제비는 동남아 등지에서 지내다 삼월 삼짇날을 전후해서 찾아오는데 처마 밑을 분주하게 드나드는 봄철에 나타나는 철새다. 흥부전이 떠오르기도 하고 정감이 가는 철새다.

하지만 흔하디흔했던 제비를 보는 것조차도 흔치가 않다고 한다. 주택 구조의 변화, 토양오염, 수질오염 등 환경적인 요인이 크다고 한다. 또한 농약 살포로 인한 먹이사슬의 변화로 먹이 부족이 주된 원인이라고도 말하는 모양이다.

선거철마다 나타나는 '인간 철새'는 조류 철새와 상당한 유사점이 있다. 이를테면 인간 철새는 선거철이 다가오면 어느 곳이 먹이(당선될 가능성)가 많은가를 놓고 이 당 저 당 기웃거리니까 그렇다. 그런 행동은 조류 철새와도 전혀 다르지 않다. 그렇지만 조류 철새는 생존을 위해서고 인간 철새는 권력을 누리기 위한 꼴이다. 다시 말하면 조류 철새는 환경적인(기후) 변화로 먹이가 부족하기 때문에 살아남기 위해서는 환경이 좋고, 먹이가 많은 곳으로 날갯짓을 할 수밖에 없다. 생존을 위해 선택했을 뿐이다.

인간 철새는 생존과는 거리가 멀고, 줏대도 없는 추한 행동으로 손아귀에 권력을 집어넣으려는 꼴사나운 행동이다.

그런데 2006년 5월 지방자치단체선거에서는 한쪽으로 기우는 판세 때문인지는 모르겠지만 인간 철새가 그리 많게 성행하지는 않은 것 같았다.

5.31 지방선거는 그랬다 치더라도 선거 때만 되면 나타나는 인간 철새에게 냉엄하고, 준엄한 심판을 하는 일은 '유권자의 몫이다'라고 언론에서는 자주 말한다.

이수호 전 민주노총 위원장이 2006년 11월 어느 날 '매일 노동뉴스에 "당신은 우리 이정표이십니다"라는 제목을 달고 글을 실었다고 한다. 그는 "선거철이 되면 알량한 권력을 잡기 위해 동네 개만도 못한 짝짓기를 서슴지 않았으며, 표 구걸을 위해 대기업 노조 앞에 무릎을 꿇으면서 창피한 줄 몰랐다."고 했다는 말이 많은 메시지를 주고 재밌다.

강과 숲 마을 어귀에서 대대로 내려오면서 살아온 텃새들이 인간 철새를 천적으로 여겨 원치 않을 것 같은 엉뚱한 생각을 해본다.

결혼,
단점과의 싸움

"결혼은 새장과 같다. 바깥에 있는 것은 필사적으로 안에 들어가려고 하고 반대로 안에 있는 것은 역시 필사적으로 벗어나려고 한다."는 말은 프랑스의 사상가 몽테뉴가 한 말이라고 한다. 결혼을하게 되면 자유롭지 못하다는 것을 말하고 있다.

그나저나 결혼은 자연의 섭리이고, 생물학적 측면에서도 본능이라고 생각한다. 결혼은 삶의 행복을 결정짓는 결정체라고도 생각해 본다. 심리학자 시드니 주러드는 사람의 행복은 타인에 의해서 85% 이상 결정된다고 말했다.

자신의 행복을 결정짓는 역할은 타인 중에서도 십상은 배우자일 것이라고 생각해 본다. 그래서 좋은 배우자일 것이라고 생각해 본다. 그래서 좋은 배우자를 만나는 것이 인생의 행복을 좌우한다고 해도 과언을 아닐 듯하다.

"자기 자신을 알라." "악법도 법이다."라는 말 등의 유명한 말을 남긴 고대 그리스의 철학자 소크라테스는 악처 때문에 고민한 부분이 역력하다. 그는 "결혼은 해도 후회이고 결혼을 안 해도 후회다."고 고뇌했다고 한다. 소크라테스가 메시지를 주듯 어떤 배우자를 만나냐가 행복을 결정짓는 매개라고도 생각한다.

"열 길 물속은 알아도 한 길 사람의 속은 모른다."고 했듯이 실로 사람의 속내를 훤히 투명하게 들여다보기는 매우 어렵다.

사람은 누구나 장점만을 갖고, 전지전능할 수는 없다. 많은 사람들이 단점은 드러나지 않게 할 뿐이라고 생각한다. 특히 결혼을 앞두고는 뭇 만남을 갖고 상대방의 장단점과 인간성을 헤아리는데 게을리하지 않기도 한다. 하지만 진실만을 명확히 가늠하기란 난제 중에 난제다. 장점만 노출되도록 의도적인 계산이 깔려있기 때문에 더욱 그렇다.

뭇사람들이 단점을 감추려 하는 속내는 어찌 보면 인간적 본능일지도 모른다. 하지만 결혼을 앞두고, 상대방에게는 예외를 둬야 할 필요가 있다고 말하고 싶다. 좋은 배우자를 만나는 것은 일생일대의 가장 중차대한 일이다. 앞에서도 말했지만 배우자와의 관계가 곧 성공과의 관련이 있다고 생각하기 때문이다.

설령 장점만을 보여주다가 결혼에 성공했다 하더라도 모두가 행복으로 직결되지는 않는다. 예를 들면 단점들을 종이상자 속에 차곡차곡 집어넣고 그것을 칭칭 동여매 놓았다손처도 시간이 경과됨에 따라 한 겹 두 겹 결결이 양파껍질 까발라지듯 하얗게 속살이 여실하게 드러나게 되어있다. 때문에 가려진 티가 샤워를 한 뒤에 도드라지는 것과 마찬가지라고 말할 수 있다.

그래서 성공한 결혼을 위해서는 결혼 전에 분명히 단점을 전부는 아니어도 반은 노출되도록 해 상대방의 반응을 읽어봐야 한다고 생각한다. 그래야만 만약 어떤 문제점이 발생했다 해도 그 부작용을 최소한으로 완화되며, 완충 역할의 매개가 될 수 있다고 본다.

요즘은 결혼을 알선하는 회사도 있고, 인터넷 중매도 시대에 따라 성행하고 있다. 그런데 60년대 무렵만 해도 '아날로그'식 중매쟁이에 의해 성사되는 결혼이 십상이었다. 그런 세시에서 정직하지 못한 중매쟁이는 거짓으로 포장을 하고 결혼이 성사되도록 애걸복걸한 예도 허다했다. 거짓된 중매쟁이로 말미암아 결혼생활이 지속되지 못하고 파경을 맞는 경우를 몇 번 본 적이 있다. 만약 거짓 없는 진실된 중매쟁이였다면 모르긴 하나 자명할 것 같다. 비컨대 디지털시대 지금의 결혼이라 할지언정 단점을 드러나게 하지 않으려는 행동과 거짓으로 포장된 중매쟁이와 동일시해볼 필요성을 느낀다.

결혼은 일생일대의 최대 중대사다. 성공한 부부가 되기 위해서는 앞서 말한 바와 같이 단점의 반은 도드라지게 해야 원만한 결혼생활, 좋은 부부가 될 수 있다고 생각한다. 언제부터인지 이혼율 세계 1위라고 하는데 불명예의 멍에를 벗는 데도 상당한 역할을 기여할 것 같다.

가벼운 싸움이
촉매제인 이유

가정도 그렇지만 국가와 국가 간에도 작은 사건이 큰 전쟁으로 확대되는 경우도 있다.

2006년 발생한 이스라엘과 제바논의 전쟁도 그렇다. 레바론 무장단체 헤즈볼라 지두자 하산 나스랄라는 2006년 8월 27일, "이스라엘 사병 2명을 포로로 잡은 것이 대대적인 전투로 번지리라고는 생각지 못했다."라고 레바논 TV 방송과의 인터뷰에서 말했다고 한다. 국가 간에도 그렇지만 가정에서도 살다 보면 부부가 사소한 문제로 싸움을 할 때가 있다.

결혼 후, 어느 정도 시간이 경과 됐을 즈음 부부는 주도권을 잡기 위한 까닭에 기선을 제압하려드는 경향이 있다. 그래서 종종 싸움으로 발전되기도 한다.

상당한 기간이 지나면서 한쪽이 밀리는 듯 풀이 죽어 양보하는 경향도 있다.

그러나 부부가 주도권과는 상관없는 사소한 일들이 싸움의 '진원지'가 되어 큰소리가 나오고 큰 싸움으로 발전하기도 한다. 이러한 상황에 이르렀을 때 서로는 딱히 해서는 안 될 말들을 족집게로 집어내듯 골라가면서 상대방의 아킬레스건만 건드려 자존을 상하게 해 되돌릴 수 없는 상처만 남게 만들기도 한다. 즉 '돈도 없는 주제' '당신 집안은 뭐 자랑할 게 있다고' '아무것도 모르는 주제에' '당신과 결혼한 것을 후회한다'는 등의 말들은 문제 해결에 도움이 되기는커녕 되레 '불난 집에 부채질'하는 꼴로 도화선의 극치다.

부부가 싸움을 한다는 것은 어떤 문제에 해결점을 찾는 방법 중에서 하나로 현명하지 못한 수단이라고 말할수 있다. 때문에 상대방의 자존심을 건드리는 행동은 문제 해결의 정점을 찾기는커녕 심화시키고 만다. 때문에 절대적으로 함부로 내뱉는 말을 자제해야 할 필요가 있다고 전문가는 말하곤 한다.

부부는 물론이며 누구를 가릴 것 없이 자존을 건드리고, 모욕적인 말을 받게 되면 뜻하지 않는 우발적인 행동으로 전혀 다른 방향으로 전개 될 수도 있다.

2006년 독일 월드컵 대회 이탈리아 대 프랑스와의 결승전에서 있었던 일이다.

이탈리아의 수비수 마르코 마테라치에게 유니폼을 잡힌 지단은 "갖고 싶으면 나중에 줄게."라고 말하자, 상대선수 마르코 마테라치가 말을 받아 "나는 네 누이가 더 좋다."고 응수한 말이 프랑스 선수 지단에게는 자괴심에 빠지게 되어 마테라치를 박치기로 응수해 자멸하고 말았다. 결국 박치기 때문에 지단은 퇴장해야 했고, 지단이 빠진 프랑스는 준우승에 만족해야 했다.

'미국 민주주의의 아버지'로 불리는 미국의 3대 대통령 제퍼슨과 함께 미국 독립 선언서를 기초한 미국의 정치가, 과학자, 저술가로서 보스턴에서 출생한 프랭클린은 "결혼하기 전에는 두 눈을 크게 떴지만 결혼 뒤에는 반쯤 감아야 된다."라는 말을 했다고 한다.

결혼이라는 것은 음과 양이 결합해 음극과 양극을 가진 자석처럼 하나의 부부가 되는 것이다. 자석은 음극과 양극이 각 반씩의 지분을 갖고 공존하며 '눈을 반쯤' 감는 듯하다.

결혼 전에는 누구의 간섭도 받지 않고 자유로울 수가 있었으나 결혼과 동시에 반은 제약을 받는다는 뜻이다. "결혼은 새장과 같다. 바깥에 있을 때는 필사적으로 안에 들어가려고 하고 반대로 안에 있을 때는 역시 필사적으로 밖에 나가려고 한다."는 몽테뉴의 말이 생각이 난다.

반은 양보하고 상대를 배려하고 이해한다면 큰 문제점은 발생하지 않을 것으로 짐작이 간다.

하지만 반을 양보하고, 배려하고, 이해한다고 해서 반드시 문제점이 없는 것은 아니라고 생각한다. 가벼운 싸움은 되레 문제 해결에 도움이 된다고 생각한다.

미국 로스앤젤레스 캘리포니아대 심리학 매슈 리버먼 교수팀이 연구한 결과를 보면 분노나 슬픔을 말로 표현하면 화나고 슬펐던 감정이 누그러졌다는 것이다. 이를테면 감정을 무조건적으로 억제하는 것보다는 말로 표출됐을 때 화난 감정, 슬픈 감정 등을 완화한다는 것이다.

실제 이런 일이 있었다고 한다. 3급 고급 공무원이었던 사람이 부부 싸움 끝에 부인을 숨지게 했었다.

언론에 의하면 숨진 부인은 직장동료에게 "우리 부부는 잘 싸우지 않는다."는 말을 자주 했다고 한다. 숨진 부인의 말대로 잘 싸우지 않았으니 남들이 보기에는 사이가 좋은 부부라고 이해할 수 있다.

하지만 그들 부부는 겉만 그랬을 뿐이지 가벼운 싸움을 잘 할 줄 몰랐기 때문에 극단적인 상황에 이르렀다고 생각한다.

더 말하면 가볍게 싸우는 건 이견을 제거하는 촉매제인데도 그런 게 없었기 때문에 극단적 상황이 되고 말았다는 것이다. 때문에 부부가 가벼운 싸움조차도 없다면 체내에는 소소한 감정까지도 차곡차곡 적재된다는 것이다. 요즘은 건강에 스트레스가 이슈가 되기도 하는데 사소한 게 집적되는 원인이 되기도 한다고 한다.

비컨대 고여 있는 물은 썩기 마련이다. 흐르지 않는 물은 맑아질 수가 없다. 바다를 막아 만든 시화호가 물이 잘 순환이 안 돼 물고기가 떼죽음을 당하고 생태계를 파괴해 문제가 된 적이 있다.

하나 더 예를 들면 우리가 매일 신는 양말도 목이 꽉 조이는 것을 하루 종일 끼고 있다보면 발이 부겁고 피로감을 느낄 수가 있다. 정맥의 흐름을 방해하기 때문이라고 한다.

미국 미시간대 연구팀은 가족 커뮤니케이션 저널 논문에서 배우자에 대한 화를 참고 사는 사람들이 그렇지 않은 사람들보다 빨리 죽는다는 결론을 얻었다는 발표도 있다.

사이가 아무리 좋은 '잉꼬 부부'라고 하더라도 약간의 문제까지 없지는 않다고 생각한다. 그 약간의 문제를 소진시킬 때 비로소 더 좋은 부부, 완벽한 부부로 발전할 수 있다고 본다. 그래서 자신을 콘트롤하여, 가벼운 부부 싸움을 해야 할 필요성을 느낀다.

심리학자 시드니 주러드가 사람의 행복은 85% 이상이 타인에 의해서 결정된다고 말했듯이 타인 중에서도 극명히 배우자가 행복의 정도를 십중팔구는 결정짓는 듯하다. 무릇 행복의 문을 열게 하는 열쇠는 배우자인 것이다.

패션의 유희

━━━

시대에 따라 민감한 반응을 보이며 유행을 낳는 게 패션이라고 한다. 미니스커트는 1967년 가수 윤복희에 의해서 유행하기 시작했다.

한창 미니스커트가 유행일 때 당국은 미풍양속을 해친다는 이유로 '풍속사범'으로 단속을 하였다. 그래서 길거리에서는 자를 들고 다니는 경찰관을 목격할 수가 있었고, 실제 길거리에서는 허리를 구부리고 손에는 자를 들고 여성의 무릎 위를 재고 있는 경찰관을 심심찮게 볼 수 있었다.

하지만 그런 세시는 시대의 변천으로 말미암아 이미 사라진 지오래고 전설 속의 이야깃거리나 되고 말았다.

한때는 길거리를 쓸고 다녔다는 풍자어가 있는 나팔바지가 있었고, 발목까지 닿는 롱스커트가 있었고, 마치 팬츠 같기도 한 핫팬츠라는 반바지가 유행한 적이 있었고, 겉옷을 벗어 던진 듯한 란제리 패션이 유행한 적도 있다.

미니스커트가 1967년에 유행했으니 40년이 됐는데 50회 돌맞이 행사라도 된 양 2006년 미니스커트가 대유행을 낳고 있다. 그것도 초유의 초미니스커트가 말이다.

요즘 대유행을 낳고 있는 초미니스커트의 규격이 가로 33cm, 세로 25cm라고 한다. 세로의 길이가 한 뼘 정도다. 나뒹구는 자투리 천을 가지고도 충분히 만들 수 있는 정도라고 한다.

2006년 초미니스커트가 초유의 유행을 하면서 한 대학 캠퍼스 도서관에서는, 초미니스커트를 입고 의자에 앉아서 책을 읽고 있는 한 여학생이 있었다고 한다. 그를 본 한 남학생이 "도서관에서 그런 옷을 입고 의자에 앉아서 책을 볼 수가 있느냐."고 한 말이 시비가 되어 소란스러운 적도 있었다고 한다.

여성들의 스커트가 길어지면 경제는 호황을 누리며 반면 스커트가 짧아지면 경제가 불황이라는 말이 있다.

공교롭게도 초유의 초미니스커트가 유행을 하고 있는 요즘 먹고 살기 편한 세상이 됐으면 하고 아우성치는 사람들이 많다. 그래서 속설일망정 어서 빨리 롱스커트가 유행해 위안이라도 됐으면 좋겠고, '먹고 살기 편한 세상'이 됐으면 하고 기원한다.

한국인의 분노와 감동

우리나라는 일본의 침략을 번번이 당해온 나라다.

410여 년 전에는 도요토미 히데요시가 일으킨 임진왜란이 7년이나 가면서 국력이 쇠퇴한 적이 있다.

임진왜란으로 우리나라가 입은 피해는 이루 헤아릴 수 없이 컸다고 한다. 온 나라가 전쟁터가 돼버렸다니 성한 곳이 있을 리 만무했고, 많은 사람들이 전쟁터에서 쓰러져 갔으며 어마어마한 부상자가 속출했으니 인명피해가 상상을 초월했다고 한다. 7년 전쟁을 치른 뒤 500만 명의 인구는 450만 명으로 줄었다고 한다. 황폐해진 농토는 기근의 원인이 되었고, 나라 제정과 국민의 살림살이는 궁핍하게 되고 말았다. 뿐더러 전쟁 당시 일본으로 끌려갔던 사람들 중에는 동남아 지역으로 노예가 되어 팔려 가기도 했다고 한다.

일본은 임진왜란뿐만 아니라 '여우 사냥'이라는 이름 아래 작전을 개시하여 국모 명성황후를 살해하기도 하고, 황제 고종을 강제 퇴위하게 했다.

우리나라는 일본 강점기에서, 1945년 해방이 되기까지의 장장 35년이라는 기간은 치욕적인 일들이 너무나도 많다. 우리나라를 말살하려는 일에 게을리하지 않았다. 그들은 많은 국민들을 학살하고 우리 한글을 없애려고 했으며 국민들의 이름을 일본식으로 창씨개명을 일삼았다.

그들은 식량이 부족하게 되자, 공출이라는 명목으로 곡식을 강탈해 가기도 했다. 이뿐만 아니라 그들은 태평양전쟁에서 군수 물자가 부족하게 되자, 그 부족 물자를 확보하기 위해 심지어는 우리 국민들이 일상에서 사용하는 놋쇠로 만든 화로는 물론이며 수저와 젓가락까지도 닥치는 대로 강탈해 가는 치졸한 행동을 서슴지 않았다.

요즘 일본 집권층은 과거의 행동들이 잘못됐다는 것을 아는 건지 모르는 건지 독도 수로측량이라는 침략행위를 강행하고 있다. 국내 한 신문의 사설에는 독도 외교협상이 끝나기 전, 일본계 한국인 호사카 유지 세종대 교수가 했다는 말이 실렸다. 그는 "일본은 도발의 천재다." "숱한 내전을 경험한 일본은 싸우기 전에 이겨 놓는 사전 공작이 치밀하며 이번 측량 도발도 그런 준비된 도발이다." 라고 했다고 한다. 태평양전쟁 때 자신의 어머니 이름을 딴 '에놀라 게이'로 명명된 B-29 폭격기를 몰고 히로시마에 '리틀 보이'라는 원자폭탄을 투하한 조종사 티베츠에 의해 항복한 적이 있는 일본은 침략당한 역사가 없다고 한다. 그래서인지 죄의식이 결여된 건지 모르겠다.

한국 외국어대 대학원으로 유학 왔다는 다구치 준이라는 유학생이 냉큼 떠오른다. 언론에 따르면 "일본에서 직장생활을 할 때 재일 한국인이 쓴 위안부 할머니에 관한 책을 접하면서 일본의 만행에 분노를 느꼈습니다. 한국인들에게 도움을 줄 수 있는 방법을 고민하다 헌혈을 생각하게 됐습니다."라고 다구치 준 유학생이 말했다고 한다. 다구치 준은 한국에 오기 전 일본에서 5번 헌혈했고, 한국에 와서는 무려 76번의 헌혈을 했다고 한다.

일본의 높은 사람들은 다구치 준처럼 헌혈하는 자세로 자숙했으면 참 좋겠다.

그들의 희생으로 자유가
이어짐을 기억한다

우리나라는 예로부터 많은 전쟁을 치렀다. 그때마다 의용병으로 나서 군인과 함께 나라를 지켰다. 한국전쟁 때는 학도병, 의용병, 한국군은 적과 싸웠다. 일제강점기 때도 의용병은 나서 싸웠다. 임진왜란 때도 그랬었다. 그 외 전쟁을 겪을 때마다 의용병으로 나서 나라를 수호하는 데 앞장섰다. 전쟁 때마다 많은 사람들이 목숨을 잃었다. 그 선열들이 있었기에 대한민국이 있다. 국가가 있기 때문에 광복절 행사도 할 수 있다.

2006년, 오늘은 8.15 광복절 61주년이 되는 날이다. 노무현 대통령은 세종문화회관에서 진행된 광복절 경축사에서 "일본은 과거와 같은 반복할 의사가 없음을 분명하게 증명해야 한다."라고 말을 했다.

어제 신문과 방송은 한, 중, 일 중고교 2학년생과 대학생 등 2,933명을 상대로 한국청소년개발원이 중국의 청소년 정치학원 청소년 정책연구소, 일본 쇼케이대학원과 공동으로 지난 3월에서 6월까지 설문조사해 발표한 내용을 보도했었다.

그 내용을 보면 '전쟁이 나면 참가하겠다.'고 응답한 일본의 청소년은 41%, 중국은 14.4% 한국은 10.2%였다. '외국으로 출국하겠다.'고 응답한 한국 청소년은 33.4%, 중국은 24.6%, 일본은 11%였다.

한국의 청소년은 '전쟁이 나면 싸우겠다.'에서는 꼴찌로 나타났고 '외국으로 출국하겠다.'에서는 1위로 나타났다. 부끄러운 일이 아닐

수 없다. 이 지경에 이른 주된 요인은 어른들의 영향 때문인 듯하다. 수천만 원을 들여 자식을 군대에 보내지 않으려다 붙잡힌 사람, 어린아이에게 외국 국적을 가지게 한 사람도 있었고, 임신한 사람이 출국해 출산을 하고 태어난 아이가 외국 국적을 갖게 하기도 했었다. 이런 어른들의 행동이 청소년에게 지대한 영향을 미친 듯하다.

그런데 '상황을 보며 결정하겠다.'고 응답한 일본의 청소년은 11%, 중국의 청소년은 24.6%, 한국 청소년은 38%로 1위였다. 고무적이고 희망적이다.

2006년 11월 23일 KBS 저녁 9시 뉴스는 다음과 같이 보도를 했었다. 그대로 인용해 옮겨 적는다. 홍기섭 앵커가 말했다.

"재벌그룹 아들들은 군대를 제대로 안 간다는 통념이 상당한 근거가 있는 것으로 확인됐습니다. KBS 탐사 보도팀이 재벌 총수 일가의 병역이행실태를 조사한 결과 재벌가의 병역면제율은 일반인들의 5배가 넘는 것으로 나타났습니다.

임장원 기자가 보도합니다. '자산 규모가 20조 원을 넘는 대형 재벌 7곳의 창업주를 기준으로 가계도를 그려 분석한 결과입니다. 생존해 있는 병역 의무자 175명 가운데 147명의 병역 사항이 확인됐습니다. 병장 이상 62명 방위나 산업기능 요원들이 37명, 질병이나 국적 상실 등 면제를 받은 사람이 48명이었습니다.

7대 재벌가의 면제율은 33%, 3명 가운데 1명이 면제를 받은 셈입니다. 생계 곤란과 학력 미달 등 재벌가와 관계없는 사유를 제외한 일반인의 병역면제율은 지난 30년간 6.4%입니다. 재벌가의 면제율 33%는 일반인의 다섯 배를 넘는 수치입니다.

특히 주목을 끄는 건 재벌가의 영향력이 커진 80년대 후반부터 병역의무가 부가된 30대 연령층입니다. 30대의 병역 면제율은 53%, 면제를 받은 18명 가운데 14명의 사유가 질병이었고 이들 질병 면제자는 한 명을 빼고 모두 외아들이나 장남이었습니다."

"재벌가의 외아들이나 장남은 후계자를 위한 거라고 볼 수가 있습니다. 그런데 그 후계자들이 유독 아픈 사람들이 많아서, 면제자가 이렇게 많다는 것에 대해서 납득할 수가 있겠습니까."(인터뷰했던 사람의 말)

"KBS와 동서리서치가 국민 1,000명과 국회의원 115명을 대상으로 여론조사를 한 결과 부유층 자제 등의 병역 이행을 병무청이 특별 관리할 필요가 있다는 의견이 양쪽 모두 75%로 나타났습니다."

대통령 코미디,
권세의 정치판에서 웃음 찾기

전두환 대통령을 닮은 코미디언과 탤런트를 TV를 통해 볼 수가 있었다. 하지만 이들은 80년대 어느 때부터인지 한동안 TV에서 볼 수가 없었다. 훗날 안 사실이지만 그들은 전두환 대통령과 닮았다고 해서 TV 출연에 제재를 받았기 때문에 TV에 출연할 수 없었다는 가십이 있었다.

이와는 대조적으로 미국에서는 대통령을 꼭 빼닮은 코미디언이 대통령과 함께 등장해 웃음을 선사하기도 한다고 한다.

미국의 부시 대통령은 2006년 4월 29일, 연례 백악관 기자단 만찬장이 열렸을 때 자기와 얼굴이며 목소리까지도 영락없이 빼닮은 스티브 브리지스라는 코미디언과 함께 나와 웃음을 연출하는 것을 TV를 통해 방송했다고 한다.

코미디언 스티브 브리지스와 함께 등장한 조지 W 부시 대통령은 최근 그가 단행한 백악관 비서실 개편을 염두에 둔 듯 "여러분 나는 오늘 밤 기분이 좋습니다. 대대적인 백악관 인사에서 살아남았거든요."라고 말하자 그 옆에 나란히 서 있던 코미디언 스티브 브리지스는 말을 받아 "언론은 내가 말한 것을 전하는 게 아니라 나를 당황하게 하려는 식이죠. 그래도 어쩔 수 없어요. 그렇지 않으면 결코 잠을 이룰 수 없기 때문이지요."라고 부시 대통령의 목소리와 말투를 흉내를 내 미국 언론에 대한 부시 대통령의 마음을 풍자했다고 한다.

부시 대통령이 코미디언뿐만 아니라 부인인 로라 부시 여사를 각본대로 연출시켜 연례 백악관 기자단 만찬장이 웃음바다가 되어 웃음이 철철 넘치게 하는 모습을 뉴스 속에서 본 적도 있다.

다혈질이면서 성미가 급하다는 미국의 조지 W 부시 대통령은 대선에 당선된 뒤 날로 하락하는 지지도에도 불구하고 부인인 로라 부시 여사 아니면 코미디언 스티브 브리지스를 연출시켜 놓고서는 태평스럽게 여유를 찾는 듯한 것을 보고 있을 때 "코미디야." 라는 말이 생각나지 않을 수가 없다. 그래서 정치는 역시 코미디라는 생각을 하게 된다.

미국 대통령 부시가 연출하는 코미디의 뉘앙스 차이는 판이하지만 우리나라의 강금실 전 법무장관은 장관 시절 국회에서 "코미디야, 코미디야."라고 국회의원들을 겨냥한 듯한 말을 하기도 했다.

코미디언으로 활동하다가 국회의원이 됐던 이주일 전 국회의원은 국회의원을 그만둘 때 "코미디 공부 많이 하고 간다."라고 했다는 말이 인상 깊다.

아무튼 뉘앙스 차이가 있든 없든 간에 권세의 정치판에서 코미디가 뜨문뜨문하게라도 심심찮게 등장해야만 웃으면 건강해진다는 웃음을 웃을 수 있고, '정치는 코미디다', '코미디야'라고 말할 수도 있고 조소할 수도 있다.

마르지 않는
연못처럼 성장하다

우리나라에는 한국 자동차 산업의 선구자 격인 현대자동차가 있다. 1967년에 문을 연 현대자동차 울산공장에는 현대그룹 정주영 회장의 말이 담긴 200여 평 남짓한 마르지 않는 연못이 있다고 한다. 이 연못은 현대 자동차 공장을 건설할 당시 저수지를 매입하여 현재의 연못만 남겨놓고 나머지는 메워 공장 부지로 이용했다고 한다.

그렇게 해서 남게 된 연못은 회사 뒤쪽에 있는 무룡산(높이 450미터)에서 지하로 흐르는 물줄기가 연못으로 이어져 아무리 심한 가뭄에도 견디어 마르지 않는다고 한다.

무한대 비전의 말이 담긴 현대그룹 정주영 회장의 말이 있다. "마르지 않는 이 저수지처럼 현대자동차는 영원히 번창해야 한다."

1967년 설립된 현대자동차는 공장을 설립한 지 1년 만인 1968년에는 조립 생산한 '코티나'라는 자동차를 판매하기 시작했다. 1976년 1월에는 국내 최초로 설계부터 전 과정을 거친 승용차 '포니'를 내놓았다.

포니의 생산은 한국 자동차 산업의 발전에 한 획이 되었다. 포니는 국내는 물론이며 세계 곳곳에서 뭇사람들에게서 많은 사랑을 받은 차이기도 하다.

현대자동차는 현재 소나타, 그랜저, 에쿠스 등을 생산하고 있으며, 국내 자동차 업계 1위를 자리하고 있다. 뿐더러 세계 자동차 산업의 메카라고 하는 미국에 공장을 지어 생산된 자동차에 당당히 메이드 인 'USA'라는 글을 달고 판매하고 있다.

현대자동차는 글로벌 기업으로 국내 경제가 성장을 하는데 많은 기여를 했다. 그것을 부정하는 사람은 많지 않을 것으로 생각이 든다.

현대그룹 정주영 회장은 1983년 국내 한 신문사와의 간부 세미나에서 "부가 편중되어서는 안 되지만 기업은 무한히 커져야 한다. 한국의 경제는 국내만 가지고는 생활을 펴나갈 수가 없다. 세계의 기업과 세계 시장에서 경쟁해서 부를 긁어모아야 한다."라고 말했다고 한다.

그는 또한 "호주머니 지갑에 든 것만 내 돈이다. 나머지는 모두 사회의 것이요, 나라의 것이다."라고 1980년 언론과의 인터뷰에서 했다는 말이 생각난다.

최근 불거진 현대기아차의 불법증여승계는 지탄받아야 마땅하다고 생각한다. 하지만 언론을 보면 현대기아차의 검찰수사를 지켜보고 있는 국내 기업들은 "공포에 떨고 있다."고 했다.

기업이 "공포에 떨고 있다."라는 말을 접하고 보니 80년대 제5공화국 시절 당시 '부정축재'로 몰린 기업이나 개인이 생각이 났다. 어떤 기업은 방송국을 내놓아야 했었고, 사면초가에 놓이기도 한 기업도 있었고, 금으로 만든 금송아지도 내놓아야 했던 사람도 있었다. 당시 '금송아지'는 장안의 화두가 되기도 했었다.

그렇지 않아도 가뜩이나 어려운 서민경제에 현대기아차 불법증여승계 문제로 어려움이 더욱 심히 가중되지나 않을까 하고 우려스러운 생각이 들기도 한다.

세계의 경제는 빠른 속도로 진행되고 있다고 한다 글로벌 시대에 글로벌 기업의 제동을 걸게 하는 것이 혹여 그 기업의 발전을 차치해도 국가적 경제 손실이 있지 않을까 하는 생각도 해본다.

비컨대 가정에서 어른들의 괜한 공포 분위기에 기가 죽고 마는 것이 아이들이다. 강압적 공포 분위기는 막 돌으려고 하는 움이 돋기도 전에 짓밟는 행동이고, 희망과 꿈, 비전을 저해하는 요소이듯 기업도 같을 거라고 생각해봤다. 조석래 전 전경련 회장은 2007년 7월 23일 '2007년 제주하계포럼'에서 "돈은 엄청난 겁쟁이"라며 "미래가 불확실하거나 겁이 나면 어디로 숨어버릴지 모른다."라고 말했다고 한다. 박태준 포스코 명예회장이 동아일보와 12월 1일 인터뷰한 것을 보면 그는 "침체에 빠진 한국경제를 생각하면 도저히 잠을 이룰 수가 없어." "활력을 잃어가고 있는 한국경제가 개탄스럽다."면서 "기업이 왕성한 투자를 할 수 있도록 사기를 북돋아 주는 일이 가장 시급하다."고 말했다고 한다.

현대그룹 정주영 회장의 말 "마르지 않는 연못처럼" 현대기아차의 발전에 지체와 정체가 없었으면 한다.

사랑의 철학

"아, 사람은 살면서요. 아, 인연에 끈을 갖고 삽니다. 아네, 사람마다 각기 다른 끈을 갖고 사는데요. (하나의 끈을 들고 있었다.)

어떤 사람은 단단한 어떤 사람은 연약한 그리고 각기 다른 색깔을 갖고 삽니다. 그러다가 사랑을 만들게 되는데요. (이때 들고 있던 하나의 끈 중간에 하트 모양이 되게 만들었다.)

사랑입니다. 하지만 그 사랑이 진실 되지 않거나 간절하지 않다면 그 사랑은 사라져 버릴 겁니다. (끈 중간에 있던 하트모양이 사라지게 함)

사랑이란 건 진실 된 마음과 그리고 간절함이 있어야 이렇게 단단한 사랑을 할 수 있는 것입니다. (끈 중간에 매듭을 만듦)

그리고 다른 사람을 만나서 사랑을 하게 되는데요. 자, 이제 이 사랑을 이 사람에게 전해주도록 하겠습니다. (한 손에는 중간에 매듭이 있는 끈을 또 다른 손에는 매끈한 끈을 들고 있었다. 두 끈을 한데 합하여 이미 매듭이 지어진 곳에 하나가 되게 했다.)

사실 나와 같은 사람을 만나서 사랑하지는 않습니다. 나와 다른 사람을 만나게 되겠지요. 그럼 다시 한번 그 사랑을 그 사람에게 전해주도록 하겠습니다. (한 손에는 중간에 매듭이 지어진 끈을 다른 한 손에는 매듭이 없는 매끈한 색깔이 다른 끈을 들고 있었다. 두 개의 끈을 한 손으로 끝부분을 쥐고 한 손으로는 두 개의 끈을 훑어내렸다. 이때 매듭이 있었던 끈은 매듭이 사라지고 매듭이 없었던 끈에 매듭이 생겼다.)

그리고 진실한 사람이라면 그 사랑은 전해주는 것뿐만 아니라 그 사람에게 영원토록 평생 그 사람 가슴속에 이렇게 남는 것입니다. (두 개의 끈이 길게 이어져 하나가 됨) 이어 (끈을 똘똘 말아 마치 알처럼 만들었다.)

그리고 사랑은 다시 또다른 사랑은 사랑을 만들게 되고요. 새로운 생명을 탄생시키기도 합니다." (이때 한 마리의 새가 나타났다.)

이상은 어린 알렉산더 대왕을 가르쳤다는 고대 그리스의 철학자 아리스토텔레스나 아니면 독특한 대화술을 가지고, 상대방이 스스로 무지를 깨닫게 하고 보편적 지식과 도덕에 달하게 애를 썼으며. "지덕합일에 이르러야 비로소 참다운 행복이 있다."고 말했다는 고대 그리스 철학자 소크라테스가 말했을 법한 철학이 담긴 말로 우리나라의 세계적인 마술사 이은결이 마술을 곁들여 한 말이다.

마술사 이은결은 2007년 1월 1일 오전 10시 KBS1 TV 2007년 신년 대기획 '희망을 이야기합니다'라는 프로에 출연해 철학적인 말을 하며 마술을 연출했다.

우리나라는 서양 문물이 물밀듯 밀려오면서 많은 것들이 변하기 시작한 지 오래됐다. 그런데 불행하게도 부부관계도 예외가 되지 못하는 듯 바람직스럽지 않게 일고 있다. '이혼'이라는 두 글자만 해도 드물게는 우리나라에서도 이혼하는 부부가 있긴 했지만, 서양에서나 흔히 쓸 수 있는 단어로만 생각했었다. 그렇게 생각했던 게 되레 이혼율 1위가 한국이라고 한다. 최근에는 황혼이혼도 날로 증가 추세라 하고, 10년, 20년 된 부부가 이혼하는 백분율도 증가 추세라고 한다. 결혼한 지 몇 개월도 안 돼서 이혼하기도 하고, 심지어는 신혼여행에서 돌아오자마자 이혼을 하는 경우도 있다고 한다.

이러다 보니 서너 집 건너 한 집은 이혼하거나 별거를 하는 가정이라는 말도 있다. 이렇듯 쉽게 만나고 쉽게 헤어지는 세시에 마술사 이은결의 철학이 담긴 마술은 그러한 풍조에 대한 커다란 경종을 울려주었다고 생각이 든다.

그의 마술은 사랑이라는 게 무엇인가, 사랑을 어떻게 해야 하는가를 극명하게 증명하여 보여줬을뿐더러 마음속 깊이 와닿는 멋진 메시지를 주는 연출이었다. 이은결의 마술을 반추해 보고 싶다.

손길 하나로
국가 이미지를 바꾸다

속담에 "오른손이 하는 일을 왼손이 모르게 하라."는 말이 있다. 오른손이 하는 일을 왼손이 알 수 있도록 기를 쓰고 행동하는 사람들 같기에 적어본다. 그것도 더더욱 국가 고위 관료직에 있는 몇몇이 그랬다고 한다.

2006년 6월 독일에서 열리는 월드컵을 눈앞에 둔 시점에 대한축구협회는 문화관광부, 국정홍보처, 국가정보원 등으로부터 각종 문의와 요청으로 난처한 처지라는 언론의 보도가 있었다.

언론에 따르면 문화관광부는 "장, 차관이 월드컵 기간 중 독일 현지로 격려차 가는데 선수들을 만날 수 있게 해달라."고 요청했다고 한다. 국정홍보처와 국정원도 자기 부처의 이미지 제고를 위해 각종 문의를 하느라 안달복달이었나 보다. 국정홍보처의 한 관계자는 "홍보부스를 설치하는 데 들어가는 비용의 절반을 협회가 내야 되는 것 아니냐."고 반문하면서 "어디에 홍보부스를 설치해야 한국 기자들이 많이 오느냐."고 오른손이 하는 일을 왼손이 알 수 있도록 하는 극치의 말을 하기도 했다고 한다.

이런 말들에 대해 홍보처는 "우리 직원들이 개별적으로 요청을 했는지 사실확인이 안 되지만 축구협회가 우리를 도와주는 일이 없다."는 말을 하기도 했다고 한다. 이에 대해 축구협회 관계자는

"한국 대표팀이 좋은 성적을 내는 게 최고의 국가 이미지 제고라고 생각한다."며 "대표팀이 경기에만 집중할 수 있도록 도와주길 바랄 뿐이다."라고도 말을 했다고 한다.

축구협회 한 관계자의 말처럼 선수들이 경기에만 집중할 수 있도록 돕는 것이 최선의 선택이며 옳은 일이라고 생각한다. 그래서 대표팀 선수들에게 조금이라도 부담을 주는 행동이나 불요불급한 행동은 절대적으로 자제해야 할 필요가 있다고 본다.

대표팀 선수들은 월드컵이라는 세계 최대 권위의 막중한 게임을 앞두고 심적 부담이 클 수밖에 없을 터다. 이런 판국에 자기 부처나 개인의 사리사욕 때문에 생색내기식 이벤트식 사진이나 찍고, 말 몇 마디 건네는 것은 선수들의 기량 향상, 사기 충전에 저해하는 처사라고 생각한다.

"과거 독재 정권 때는 스포츠를 좋아하는 지도자가 스포츠에 투자를 많이 하면서 이용하는 측면이 있었는데 현 정부는 스포츠에 전혀 관심이 없고 투자도 하지 않다가 국민이 열광하는 행사만 다가오면 뭔가 한 건을 하려고 말하는 것 같다."라고 원로 체육인이 말했다고 하는데 한국 스포츠가 프로화되기 시작한 한국 프로 스포츠 원년이 연상된다. 프로 스포츠는 80년대에 등장했다. 한국 프로 스포츠는 프로 야구가 모태다. 프로 야구가 등장하고 나서 연이어 다른 프로 스포츠도 순차적으로 등장했다.

고교 야구도 연상된다. 프로 야구가 시행되기 전엔 고교 야구 인기가 충천했었다. 그래서 고교 야구 경기가 열릴 때면 동대문운동장에서 메아리쳐 울려 퍼지는 함성은 극에 달해 진동을 일게 하기도 했다. 그랬던 게 지금은 관객이 그만 프로 야구로 이양돼, 인기가 바닥을 쳐, 관중석은 한산해 진동을 일게 했던 함성은 옛말이 된 지 오래됐고, 동대문운동장은 역사 속으로 사라질 운명이다.

한국의 프로 야구가 출범한 80년대 제5공화국 당시 시중에는 "우리(집권층)는 정치나 할 테니 너희(국민)들은 야구나 봐라."고 하는 가십이 있었다. 당시 나는 설마 그게 사실일까 했었고, 지금까지도 반신반의하고 있었는데 원로 체육인의 "과거 독재 정권 때는 스포츠를 좋아하는 지도자가 스포츠에 투자를 많이 하면서 이용하는 측면이 있었는데"라는 말에서 짙은 뉘앙스가 물씬 풍기듯 "우리는 정치를 할 테니 너희는 야구나 봐라."는 말이 무릇 가십만은 아니라는 게 극명한 듯하다.

2004년 '서울평화상' 수상자로 체코의 바츨라프 하벨 전 대통령이 선정됐었다. 체코의 인권과 민주화 운동을 선도해온 그가 서울평화상 수상 소감으로 "자유가 없던 시대에는 스포츠는 정권의 선전 수단으로 이용되고 체제 이데올로기의 자기미화나 허장성세의 힘자랑에 오용될 수 있다."고 했다는 말이 한 원로 체육인의 말과 너무너무 맥락을 같이 한다.

한국의 프로 스포츠는 1981년, 전두환 대통령이 대통령 수석비서관 회의에서 "프로 스포츠 한번 해봐라."라고 지시한 게 계기가 됐다고 한다.

감시카메라의 이면,
법적 문제와 사생활 침해의 문제

누구에 의해서 나도 모르는 사이 감시를 당하고 있다면 썩 기분 좋을 리는 없을 것이다. 뉴스 속에는 스토커가 화두가 되기도 한다. 좋아하는 연예인을 몰래 쫓아다니는 경우도 있고, 짝사랑하는 사람을 몰래 쫓아다니면서 사생활을 침해하는 경우도 있다.

대학 캠퍼스의 화장실, 백화점 등의 화장실에서 몰래 카메라에 의해서 모욕적인 엿보기를 당하는 경우도 있었다.

이런 유형과는 다르지만 백화점, 대형 건물 공공시설 등은 가릴 것 없이 합법적으로 감시카메라가 설치되어있다. 그래서 일거수일투족을 감시당하는 게 현실이다.

백화점이나 공공시설 대형건물이 아니어도 우리 주변에는 대로변, 골목길에도 감시카메라는 설치되어 있다. 부자 동네는 더 많은 감시카메라가 설치되어 있다고도 한다. 이렇듯 우리 곁에 가까이 다가와 있는 감시카메라는 강절도 예방에 도움이 되기도 하고 강절도범을 검거하는 데 유용하게 쓰이기도 하고 결정적 역할을 하기도 한다. 그래서 필요성을 느끼는 것은 분명한 사실이고, 유용성 때문에 감시카메라는 날로 증가 일로다.

시대에 따라 감시카메라는 절대적으로 필수 불가분의 관계가 돼버린 듯한데 그 이면에는 사생활 침해라는 취지가 도마 위에 오르기도 한다.

그래서 감시카메라가 있는 곳엔 어디가 됐건 감시카메라가 있다는 사실을 고지해야 할 필요가 있다고 생각한다. 까닭은 그렇게 한다고 해서 감시카메라의 본디 본래의 목적 실효성에 문제가 없다고 볼 뿐만 아니라 되레 그 실효성의 효과가 증대될 수도 있다고 생각하기 때문이기도 하다. 고속도로 국도 할 것 없이 웬만한 도로에는 과속을 단속하는 감시카메라가 설치되어있다. 그래서 교통안전에 많은 도움이 되고 있다. 한편 과속을 단속하는 카메라가 있는 곳에는 어김없이 전방에 감시카메라가 있다는 사실을 수백 미터 전에 미리 고지하고 있지만 감시카메라의 실효성에는 문제가 되지 않으며 교통안전에 유용하게 쓰이고 있다.

과속을 단속하는 카메라가 있다는 사실을 고지하듯 생활공간에 바짝 다가와 있는 감시카메라도 있다는 사실을 고지해야 한다고 생각한다. 그럼으로써 누군가가 엿보고 있다는 불안한 심적 중압감에서 벗어날 수 있는 효과가 증대된다고 보기 때문이고 감시카메라의 효용성도 증폭된다고 생각하기 때문이다.

인간과 동물, 성장과 교육

가축으로 기르는 소, 염소, 말 등의 초식동물이 그렇지만 아프리카에서 야생으로 서식하는 초식동물 가젤도 새끼를 낳게 되면 어린 새끼는 곧 걷기 시작한다.

사자, 하이에나, 표범 등 잡다한 맹수들이 우글거리는 광활한 초원에서 살아가고 있는 가젤 같은 연약한 초식동물은 공격력은 물론이려니와 방어 능력마저도 신통치 않다. 그래서 위험 상황이 발생하면 줄행랑을 치는 것 외에 또 다른 특별한 수단이 없다. 그래서 강육약식이라는 '정글의 법칙'에서 생존을 위해서는 달리는 능력이 월등해야 한다. 그래서 가젤은 생존을 위해 그렇게 진화한 듯하다.

가젤이나 소, 염소, 말 등과는 달리 사람은 아이가 태어나면 젖을 먹이고 목욕을 시키고 온갖 정성을 다해 수개월이 돼야 비로소 아이가 뒤집을 수 있고 길 수 있다. 돌을 전후해 겨우 아장아장 걷는 게 고작이다.

아기의 이런 행동만 봐도 사람은 애당초 급할 것 없이 느긋한 마음으로 여유를 갖고 태어난 것만은 분명한 기정사실인 듯하다. 그런데 요즘 실태를 보면 수만 년이 흐른 뒤 혹여 가젤의 새끼가 태어나자마자 곧 걷는 것처럼 인류도 진화하는 것은 아닐지 의문을 갖는다.

글로벌 시대에 치열한 생존경쟁이 전개되고 있다고는 하지만 돌도 안 된 아이에게 뭣을 배우게 하는 것을 보면서 나는 그런 생각을 갖게 됐다. 예를 들면 돌도 채 안 된 아이에게 수영을 배우게 하는가 하면 아이가 가장 먼저 한다는 말, '엄마'라고 말하기 시작하여 고작 말 몇 마디 배웠을 즈음 영어를 배우게 하고, 두서너 살이 되면 몇군데 보습학원 등을 다니게 하니 그런 생각을 하게 된다.

우리말도 할줄 모르는 아이에게 일찍 외국어를 배우게 했을 때 언어 장애 등의 문제가 발생하여 치료를 받아야 되는 상황에 놓일 수도 있고, 실제 치료를 받는 아이도 있다는 언론보도가 있었다.

'냉수도 급히 마시면 체한다.'는 말도 있고 소탐대실이라는 말도 있다. '적은 것을 얻으려다 큰 것을 잃는다.'는 뜻이다.

2006년 5월 3일 언론은 일제히 이런 내용을 보도했었다. 5월 2일 인도에서 5살 된 소년이 65㎞를 7시간에 달려 감동을 주었다는 내용이다.

5살 된 부디아 싱이라는 소년은 육상 코치에게서 육상 훈련을 받았다고 한다. 그가 65㎞를 7시간에 주파한 것을 두고 마라톤 천재라고도 말할 수 있을 것이다. 그래서 그 아이가 어떻게 65㎞를 7시간에 달릴 수 있었을까 하고 감동을 하고 찬사를 보낼 수도 있을 것이다. 장한 일이라고 경의를 표할 수도 있을 것이다.

그렇지만 우선 아동학대라든가 다른 것은 차치하고 그 아이가 육상선수로 대성을 할 것인가는 미제로 남아있다고 봐야 한다.

재론하면 분명한 것은 부디아 싱이라는 소년은 아이로서 지내야 할 시기를 침해당한 것만은 분명한 사실 같다. 인도의 인권운동가 수하스 차그마라는 사람은 "아이의 삶이 위험에 빠져있다."라고 말했다 하고 한편 인도 인권위원회에 개입을 요청하기도 했다고 한다. 인도의 소년 부디아 싱의 경우나 돌도 안 된 아이나 두세 살 난 아이에게 무엇을 배우게 하는 것은 별반 차이가 없다고 생각한다. 일부에서 제기는 하고 있는 것으로 알고 있지만 아이에게 주어지는 권리를 법령으로 제정해야 할 필요성을 느낀다.

빨리빨리 문화의
한계와 교훈

▧▨▧

'빨리빨리 문화'라는 말이 있다. 앞에서 멈춰 선 차가 출발을 앞두고 잠시라도 머뭇거리기라도 하면 뒤에서는 금세 클랙슨을 누르기도 한다. 음식점에서는 음식을 주문해놓고 불과 얼마 되지 않아 '빨리 주세요.'라고 재촉을 하기도 한다. 전화로 무엇을 주문할 적에도 예외는 아니고, 일상에서 보편화된 듯하다.

인류는 달을 정복하고 인터넷은 시시각각으로 세상의 소식을 밝히고, 디지털화되어가는 문명, 급변하는 시대에 잘만 발전한다면 세계적, 우수한 문화가 될법한 문화가 '빨리빨리 문화'라는 생각이 든다. 그런데 어느 때인가 날림으로 건축한 한 아파트가 무너진 일이 있으며 한강에 있던 다리가 내려앉은 일도 있었다. 백주에 쇼핑객들로 붐비던 대형 백화점이 붕괴되어 수많은 인명피해가 발생한 적도 있다.
그래서 '빨리빨리 문화'는 국제적으로 수치스럽게 돼 만신창이가 돼버린 적이 있다.
나는 무너진 그 건축물들의 한계 수명이 궁금하기도 했다. 설계 건축했던 공학자에 의해서 그 건축물들의 수명이 나와 있을 테니 말이다. 프랑스의 에펠탑은 구스타브 에펠에 의해 1889년 프랑스 만국 박람회 개막을 기념하기 위해 2년에 걸쳐 짧은 기간에 급조되어 완성됐다고 한다.

에펠탑은 수명이 원래 20년으로 되어 있었다고 한다. 때문에 하마터면 사용기한으로 말미암아 사라질 뻔했다고 하는 에펠탑은 부식되기 쉬운 철로 만들어졌다. 더욱이 대부분 외부로 드러난 철골은 건설 중인 뼈대 같기도 해, 부식되는 속도가 가중될 법도 하다. (구스타브 에펠은 에펠탑의 수명을 50년은 기대했었다고 한다.)

그런데도 에펠탑은 건축한 지가 120년 되어 가지만 급조된 것쯤은 아랑곳없이 건재하다고 한다. 건재하다 못해 프랑스 하면 에펠탑, 에펠탑 하면 프랑스로 통하듯 에펠탑은 프랑스의 상징물이 됐고, 마치 국호 이상의 명성을 얻고 있다고 하면 적절할지 모르겠다.

내가 어렸을 때 있었던 일이다. 내가 자라면서 겨울에 덮었던 이불은 겉감, 안감 모두 무명천이었고 목화솜으로 된 두툼한 이불이었다. 겉감은 남색 쪽물이 들여졌었고 안감은 염료도 들이지 않은 천연 그대로였다.

매년 겨울이 지나고 봄이 되면 안감과 겉감을 뜯어 세탁을 하고 빳빳하게 풀을 먹인 뒤에는 다시 맞추었다. 그러는 것은 일련의 행사였다.

한번은 눈이 어두운 할머니가 이불을 맞추는 중이었다. 그런데 이불을 맞추다 실이 떨어진 할머니는 당시 대여섯 살 정도의 내 동생에게 바늘귀에 실을 꿰 달라고 했다. 굵고 긴 대바늘이라서 바늘귀도 우연만 했지만 그때 내 동생은 투박한 무명실을 꿰다 꿰다 결국에는 꿰지 못하고 허무맹랑한 꾀를 부려 바늘허리에 실을 묶어서 할머니에게 드렸었다고 한다. 그것을 모른 할머니는 전혀 의심없이 바늘을 맞추던 이불에 대고 골무를 낀 손가락으로 누른 뒤에 아래쪽으로 알몸의 바늘이 싱겁게 쏙 빠져나온 뒤에야 비로소 실을 꿰지 않은 알몸의 바늘이라는 것을 알 수 있었다고 한다.

이 일로 인해 내 동생에게는 "바늘에 실을 매었다."라는 말이 마치 허가 난 등록상표처럼 닉네임이 붙어 다니기도 했다.

"아무리 바빠도 바늘허리 매어 쓰지 못한다."는 속담이 떠오른다.

우리나라의 전자 회사는 국외서 큰 호응을 얻고 있다고 언론은 보도한 적이 있다. 외국의, 전자제품을 생산하는 회사는 소비자가 AS를 받으려고 할 때 소비자가 제품을 갖고 대리점을 찾아야 되지만 외국에 나가 있는 전자제품 다국적 국내기업은 전자제품에 문제가 발생하면 '빨리빨리' 소비자에게 직접 찾아가 문제해결을 하기 때문이라고 한다.

전자 제품을 생산하는 우리나라의 글로벌 기업들이 외국에서 인기를 끌고 있다면 '빨리빨리 문화'를 베낀 듯한 피자를 만드는 미국의 도미노 피자는 소비자의 고객 만족을 '속도'로 정의해 성공한 케이스라고 한다. 도미노 피자를 창업한 토머스 모나한은 이미 배가 고파 시장기가 가득할 때 피자를 주문한다는 사실을 통찰했다고 한다. 그래서 되도록 최대한 빠른 시간 안에 배달을 한다는 것을 원칙으로 기준 삼아 고객을 만족시켜 세계적으로 내로라하는 글로벌 기업으로 발전할 수 있었다고 하는데 '빨리빨리' 대명사 격의 표징인듯하다.

세계적인 국제문제를 연구하는 전문가이기도 하고 뉴욕타임스 칼럼니스트인 토머스 프리드먼은 자신의 저서 『렉서스와 올리브나무』(신동욱 옮김, 창해 출판)에서 "빠른 국민성을 가진 나라들도 있다. 이것이 문화적 전통인지, 아니면 역사적 배경 때문인지 또는 순전히 유전자 때문인지는 모르겠으나 이탈리아 북부지방, 텔아비브, 상하이, 한국, 베이르트, 인도 방갈로르 지방 사람들은 행동이 대단히 민첩하다."고 썼다. 그러면서 그는 세계 곳곳에 흩어져있는 교포들 또는 같은 성향의 민족이 네트워크를 구축해 '사이버 부족'이 되게 한다면 "엄청난 부를 창출할 수 있는 집단"이라고 했다.

토머스 프리드먼의 『렉서스와 올리브나무』를 읽고 나는 '유럽연합(EU)' 생각이 났다. 빨리빨리 문화를 기초로 한 건 아니지만 이웃나라들이 연합해 협력체기구가 된 유럽연합은 1993년 11월 1일 마스트리히트 조약에 따라 발효됐다. 유럽연합은 드디어 1999년 역사적 통합이 돼, 2년간 과도기를 거쳤다. 그리고 유럽연합은 유로화를 발행해 2002년부터 유로화를 통용시켰다.

조약 당시 유럽의 12개국이 참가한 유럽연합은 정치적, 경제적 통합을 실현해 유럽의 발전을 위한 협력체로 출발했다. 유럽연합은 회원국이 늘어나 2008년 현재 무려 30개국에 근접해, 분산된 힘이 하나로 집약돼, 엄청난 힘이 표출되고 있다. 유로화는 달러와 비견돼 버금가고 있다. 유럽연합은 EU의 이름을 단 탐사선을 화성에 보내 성공하기도 했다.

유럽연합이 세계를 평정하고 있는 미국과 다방면에 쌍벽을 이루듯 토머스 프리드먼의 지적대로 '빨리빨리 문화'의 성향을 가진 민족이나 나라가 네트워크를 구축해 동맹적인 관계를 갖는다면 우리나라처럼 작은 나라는 경제를 뛰어넘어 힘을 키우는 데 시너지 효과가 클뿐더러 안성맞춤이라는 생각이 든다. 빠르게 전개되는 디지털시대 상황과도 '빨리빨리 문화'는 합치한다고 본다.

야경과 자연이
어우러진 서울의 낭만

▬▬▬▬

사진을 찍기 위해 나온 곳은 성산대교 남단과 선유교와의 중간에 위치한 시민공원이다. 이곳에서 북쪽으로 한강을 건너 나지막한 안산이 보이며 그 너머로 인왕산이 길게 병풍처럼 펼쳐져 있다.

조선 시대에는 호랑이가 출현했다는 인왕산 이야기가 문뜩 떠오른다. 인왕산 호랑이를 일제강점기 때 일본군이 사냥을 해갔는지도 모른다는 생각이 든다. 인왕산에서 직선거리로 약 어림잡아 5㎞ 떨어진 곳에 위치한 북한산의 고봉 700m가 넘는 봉우리 셋이 나란히 보인다. 보현봉, 문수봉, 문장대(오른쪽부터)로 추정한다.

눈을 돌려 선유도의 샛강을 따라가면 선유교, 양화대교 남단 너머로 저 멀리 관악산이 보인다. 시선을 동남쪽으로 옮기면 남산타워다. 관악산에서 남산타워 사이의 아득히 보이는 몇몇의 이름 모르는 산은 지평선을 이루고 있다. 시선을 반대 방향으로 돌렸더니 성산대교가 코앞에 있다. 성산대교 북단으로 방패연을 상징하는 월드컵 축구장이 성산대교와 맞닿아 일직선에 놓여 있다. 성산대교 너머로는 월드컵공원(하늘공원)이 평평하게 보인다.

성산대교 북단의 다리 밑에는 레저 물놀이 기구 오리 모양이 눈에 띄고 수상스키 또는 보트가 물살을 가른다. 성산대교를 휘감고 돌아 거슬러 올라가는 유람선도 물살을 가르기는 마찬가지고, 유람선에서 울려 퍼지는 안내원의 카랑카랑한 목소리는 파도를 타고 와서 귓전을 때린다. 마치 나비가 양쪽 날개를 접고 있는 듯한 돛을 단 배도 무리 지어 유유히 떠다닐 때도 있다. 무리 지어 몰려다니는 청둥오리 중에는 자맥질하다 낚아챈 퍼덕이는 물고기를 부리로 물고 있는 모습이 햇빛에 반사돼 은빛으로 반짝거리기도 했다. 빠질세라 비린내는 코끝을 스친다!

성산대교 남단 바로 너머 섬처럼 보이는 산에는 인공폭포가 있으나 이곳에서는 보이지 않는다. 인공폭포가 있는 산에는 잘났다는 듯 커다란 광고판이 떡 버티고 있어 자연풍광에 흠집을 내 흉물스럽고 몰골스럽다. 산이 광고판에 묻혀버린 듯하다.

내가 서 있는 바로 앞에는 잔디가 깔려 있으며 운동장도 있다. 축구를 하는 사람도 있고, 걷기 운동, 달리기를 하는 사람도 있다. 유람선이 멈추는 선착장에는 관광객이 내리고 탄다. 보트를 타는 곳도 있다.

내가 서 있는 곳도 마치 전망대 같다. 선유교 북단에는 마룻바닥 같기도 한 넓은 전망대가 있다. 서울시가 사진찍기 좋은 곳으로 선정한 곳이기도 하고, 선유교는 해맞이하는 곳으로 인기가 높다.

어제는 많은 비가 내려 공기도 맑고 시야가 넓게 들어왔다. 저녁 9시 뉴스는 '남산타워에서 인천 앞바다가 한눈에 들어왔다.'고 보도했다.

시민공원, 한강, 성산대교, 월드컵경기장, 하늘공원, 뭉게구름 등에 포커스를 맞춰 사진을 찍었다. 나는 찍은 사진을 돌려보며 한참 동안 혼자서 자랑삼아 늘어놓는다. "성산대교 오른쪽으로 쭉 따라가면 다리와 일직선에 놓인 월드컵 경기장, 가느다랗고 길쭉하고 한들한들 움직이는 듯한 두 그루 나무 약한 바람을 머금고 바람에 순응한 듯 한쪽으로 쏠린 나뭇가지 나뭇잎은 흰 뭉게구름과 하모니를 잘 이룬다. 가로로 이어진 여러 줄의 고압전선은 둥둥 떠 있는 뭉게구름을 월드컵 공원 위에 그대로 멈춰있게 망을 쳐 놓은 것 같기도 하고 봄을 노래하는 오선지 같기도 하다.

그늘을 만들기 위한 두 개의 천막 피라미드 모형은 아름답기로 세계 3대 항구에 속한다는 호주 시드니에 있는 오페라하우스를 연상케 이국적인 감이 든다. 202m까지 물이 치솟는다 하여 동양에서 최대라고 하는 분수대가 휴식 중인 건지 분수를 뿜으려고 하는 기색도 없으니 무색하다.

오색 영롱한 분수를 분출했다면 아니 천연색, 자연 그대로의 분수라도 분출했다면 물줄기는 물보라를 일으키고, 빛은 무지개가 되게 해 아름다운 작품이 될 법도 하건만 못내 아쉽다.”

모두에 인왕산 호랑이를 일제강점기 때 다 잡아갔는지 모른다고 했을 때 거기서 말을 이었어야 했다. 놓친 말을 이제라도 안 덧붙일 수가 없다.

이승만 대통령이 1953년 일본에 건너가 요시다 시게루 일본 총리와 주고받은 말이 이렇다. “한국에는 호랑이가 많다지요.”라고 하는 요시다 시게루 말에 “없소 일본 사람들이 다 잡아 가버렸소.”라고 이승만 대통령이 말했다고 한다.

일제 침략으로 빚어진 우리의 앙금을 씻어내고 화해를 위해 미국이 주선한 자리였다는데 대화가 개시되자마자 중단되고 말았다는 것이다.

스페인의 예술축구

유로 2008(유럽축구선수권) 결승전이 막을 내렸다. 스페인이 한 골을 넣어 우승했다. 한국 시간으로 새벽에 치러진 경기를 방송은 생중계했다.

'예술 축구' 구현이라는 평을 듣는 스페인은 세 번의 월드컵 우승 경력이 있는 독일을 맞아 '예술 축구'를 재생산했다는 하마평이 무성하다.

스페인 예술 축구는 "덩치 큰 선수들이 이긴다."는 일부의 관념을 단박에 무너뜨리게 했다는 말도 무성하다.

체격조건 스페인 선수 평균 신장 172㎝ 평균 체중 69kg 독일 선수 평균 신장 182㎝ 평균 체중 78kg으로 스페인 선수가 10㎝와 9kg 차이의 왜소한 데서 여실하다.

스페인이 1964년 홈그라운드에서 우승할 당시 후보선수였다는 아라고네스 감독의 "우리는 모든 팬이 바라는 스타일의 축구를 했다. 이제 스페인의 축구는 하나의 모델이 될 것"이라는 승리 뒤 소감은 '예술 축구'의 자부심이 등천하는 듯하다.

축구에서 원맨쇼는 협력의 하모니 속에 불협화음으로 양립되지 못할 테지만 결승골을 넣어 우승하게 한 페르난도 토레스 선수는 원맨쇼의 주인공이기에 충분했다. 그의 원맨쇼는 음악의 리듬처럼 높낮이의 삼박자 요소를 갖췄다.

페르난도 토레스 선수가 찬 볼이 골대를 맞고 튕겨 나왔을 때는 '골대를 맞추면 진다.'는 식으로 우려 섞인 최저음이었지만 그가 찬 볼이 육각형의 그물망을 가를 때는 '골대를 맞히면 진다.'는 징크스를 일거에 통렬히 없애는 것이고 그보다 더 높은 고음은 없을 듯하기 때문에서이다. '88개의 피아노 음반 중에 최고의 음' 고음의 소프라노가 도리어 겸연쩍을 듯하다.

스페인의 자로 잰 듯한 빼어난 패스웍의 빛은 체격이 작고 '세계 청소년 선수권대회'와 '월드컵 대회'가 각각 4강이 고작인 한국에게도 세계대회에서 우승할 수 있다는 표본이고 꿈의 가이드 같기도 하다.

짧은 재임기간,
국가발전에 도움 되나?

언론을 보면 "임기 초 8, 9개월은 국정 익히느라 바쁘고 마지막 1년에서 1년 반은 재선 준비하느라 지나간다. 일할 수 있는 진짜 임기는 1년 반뿐이다."는 체육관 선거에서 노태우의 6.29 선언을 통해 얻어낸 고귀한 대통령선거 직선제가(5년 단임제에) 문제가 있다는 지적이다.

이전은 차치물론하더라도 노태우 정부 이후 참여정부를 거치면서 강산이 두 번 변하는 20년 동안 경험했고 이명박 정부인 지금도 익숙하게 경험하고 있다.

우리는 그동안 경험에서 뭇 국민들이 무능한 정부를 식상해 했으며 무능한 정부 재임기간이 어서 빨리 지나가기를 학수고대했었다! 하지만 그렇다고 재임기간이 빨리 지나가는 것은 아니었다.

"4년 임기는 무능한 대통령에게는 너무 길고 유능한 대통령에게는 너무 짧다."고 했다는 미국의 28대 대통령 우드로 윌슨이 생각이 난다.

6, 7년 단임제, 4년 연임제, 내각 제안 등이 분분하다고 한다. 6년이나 7년 단임제는 우드로 윌슨의 말처럼 유능한 대통령은 국민에게 기회이고 희망이고 태평할 수 있다. 반면 무능한 대통령에서 6, 7년 단임제는 역겹고 고통스럽다.

그래서 4년 연임제가 괜찮을 듯하다. 유능한 대통령이야 국민이 지지해 연임에 성공할 것이다.

4년에 한 번씩 치르는 선거는 번거로운 일이며 엄청난 국고 낭비라고 반론도 만만찮은 모양인데 무능한 통치권자가 국민에게 고통을 주고 국가발전에 역행하는 허송세월에 비교하면 아무것도 아니라고 생각한다. 생각 같아선 3년 연임제면 족할 것 같다. (한 여론조사에 따르면 4년 연임제가 우세하다는 발표가 있었다)

나의 생각 같아선 내각제 개헌이 선제적으로 가장 고려할 만한 대안 중에 하나일 것 같다. 내각제는 제2공화국 시절, 장면 내각을 통해 잠시 경험한 적이 있다. 그래서 장단점을 파악하기에는 시간적 여유가 불충분했었다. 하지만 최대 장점 하나를 말하고 넘기자면 국회가 무능한 대통령에서 꿈과 희망이 보이는 대통령을 어렵지 않게 선출할 수 있다는 것이다.

현재는 정계에서 물러났지만 자민련의 전 김종필 총재는 기회가 있을 때마다 내각제 개헌을 끊임없이 주창하다 정계를 떠났다. 그는 내각제에 관한 한 독보적이었다.

무릇 당시 김 전 총재의 내각제 지론(持論)은 지론(持論)임에 의심의 여지가 없다고 나는 생각한다. 그가 주창한 내각제는 국민에게 꿈과 희망을 안겨다 주는 것임에 두말할 나위도 없다고 생각한다.

하지만 언론을 보면 일각에선 내각제 개헌을 반대하는 사람들이 많은 듯하다. 그들의 주장은 내각제는 장기 집권(연합)을 우려하는 모양이다. 일본의 자민당처럼 말이다.

하기야 이웃 일본의 자민당은 1955년 창당 이래 연립 정권이 됐건 단독 정권이 됐건 지금까지 반세기 동안 정권을 잡고 있다. 단독정부라도 파벌로 구성돼 연립정부나 마찬가지라고 주장하는 사람도 있다고 한다.

내각제를 실시하고 있는 일본은 세계 최강이라는 경제 대국을 건설해 밀레니엄 글로벌 시대에 축과 기어에 양질의 윤활유라도 친 듯 삐걱댐 없이 잘 굴러가고 있다.

설령 장기집권이 우려되고 아니 그렇게 된다고 해도 국가발전, 태평성대가 요긴하고 태평세월을 나는 요망한다. 미국 미시간대 잉글하트 교수가 주축이 돼 실시한 '세계가치관조사'를 보면 2005년 2007년 사이 한국, 미국, 일본, 영국, 호주 등 39개국을 대상으로 동일한 설문조사를 했다고 한다.

이 결과 향후 10년 동안 달성해야 할 최우선 과제로 평균 60.4%가 '고도경제성장'을 원했다는 데서도 여실하듯 국가가 잘 굴러가는 것을 바랄 것이다. 내각제만이 필연적으로 국가발전을 가져온다고 볼 수 없으나 소모적이고 멱살 잡는 당쟁은 줄어들 성싶다. 때문에 경제발전에 희망이 되고 일말이라도 도움이 될 듯하다.

유머는 인간의
진정한 보물

어느 연구를 보면 갓 태어난 아이는 하루에 대략 400번을 웃고 어른은 하루에 여섯 번을 웃는다고 한다. '유전자도 춤추게 한다.'는 웃음 '웰빙 시대'를 맞아 새롭게 부각되고 유익한 웃음을 배울 수 있는 학교도 등장해 웃음을 배우는 사람이 날로 늘고 있다고 한다.

웃게 되면 체내에선 엔드르핀이 발생하고 면역력도 높아져 유익하다는 웃음에 관한 갖은 대명사도 있다.

"웃음은 인생을 바꾼다.", "웃음은 긍정적으로 변해 행복을 만든다.", "웃는 얼굴에 침 못 뱉는다.", "웃음은 행복해서 웃는 게 아니라 웃으면 행복해진다.", "웃으면 복이 온다."는 등 부지기수다.

웃는 형태로 눈웃음, 살짝 웃는 미소부터 박장대소까지 다양하기는 매한가지다. 배꼽 빠지는 게 염려된다면 배꼽 잡고 오장육부가 뒤집힐 만큼 박장대소하면 스트레스는 감소하고, 유전자는 춤추고, 엔돌핀은 생성돼 보약 중의 보약으로 무병장수로 가는 첩경이고 진시황이 먹었던 불로초와 비등할 듯해 인간의 염원인 불로장수로 가는 길일 듯하다.

국내에서 지금 저가 항공사가 비 온 뒤 죽순 돋듯 생겨나는데 미국에는 저가 항공사 성공한 사우스웨스트가 있다. 9.11테러 이후 많은 항공사들이 적자를 면치 못할 때 흑자를 기록했다는 사우스웨스트의 "기내에서는 금연입니다. 흡연하실 분은 비행기 문을 열고 나가 날개 위에서 마음껏 흡연해 주시기 바랍니다. 흡연하시면서 감상할 영화는 '바람과 함께 사라지다'입니다."라고 하는 기내 방송의 코믹한 멘트는 회사를 성공하게 한 기폭제인지 모른다.

미국의 조지 W 부시 대통령은 코미디언과 등장해 웃음을 선사하기도 한다고 한다. 성공한 CEO들은 유머가 풍부하다는 말도 있다. 그들은 강연에서 유머로 웃음을 끌어내 강연장을 압도하는 경우가 다반사라고 한다.

TV에는 코미디프로가 있다. 코미디언이 등장해 웃음을 낳게 한다. 타인에게 엔돌핀이 생성되게 하고 '웃음 바이러스'를 전파해 봉사활동을 하는 셈이고 최고의 직업일지 모르겠다. ('웃음은 나를 위한 것이고 미소는 남을 위한 배려'라는 말이 있는데 코믹(미소)은 배려일 듯하다.)

웃음은 펩다이드라는 면역력 효과도 있다고 한다. "한 번 웃으면 한 번 젊어지고 한 번 화내면 한 번 늙는다."는 말이 있는데 하루에 15초씩만 웃어도 1년은 더 산다는 연구도 있다고 한다.

사람에게는 610개의 많은 근육이 있다고 한다. 610개의 근육 중에 웃을 때는 13개의 근육이 움직이며 찡그릴 때는 무려 111개의 근육이 움직이므로 웃는 것이 효율적이라고 하기도 한다. 웃을 때는 엔돌핀이 생성되지만 화내고 찡그릴 때는 엔돌핀이 생성되지 않는 것과 같은 맥락일 듯하다. 찡그리고 우울할 때는 아드레날린이 분비된다고 한다. 웃음 중에 가치가 전무한 비소(코웃음), 비소(비웃음)가 있는데 비소와 비소는 엔돌핀이 생성될 리 만무할 것이고 되레 시비거리만 제공하는 단초가 되고 말 것이다. 비소와 비소는 성공하는 데 장애가 될 것이다. 그래서 비소와 비소는 미련 없이 폐기처분하고 마음껏 웃어보자. 유리상자의 〈웃어요〉를 노래방에서 소리 높혀 불러보고 마음껏 웃어보자.

'노래방'이 나왔으니 망정이지 2006년 '웃기는 간판' 1위에 당당히 선정된 '돼지가 목청 떠는 날'이 불현듯 생각이 난다. 웃기는 간판 때문에 문전성시를 이룰 듯하다.

웃음은 성공의 밑천이고 건강의 밑천이라고 생각하는데 심리학 이론의 제임스 랑게라는 이론을 상기시킬 필요가 있을 듯하다. 제임스 랑게 이론은 행복해서 웃는 게 아니라 웃으면 행복해진다는 것처럼 우리의 신체적 변화의 정서는 역으로 결정된다고 한다. 고로 행복의 웃음을 부단히 창조해 위대한 행복한 삶을 만들자.

한 방송인의 에피소드를 적는다. 신혼 초 그는 시댁 식구들이 모여있는 데서 "뿡" 하고 방귀를 뀌었다고 한다. 부끄러워 어찌할 바를 모른 그는 화장실에 가 무시로 터져 나올 것만 같은 웃음을 간신히 진정하고 나와서 "방귀를 뀌었어요."를 "그랬어요."라고 말하며 "왜 들으셨어요." 이에 시어머니가 "고소했다."고 말했다는데 재치와 코믹이 프로를 능가하는 듯하고 웃음이 절로 나온다.

까치와의 추억

내가 어릴 적, 아침 일찍 까치가 울타리에 있는 감나무 위에서 짖어대면 어머니는 아침밥 짓느라 바쁘신데도 혼잣말로 "오늘 손님이 오시려나."라고 하는 말을 들은 나는 덩달아 기대감으로 설레고 벅찬 적이 있다. 외삼촌이나 고모님이 오셨으면 좋겠다는 기대감에서였다.

'아침 일찍 까치가 짖어대면 손님이 온다.'는 전설이 있는 새, 길조로 여겨졌던 대표적인 우리나라 텃새인 까치, 최근에는 개체수 증가와 말썽으로 까치와 사람과의 마찰이 빈번해지고 있다고 한다.

농촌에서는 파종한 씨앗을 파헤치고, 막 뚫고 나오는 새싹을 먹어치우기도 하고, 다 지어 놓은 과수원의 과일을 부리로 쪼아대 상품의 가치를 못하게 하는 등 까치의 피해가 심각하다고 한다. 까치로 인한 피해는 농촌뿐더러 도시에서도 갖은 피해가 이어지고 있다고 한다.

건물 등의 중요시설에 둥지를 지어 기능을 상실하게 하기도 하고 전동차를 움직이게 하는 변압기나 고압선에 둥지를 틀어 전기의 원활한 흐름을 방해하는 원인이 되기도 한다고 한다. 심한 경우에는 부리로 피복을 쪼아 속살이 드러난 전선은 합선을 일으키게 해 전동차를 멈추게 하는 승객들이 불편을 겪기도 한다고 한다. 더구나 산란기인 봄철엔 까치와 한전이 짓고 부수는 잦은 전쟁이 끊임없이 반복되는 모양이다. 전국 방방곡곡 어느 곳에서나 눈에 띄어 어렵지 않게 볼 수 있는 까치.

내가 어릴 적 간직했던 순박한 까치에 대한 추억 속 기억들이 아련히 멀어져간다! 그런데 지난가을 내 고향 시골, 가가호호 감나무마다 남겨둔 몇 개씩의 감이 달려있었다. 새삼 만감이 있었고 보기가 좋았다. 까지 몫으로 남겨둔 까치밥이었다.

환경부에 따르면 2008년 1년 동안 까치로 인한 피해액이 전력 시설 377억 2,600만 원, 농작물 피해는 20억 4,700만 원에 달했다고 한다.

한편 까치는 길조에서 진즉 해조로 지정된 바 있다고 한다.

화성로봇의
사진을 보며

1997년 화성탐사선 소저너를 화성에 착륙시킨 적이 있는 미국의 나사는 탐사선을 쏘아 올린 지 7개월 긴 여행 끝에 쌍둥이 로봇 '스피릿'과 '오퍼튜니티'를 탑재한 탐사선을 2004년 1월 4일 화성에 착륙시켰다고 한다.

화성의 지평선, 지표면, 언덕, 돌과 바위 등 생생한 모습을 로봇이 전송한 사진을 TV를 통해 봤다.

1920년 체코 작가 카렐 차페크가 쓴 희곡 〈로숨의 유니버설 로봇(R.U.R)〉에 '로보타(robata, 체코어와 슬로바키아어로 강제노동 또는 고된 일이라는 뜻)'를 차용하여 만든 로봇(robot)을 등장시킨 지 86년이 지난 지금 로봇은 우리 곁에 다가와 있다. 사람이 할 수 있는 일 할 수 없는 일을 불문하고 도맡아 하는 것 같다.

산업현장에서는 필수품이 된 지 오래됐고 가정에서도 점차 필수품이 돼가고 있다.

로봇은 사람 대신 집 안 청소를 하고 사람 대신 병 간호를 하고 영어과외 선생님을 하는 등 도우미 역할을 하고 있다. 갖가지 전쟁 로봇도 있다고 한다. 뿐만 알버트 휴보로봇은 눈도 깜박이고 웃기도 하고 놀라기도 하고 기쁨을 표현하는 등 감정을 표현하고 대화도 나눈다.

우리나라가 2006년 5월 4일 '에버원'이라는 로봇을 공개했었다. 에버원은 얼굴과 상반신이 사람 모습을 한 로봇으로 2003년 '엑트로이드'라는 휴보로봇을 공개한 일본에 이어 세계에서 두 번째로 휴보로봇을 공개한 나라가 되었다.

이번에 공개한 휴보로봇 에버원은 산자부 장관(정세균)과 대화를 나누었다고 한다.

먼저 에버원이 "어린이날 좋아하세요?"라고 말을 건네자 "좋아합니다."라는 장관의 대답에 "어린이날을 좋아하시니 제 기분이 좋습니다."라고 말했다고 한다.

에버원은 옆에 있는 사람을 알아보고 눈동자도 움직일 수 있고 시선을 마주칠 수도 있다고 한다. 눈, 입술 안면 근육을 움직일 수 있는 휴보로봇이 언젠가는 사람이 갖고 있는 610개 근육을 가지게 될지도 모르겠다.

뚱딴지같은 이런 생각도 해본다. 실업자를 양산하는 로봇이 온갖 일 대신하고 사람은 610개의 근육을 지닌 알버트 휴보로봇과 웃고 뒹굴고 즐거움이나 공유하고 아이템이나 계발하는 일이 전부일까 하는 쓸데없는 걱정이 앞선다. 하지만 성의 대상은 안 되나 보다. 많은 나라가 법령을 제정해 규제할 뜻이 있다고 하니 우려는 기우에 그칠 듯하다.

온실 식물이 아닌
들풀처럼 자라나는 아이들

웅크렸던 겨울이 지나고 따뜻한 봄이 되면 주택가나 골목길에 광택제라도 칠한 듯 윤기가 나고 생기가 넘치는 식물을 내놓고 판매하는 것을 볼 수가 있다. 대부분 온실에서 자란 식물일 것이다! 우리는 이런 식물을 한두 개의 분을 사들여 집안에 놓는 것은 연례행사인 듯하다.

하지만 집 안에 들여놓은 식물은 어느샌가 잎에 반짝이는 광택도 생기도 온데간데없고 봄날에 병든 병아리처럼 시들시들해 가는 것을 경험한다. 채광, 습도, 온도, 통풍 등 급작스러운 환경적 변화 때문이다.

도시에서는 아이들이 마음껏 뛰면서 놀 만한 곳이 많지 않다. 고작 학교 운동장 아니면 아파트 숲속 한 켠에 자리한 놀이터가 전부라고 해야 마땅할 터라, 많은 아이들이 신나게 놀 법도 하지만 놀이터에서 노는 아이들이 많지 않은 듯하다. 과잉보호의 영향인 듯하다.

전문가는 또래 집단과 잘 어울렸을 때 교감신경, 운동신경 등이 잘 발달되고 상호작용이 잘돼 청소년기는 물론 살아가는 데 도움이 된다고 충고한다.

날이 새기가 무섭게 전개되는 글로벌 경쟁시대에 갈수록 강인한 체력을 시대가 요구하는 양상이다. 수렵시대의 야생적 체력이 절대적일지 모르겠다. 그래서 온실 속 식물이 아니라 허허벌판에 산재해 있는 들풀처럼 아이를 양육할 필요가 있는 듯하다.

그럴 것이 요즘 구직률을 바늘구멍에 비교하는데 멀쩡한 사람이 비실비실해서야 바늘구멍을 통과할 수 있겠는가라는 것이다.

2007년 서울시 공무원(7급, 9급) 1,700명을 뽑는 시험에서 약 9만 명이 시험을 치러 약 52대 1이라는 경쟁률을 보건대 무릇 강인한 체력이 키워드일지 모른다! 언론에 따르면 일본의 한 회사는 신입사원을 선발하는데 2,000m가 넘는 산 정상에서 면접을 치르는 일이 있었다고 한다. 체력이 약한 응시자는 아예 산 정상에 오리지도 못해 면접시험을 치르지도 못했다고 한다. 치열한 삶의 경쟁에서 강인한 정신력 못지않게 강인한 체력을 요구했던 것이다. 우리나라의 한 침구전문회사도 '건강해야 일도 잘한다.'는 모토로 말해주듯 산행능력, 체력테스트를 해 면접점수에 50% 반영한다고 한다.

눈보라가 몰아치고 꽁꽁 언 동토가 됐어도 새봄엔 아무런 탈 없이 희망을 머금고 움이 돋아나는 게 들풀이다. 인동초가 돼서 말이다.

『처음의 마음으로 돌아가라』(샘터출판)라는 책의 저자 정채봉은 '콩씨네 자녀교육'에서 '광야로 내보낸 자식은 콩나무가 되었고, 온실로 들여보낸 자식은 콩나물이 되었고'라고 했다. 과잉보호에 일침인 듯하다. 불변의 진리인 적자생존이 날로 증폭돼가는 밀레니엄 글로벌 시대 들풀이 되도록 해 자생력을 키우는 게 선제적 대안일 듯하다.

중국 저가 제품의 파도

이쑤시개, 면봉, 페인트붓, 나무젓가락, 수세미, 라이터, 구두솔 등 우리가 일상에서 만날 수 있는 소소한 것부터 식품에 이르기까지 중국산이 판을 치고 있다. 부지기수로 일일이 열거하기가 힘들 지경이다.

그 실상은 재래시장, 대형마트 등에 산적해 있다. 개중에 어떤 품목은 한국제품을 눈 씻고 봐도 보는 것조차 드물 지경이고 중국산만 십상일 뿐이다.

작업복 바지를 5,000원~10,000원에 판매한다. 그러한 것들이 의류 가게에는 산더미처럼 쌓여있다. 가격 때문에 경쟁력에서 밀려 발붙일 틈이 비좁은 게 국산 제품이다.

중국산 제품은 소소한 제품뿐만 아니라 전자제품, 자동차, 첨단 제품에 이르기까지 저가 공세를 취하고 있으며 정도가 더 심해지고 있다고 한다. 중국의 저가 제품이 물밀듯 밀려오는 걸 보면서 마치 한국전쟁 때 인해전술이 연상된다.

중국산 제품이 넘쳐나기는 콜럼버스가 발견한 중국의 반대편에 있는 미국에도 마찬가진가 보다. 2007년 7월 어느 날 동아일보에는 뉴욕 특파원 공종식 기자의 글이 있었다. 그의 글을 보면 불꽃놀이를 좋아한다는 미국에서는 7월 4일, "독립기념일 하루 전인 3일 밤부터 집집마다 뒷마당에서 쏘아 올린 폭죽으로 도처에서 '펑

평' 소리가 끊이지 않을 정도"라고 했다.

불꽃용 폭죽이 2억 1,100만 달러어치가 수입된 2005년만 해도 95.7%가 중국제라는 내용이 있었다. 그는 "미독립기념일에 중국산 폭죽이 미국의 하늘을 밝히고, 중국산 성조기가 미국의 거리를 뒤덮는다고 해도 과언이 아니다."고 했다.

한편 그의 글에는 중국제가 판을 치고 있는 미국에서 중국제를 쓰지 않고 산다는 것이 얼마나 '고통스러운가'를 체험하기 위해 1년 동안 중국제를 안 쓰고 생활한 한 기자의 "고통스러운 경험을 바탕으로 『메이드 인 차이나 없는 1년』이라는 책을 내놓아 화제가 됐다."고도 썼다.

『세계는 평평하다』(저자 토머스 프리드먼)의 저자이고 동아일보에 가끔 칼럼을 싣기도 하는 토머스 프리드먼의 『세계는 평평하다』에 나오는 말을 토씨 하나 안 다르게 그대로 인용해 적어본다.

"중국은 매우 강력한 제조국가이다. 그런 까닭에 북미자유무역협정(NAFTA)으로 멕시코가 미국에 대하여 우월한 교역 조건과 지리적으로 가깝다는 이점을 누리고 있음에도 불구하고 중국은 2003년에 멕시코를 제치고 미국에 두 번째로 수출을 많이 하는 나라가 되었다. (미국에 수출을 가장 많이 하는 나라는 캐나다)

멕시코가 자동차, 자동차 부품, 냉장고 같은 운송비가 많이 드는 값비싼 물품 수출에는 아직은 강세를 보이고 있으나 중국은 거의 모든 분야에서 강세를 보이고 있다.

특히 컴퓨터 부품, 전자부품, 장난감, 스포츠용품, 테니스화 같은 분야에서는 이미 멕시코를 제쳤다. 중국산 의류나 장난감이 미국의 상점 진열대를 가득 채우면서 멕시코의 입지는 점점 줄어들고 있다."

한편 그의 책(『세계는 평평하다』)을 보면 멕시코의 언론인 한 사람이 중국 중앙은행 한 간부와 인터뷰를, 그 간부는 이렇게 말했다. "처음에 늑대를 두려워했습니다. 그다음 우리는 늑대와 춤을 추고 싶었습니다. 그리고 이제는 늑대가 되고 싶습니다."

이탈리아 항해가 콜럼버스는 '산타마니아', '핀타', '닌타'호 3척의 배에 120명을 태우고 1492년 산살바도르섬에 닿았다. 이후 4차례에 걸쳐 항해해 신대륙 아메리카를 발견했다.

콜럼버스가 미대륙을 발 디딘 지 510여 년이 지난 중국이 미대륙 시장경제를 점령해 평정하려 하고, 늑대가 돼 힙합을 추는 건지 모르겠다.

달, 우주, 인류

━━━

예로부터 인류는 달을 친근하게 여겨온 경향이 있다고 한다. 다르긴 하지만 동서양을 막론하고 달에 대한 전설이 있다.

우리나라는 계수나무와 토끼, 중국은 두꺼비, 서양은 여신과 관련한 전설이 있다.

한편 우리나라는 대보름달을 보고 소원성취를 비는 토속적 신앙도 있다.

천체 중에 육안으로 가장 크게 보이기도 하고 편안하게 선명히 볼 수 있는 달은 지구에서 가장 근접해 있는 천체여서 인류는 달에 대한 연구와 관심도 많다고 한다. 인류가 최초로 발을 딛은 천체이기도 하다.

1957년 구소련은 인류 최초로 인공위성 '스푸트니크'를 우주로 쏘아 올렸다. 한편 구소련은 그로부터 4년 뒤인 1961년 4월 우주비행사 유리 가가린이 유인 인공위성 '보스토크'를 타고 지구를 한 바퀴 돈 다음 무사히 지구로 귀환했었다.

우주를 최초로 여행한 유리 가가린의 "지구는 푸른빛이었다."는 말은 환상적이고 명언이다.

1957년 구소련이 우주에 인공위성을 쏘아 올리자 미국이 영향을 받게 되고, 미국과 구소련은 앞다투어 우주 경쟁이 전개된다.

미국 대통령 케네디는 1962년 9월 미국의 한 대학에서 "우리는

1960년대가 저물기 전에 달에 사람을 착륙시키고 그를 안전하게 지구로 복귀시키는 목표를 달성하리라 믿어 의심치 않습니다."라고 달 정복에 관한 적극적 연설을 했었다고 한다.

그 후 미국은 1969년 7월 20일 오후 1시 17분 40초(미국시간) 루이 암스트롱을 인류역사상 최초로 달에 첫발을 내딛게 하고 지구로 무사 귀환시켰다.

달에 첫발을 내디딘 암스트롱은 "한 개인에게는 작은 발걸음이지만 인류에게는 큰 도약"이라는 말을 했다고 한다. 지구가 아닌 땅에서 최초의 말을 했다.

미국은 현재 화성, 명왕성까지도 탐사에 열을 올리고 있고 1999년 충돌체를 달에 쏘아 올려 물을 찾기 위한 실험을 했으나 실패했고 2009년 1월, 달 남극 지점에 충돌체를 충돌시켜 물을 찾기 위한 실험을 앞두고 있다고 한다.

미국뿐만 아니라 세계 곳곳에서는 인공위성을 쏘아 올리고 우주선 개발에 많은 돈을 쏟아붓기도 한다고 한다. 요 며칠 전 중국도 달에 대한 탐사계획과 화성을 위주로 한 태양계 탐사 계획을 적극 추진하겠다고 발표했었다. 2008년 3월, 4월경에는 달에 탐사위성을 발사할 예정이라고 한다.

우리나라도 현재 우주센터가 건설 중이고, 2006년 6월 20일부터 우주인 2명을 선발하기 위한 응모에 들어가 7월 14일에 마감했다. 이에 응모한 사람이 36,206명이었다고 한다.

선발된 2명은 2007년 1월부터 러시아 스타시티에 있는 가가린 우주인 훈련센터에서 우주인이 되기 위한 훈련을 15개월 동안 받는다고 한다. 2명 중에서 1명은 러시아 국제 우주정거장(ISS)에서 과학 실험 등의 목적으로 2008년 4월 러시아 소유즈 우주선에 탑 승할 예정이라고 한다. 예정대로 진행될 경우 한국인으로는 최초 로 우주를 여행한 사람이 되기도 한다.

미국의 뉴욕타임스는 "한국은 공상과학소설(SF)에서나 나올 법 한 일들을 현실로 만들기 위해 발 벗고 나선 나라"라고 2006년 4 월 3일자 신문에 썼다고 한다.

〈스타워즈〉라는 영화가 있다. 이 영화는 공상과학영화인데 우주 공간에서 적나라하게 전개되는 장면들을 과학적 상상을 토대로 제 작한 전쟁 영화다.

세계적인 물리학자 미국의 스티븐 호킹 박사는 이런 말을 했었다. "인류의 생존은 우주 식민지 개발에 달려있다." 그는 100년 안에 지 구의 도움 없이 유지되는 우주에 정착촌이 생길 것으로 예측했다.

'20년 안에는 달에, 40년 안에는 화성에 영구 기지가 건설된다.' 는 것이다.

한편 스티븐 호킹 박사는 지구가 멸망할 위험성이 높은 요인으 로 빠르게 진행되고 있는 지구의 온난화, 인류가 자행하는 핵전쟁, 유전공학 바이러스 등 비관적 예측도 덧붙인다.

새 밀레니엄이 시작된 지 수년째다. 새로운 밀레니엄에는 냉전이 종식되고 세계의 평화가 유지될 거라는 게 지배적이었다.

하지만 그런 기대와 전망은 무색해지고 있다. 크고 작은 전쟁이 끊 이지 않고 내전을 치르는 나라도 있다. 국가 간에 으르렁대기도 한다.

그래서 설령 스티븐 호킹 박사의 예측대로 인류에 의해서 달과 화성 등 우주에 정착촌(영구기지)이 세워진들 거기라고 조용할 리 있겠는가 하고 의심되며 걱정이 앞선다.

각국은 지금 우주개발에 발 벗고 나선 터다. 각국이 우주개발에 성공해 보편화된다고 가정하고 외계인이 아니라 지구인끼리 벌이는 실제 '스타워즈'가 도래하는 게 기정사실인지 모르기 때문이다.

'스타워즈' 가능성은 있어 보인다! 레이저빔을 탑재한 미국의 공군기는 적의 미사일이 발사되면 화학 산소를 이용한 레이저빔을 발사해 파괴할 수 있는 기술이 개발됐다는 발표가 있어서다.

공상영화 스타워즈가 아닌 실제 스타워즈를 생중계하는 방송을 시청할지도 모르겠다. 이라크전쟁 때 어둠 속을 뚫고 이어지는 미국의 미사일 공격을 CNN이 생중계한 것처럼 말이다.

하늘을 닿게 탑을 쌓으면서 티격태격한 노아의 자손이 생각 안 날 수 없다. 구약성서에 나오는 노아의 자손들이 세 무리가 돼 하늘을 향해 바벨탑을 쌓기 시작했다. 한 무리가 나서 "새로운 천국을 건설하자."고 말하자 남은 두 무리 중 하나는 "우상 숭배를 실천하자."고 나은 무리는 "전쟁을 하자."고 하자 그들의 언어에 노한 하느님이 그들에게 언어의 혼동이 있게 하고 바벨탑은 무너졌다고 하는데 전쟁의 시작인지 모르겠다.

심리학자 투키디세스는 '펠로폰네소스전쟁사'에서 국가 간에 발생하는 전쟁에 대해 "명예나 공포, 이해관계에서 빚어진다."고 했듯 이해관계에 얽혀 사소한 문제에도 아웅다웅하는 게 현실인데 우주라고 해서 전쟁이 없을 리 없다!

　우주에서 지구인끼리 전쟁이 전개된다면 천체에 외계인이 산다고 가정하고 그들은 아마 가소로워할지 모르겠다. 아마 이렇게 말할 것이다.

　"지구에서 싸움판이 모자라 밖(우주)에 나와서까지 저 모양이다." 라고 그들은 아마 조소할 것이다. 지혜 있는 부부는 밖에 나가 아이들이 안 보는 데서 지혜로운 싸움을 한다는 말이 있지만 외계에서 싸우는 것과는 전적으로 상이하다. 세계의 평화를 기원해 본다.

모유 수유가 만들어 주는
마음의 간격

2006년 6월, '모유 수유 열풍'이 일고 있다고 한다. 우리나라도 그렇고 미국에서도 모유를 수유하는 산모가 늘고 있는 추세라고 한다.

미국 당국은 2010년에는 산모 50%가 출산한 지 6개월까지 모유를 수유할 수 있도록 계획을 수립해 놓고 있다고 한다.

미국의 한 벤처기업은 한술 더 떠 발 빠르게 모유를 판매하고 있다는 소식도 있다.

모유 수유에 관한 장점, 전문가의 말을 빌리면 모유 수유 때문에 체형(가슴) 변화를 걱정하는 요인 때문에 모유 수유를 기피하는 경향이 있다고 한다. 하지만 설령 체형에 약간의 변화는 있을 순 있지만 산모나 아기에게 이로운 점이 이만저만이 아니라고 한다.

예컨대 산모는 유방암에 걸릴 확률은 현저히 낮아지고 산모의 산후 회복에도 많은 도움이 되고 여성들이 관심이 많은 체중 조절에도 효과적이라고 한다. 어느 연구에 의하면 모유를 먹었던 아이가 성인이 돼서 비만율이 낮다는 발표도 있었다.

모유는 아이에게 면역력을 키워주고 치아교정 효과도 있고, 요즘 문제가 되는 소아비만 예방에도 도움이 된다고 한다.

한편 시각적 절약과 경제적 효과도 있다고 한다. 모유 수유는 요컨대 아기를 산모의 품에 최대한 가까이 밀착시켰을 때 가능하므로 아기는 편안함을 느낄 수 있다는 것이다. 엄마의 배 속에서 들었던 엄마의 심장 소리를 들을 수도 있다는 것이다. 아기와 엄마가 눈을 마주치며 진정한 교감을 나눌 수 있다는 것이다.

아이에게 분유를 수유할 때 아이를 꼭 껴안고 눈을 마주치고 분유 수유를 해야 한다고 전문가는 말한다.

미국에서는 이런 일이 있었다고 한다. 한 병원에서 쌍둥이가 태어났다. 한 아이는 건강하게 태어났지만 한 아이는 심장에 이상이 있었다고 한다.

하나의 인큐베이터에 한 아이만 들어갈 수 있는 병원 규칙이 있었지만 아이가 엄마의 배 속에 있는 것처럼 하나의 인큐베이터에 두 아이를 있게 했다고 한다.

그랬더니 인큐베이터 안에서 놀랍게도 상상을 초월하는 일이 벌어졌다. 건강한 아이가 두 팔을 펴 아픈 아이를 안아주는 행동을 했다고 한다.

잠시 후 아픈 아이는 심장 박동이 되고 맥박도 체온도 정상으로 돌아왔다고 한다.

인큐베이터 안에 있는 동안 건강한 아이는 아픈 아이를 자주 안아주었고, 얼마 후 두 아이는 건강한 모습으로 인큐베이터에서 나올 수 있었다고 한다.

소아 정신과 의사들에 따르면 '아이와 엄마와의 마음의 간격이 1밀리미터가 돼야 한다.'는 말이 있다. 모유 수유가 정답일 듯하다.

라인강과 한강의 기적

라인강은 중부 유럽 최대의 강으로 본류의 길이는 약 1,320㎞에 이른다고 한다. 본류의 발원지는 알프스산이다. 알프스산에서 발원한 라인강은 여러 강이 합류해 거대한 강이 돼 여러 나라를 지나면서 수송로가 되고 공업과 농업, 관광 등 발전을 가능하게 하면서 '라인강의 기적'이 되게 했다.

우리나라의 서울에는 검룡소(강원도 정선군 고환읍 두문동 싸리재 부근)에서 발원한 514㎞ 길이의 한강이 있다.

한강과 더불어 옛 도읍이 형성됐으며 지금의 서울로 이어져 발전을 거듭하고 있다. 고도 서울은 한국전쟁이 발발하면서 폐허가 되고 이후 1982년부터 '한강종합개발'이라는 프로젝트가 진행돼 '한강의 기적'이 이뤄졌다.

한강의 기적은 '1988 서울 올림픽'을 성대히 치르는 데 기반이 되기도 했다.

한강종합개발은 배가 드나들 수 있게 수로가 정비됐고 홍수 피해를 줄이기도 한다. 올림픽 이름을 딴 88올림픽대로가 건설되면서 교통난 해소에 많은 도움을 주고 있다.

유람선도 다니고 수상택시도 다닌다. 하수처리시설이 구축돼 수질개선이 되고 생태계 환경개선에 획기적 역할을 하고 있다.

한강의 숲은 지저귀는 새들의 아지트가 되고, 새들의 낙원이 되기도 한다. 철 따라 날아왔다가 날아가는 철새 중에는 아예 터를 잡고 텃새가 되는 조류도 있다고 한다. 한강은 시민들에게도 휴식처가 돼 가고 낙원이기도 하다.

운동장 등 체육시설은 서민들이 건강 관리를 하는 데 도움을 주고 있다.

한강 개발은 경제 발전에 중추적 역할이 됐고 인구 천만 명이 넘는 세계적인 대도시로 발전하는 데 기여를 했다고 봐야 한다.

남북을 연결하는 21개의 굉걸한 다리는 소통의 통로며 동맥의 역할을 하고 있다. 21개의 다리는 저마다 위용을 자랑하며 한강의 기적을 상징적으로 보여주는 듯하다. 야경의 조명은 더더욱 위용을 드높이고 있다.

베트남에는 하노이시를 관통하는 홍강이 있다고 한다. 하노이시는 한강의 기적을 낳은 한강을 모델로 "한강처럼 개발해 달라."고 했다고 한다.

하노이의 홍강과 서울의 한강은 여러 공통점이 있다고 한다. 고대도시라는 것이 그렇고 1945년 해방, 베트남 전쟁과 한국전쟁이 그렇다고 한다. 두 강의 지형적인 면도 공통점이 있다고 한다.

서울(한강)은 산업화시대로 진입하면서 모든 게 서울로 집중이 됐다. 인구 집중도 예외일 수는 없었다. 그 여파로 달동네가 생기고 청계천 제방, 안양천 등 제방에는 무허가 판자촌이 즐비하게 들어섰다. 불합리한 주거공간은 증가일로였다. 나는 청계천, 둑방에서 몇 개월, 안양천 제방에서 1년 남짓 살아본 적이 있다.

서울이 그랬듯 하노이의 홍강 제방 안쪽에는 무허가 주택이 지어져 약 17만 명이 거주하고 있으며 증가 추세는 지금도 진행되고 있다고 한다.

그래서 주택 문제를 해결하고 홍강의 기적을 목표로 하노이시는 서울시와 홍강종합개발이라는 프로젝트에 계약을 체결한다고 언론은 전한다.

한강을 모델로 삼아 홍강을 개발하려는 것을 보면서 서울 시민이기에 한껏 자긍심이 흐른다.

도시의 발달을 보면 예나 지금이나 다를 바가 없는 것 같다. 도시가 있는 곳에는 어김없이 강이 있고 강이 있는 곳에는 도시가 있으니 말이다.

한강이 개발돼 한강의 기적을 이뤄냈듯 홍강의 개발과 더불어 홍강의 기적이 있길 기원한다.

건강의 과신

어느 조사에 의하면 비만이 성인병의 주원인이라고 한다. 그래서 비만을 예방하기 위해서는 절대적으로 운동이 필요하다고 한다.

음식을 먹는다는 것은 뭣보다도 아주 즐거운 일이다. 인간의 본능 중의 하나이기도 하다. 우리는 음식을 섭취할 때 맛을 음미하고 그 맛에 도취하기도 한다. 식탐이 생기고 제어하기가 쉽지 않다. 함포고복한다. 그러다 보니 필요 이상 과열량을 섭취하게 되고 비만의 원인이 된다고 한다.

인체는 활동량만큼의 열량을 소모시키고 잔여 열량은 체내에 축적돼 체지방으로 발전한다고 전문가는 말한다. 때문에 현대인에게 적당량의 운은 필수적이라고 충고한다.

규칙적인 식생활은 건강과 상관관계라고 한다. 매한가지로 운동도 규칙적으로 꾸준히 지속될 때 많은 효과를 얻을 수 있다고 한다.

건강을 위한 운동은 여러 가지가 있다. 그중에는 직립하는 인간의 본질일 수 있는 걷기 운동이 있다. 걷기 운동은 우리가 생각하는 이상의 효과가 있다고 한다. 사촌 격인 달리기를 한 사람과 걷기 운동을 한 사람의 열량 소모량이 같다면 체중감량에 성공할 수 있는 사람은 걷기 운동을 한 사람이라고 한다.

강한 운동을 할 때 소모되는 열량은 근육에서 이뤄지지만 걷기 운동을 할 때 소모되는 열량은 지방에서 이뤄지기 때문에 지방을 줄이는 데는 걷기 운동을 하는 것이 효율적이라는 것이다. 흔히 운동하면 강한 운동을 해야만 운동의 효과가 크지 않을까 하고 팽배한 일반적인 생각인데 뒤집는 것이다.

걷는다는 것은 두 다리를 번갈아 옮겨 앞으로 나아가는 연속동작을 말한다. 이때 몸이 지상에 떠 있는 때는 없다. 한쪽은 항시 지면에 닿는다.

반면 달리기는 공중에 떠 있는 상태에서 한쪽 발이 지상에 닿고 다시 공중에 뜨고 다른 발이 지상에 닿는 연속동작으로 앞으로 나아가는 것을 말한다.

걷기 운동은 한쪽 발이 항시 지상에 닿기 때문에 체중이 분산되어 관절에 큰 무리가 안 된다고 한다. 하지만 달리기는 걷기에 비해 몇 배의 체중이 실리므로 무릎, 발목관절에 무리가 돼 이상이 올 수도 있다는 것이다.

2006년, 국내 40, 50대의 1,000여 명을 상대로 한 조사에 의하면 '실제 나이보다 건강하다.'고 대답한 사람이 82%였다고 한다. 실제 나이보다 건강하다고 대답한 사람들 중에서 44%는 '특별히 어떠한 운동이나 건강관리를 하는 것이 없다.'고 대답을 했다고 한다. 건강에 대한 막연한 자신감일 것이다.

건강의 과신은 건강의 최대의 적일지 모른다. 운동을 하고 적극적으로 건강관리를 하는 데는 자신의 의지 여하에 달려있는 듯하다. "건강은 전적으로 자신의 몫이다."

고아의 고통,
마주친 용서

KBS 1TV 프로 중에 'TV는 사랑을 싣고'라는 프로가 있다. 두 사연이 나오는데 앞에 나오는 사연은 스승과 제자가 만나고, 첫사랑 했던 추억 속의 연인을 만나기도 한다. 유명인들이 나오는데 미담이라고 해야 할 것 같고, 뒤 코너에 나오는 사연은 일반인들의 암울한 사연이라고 해야 마땅할 듯하다.

뒤에 나오는 사연을 말하고자 하는데 예전에 대개가 부모 중에 한 사람이 어린아이를 내버려두고 집을 나간다.

그로부터 많은 세월이 흐른다. 대부분 십수 년, 수십 년이 돼서 상봉이 이뤄진다. '이름다운 용서'를 구하는 것이다.

내팽개쳐진 아이들 중에는 고아원을 전전하기도 하고 해외로 입양되기도 했다. 그들 중에는 훌륭하게 잘 커 성공한 사람도 있었다. 하지만 고아원을 전전했든 국내외로 입양됐든 유소년 시절을 불행하게 살아야 했고 부모를 그리워해야 했다.

내가 어렸을 적 여남 살쯤 됐을 무렵 목격했던 일이 생각이 난다. 한창 농익은 봄, 어느 날 나는 뒷산에 갔었다. 당시는 대부분 민둥산으로 녹음이 짙은 지금의 산과는 달랐다. 땅딸막한 소나무, 떡갈나무, 수풀 등이 잡다한 곳에다 움푹하게 둥지를 틀고, 놀랄

만큼의 보호색을 띠며 넙죽 웅크리고 앉아있는 까투리와 마주쳤다. 거리는 불과 2미터도 안 됐었다! 나와 맞닥뜨린 까투리는 깃털 하나 까닥이지 않고 숨죽은 듯이 꿈적댐도 한 치의 미동도 없었다. 다만 초롱초롱한 눈빛만은 움직이고 있었다. 달아나야 할 터인데 미동도 않는 까투리는 나를 호기심이라는 마술을 발동하게 했다.

때문에 나는 한 손을 머리 위로 치켜올려 "에잇"이라는 말과 동시에 아래로 내려치는 제스처를 했다. 하지만 까투리는 경계의 눈빛은 역력했지만 특별히 눈에 띄는 아무런 반응이 없었다.

그래서 나는 한 걸음 다가가 똑같은 말과 제스처를 강도 높여 거듭했다. 까투리는 그제야 깃털을 잔뜩 치켜세우고 하릴없는 양 일어나더니 (구물구물 엉켜있는 꺼벙이가 족히 20여 마리는 돼 보였음) 두세 발 전진하고 다시 뒤로 안절부절못하였다. 어미 까투리가 그러는 사이 구물대던 꺼벙이들은 어디론지 줄행랑을 치기 시작했다.

한 마리의 꺼벙이도 안 보인다 싶더니 그때에야 어미 까투리는 푸드덕거리며 날아갔다. 있다. 어미 까투리는 어린 꺼벙이들이 행여 다칠세라 안전하게 도피할 수 있도록 시간적 여유를 얻으려 했던 것이다.

어린 마음에 꺼벙이를 생포하고 싶은 생각이 굴뚝같이 치밀었던 나는 혹시나 하고 수풀을 젖혔으나 꺼벙이 그림자도 발견할 수가 없었다.

새를 연구하고 보호에 앞장선 윤무부 경희대학교 교수가 2006년 12월 1일 MBC 창사 특집으로 마련한 '함께 하는 세상 명사들의 나눔사랑 자선 경매'에 출연해 그의 아들에게 선물할 모자를 기증하면서 "새들에게는 조손 가정이 없다."라고 한 말이 반추된다.

음악과 식물,
그리고 우리의 말

요즘 태교의 중요성을 말하는 사람이 많다. 임신을 하게 되면 클래식 등을 듣고, 양서를 읽는 등 태교를 하는 임신부가 많은 모양이다.

임신부가 아니어도 음악회에서 음악을 감상하기도 하고 TV나 라디오를 통해 즐기기도 한다.

이렇듯 음악은 잘났다는 듯 고개 들고 직립하는 사람들만이 듣고 전유물로만 여겼었다. 하지만 동식물에게도 음악을 들려주고 있다고 한다. 동물을 사육하는 농장에서도 화훼나 특용작물을 재배하는 농부들은 오디오에서도 화훼나 특용작물을 재배하는 농부들은 스피커를 설치해 식물에 음악을 들려준다고 한다.

언젠가 TV뉴스에서 봤던 내용이다. 집안에 상당량의 화분이 있었다. 같은 환겨엥 두 무리로 화분을 분류해놓고 한쪽의 식물에게는 하루에 수차례 "아주 예쁘다", "아름답다", "무럭무럭 자란다"는 등 긍정적으로 좋은 말만을, 다른 쪽의 식물에게는 "너는 미워", "너는 나빠", "너는 보기도 싫어"라는 부정적인 말을 일정 기간 말했다고 한다.

그랬더니 놀랍게도 긍정적인 말을 들었던 식물은 잎에 윤기가 나고 싱싱하게 생기가 넘쳤지만 부정적인 말을 듣게 했던 식물은 잎에 윤기도 없었으며 볼품없게 변하였다고 한다.

상추를 수경재배하면서 힙합을 들려준다는 농민이 한 방송에 출연해 같은 환경에 상추를 무리지어 분리해 놓고 클래식, 재즈, 힙합 등 한 장르의 음악만을 들려주고 어떤 변화가 있는가를 실험할 계획이라고 말하기도 했다.

하버드 대학의 로버트 로젠탈 박사는 학생과 쥐를 상대로 실험을 했다고 한다. 로젠탈 박사는 학생들을 세 그룹으로 나누고 쥐 또한 세 무리가 되게 했다.

그런 다음 한 그룹의 학생들에게 한 무리의 쥐를 주면서 "천재적 쥐를 다루게 돼 행운아들이다. 큰 기대를 갖어도 되겠다."고 말했다.

또 다른 그룹의 학생들에게는 한 무리의 쥐를 주면서 "보통의 쥐를 다루게 돼 보통 정도의 기대를 하겠다." 남은 한 그룹의 학생들에게도 역시 한 무리의 쥐를 주면서 "이 쥐들은 바보 같은 쥐다. 그래서 큰 기대는 갖지 않겠다."라고 말했다고 한다.

쥐를 받은 세 그룹의 학생들은 과학적으로 똑같은 조건과 환경에서 6주 동안 쥐를 다루었다.

결과는 천재적 쥐라고 했던 첫 번째 무리는 천재인 양 영리한 행동을 보였고, 보통의 쥐라고 했던 두 번째 무리는 보통 정도의 행동을 했고 바보쥐라고 했던 세 번째 무리는 바보처럼 멍청한 행동을 해 바보 같았다고 한다.

그런데 놀라운 것은 천재 쥐, 보통 쥐, 바보 쥐를 분류해 무리 짓게 한 것이 아니고 무작위로 나누어 세 무리가 되게 하고 천재 쥐, 보통 쥐, 바보 쥐라고 했다는 것이다. 요컨대 학생들의 생각과 자세가 문제였다는 것이다. 다시 말하면 동급의 동류였는데 천재 쥐,

보통 쥐, 바보 쥐라고 불러주고 주입시킨 결과에 대해 주목할 필요가 있다는 것이다.

속담에 "말이 씨가 된다."는 말이 있듯 "망할 놈", "싹수가 없는 놈", "빌어먹을 놈", "싹수가 노랗다."는 등의 말은 무의식적이라고 해도 자라는 아이들에게 한다는 건 어처구니없는 문제라고 생각한다. 눈, 귀가 있는 쥐는 그렇다고 쳐도 눈도 귀도 없는 식물에게 음악과 좋은 말을 들려주었더니 병충해도 적었으며 잘 자란다고 했다.

하물며 한창 커가는 아이에게 아무 말이고 함부로 해대는 것은 두말할 필요조차도 없을 것 같다. 설혹 부득북 회피하지 못할 만큼 울화가 치밀더라도 "흥할 놈", "싹수가 있는 놈", "싹수가 푸르다", "부자 될 놈"이라고 대용하자.

『무지개 원리』 저자이고 강의를 하는 차동엽 신부는 '자라나는 자녀에게 욕을 해서도 안 되고 말을 함부로 해서는 안 된다.'는 자신의 강의를 듣고 눈물을 흘리는 노인에게 다가가 "왜 우십니까?"라고 물었다고 한다. "진즉 가르쳐 주지."라고 말한 노인은 자녀들에게 욕하고 함부로 말한 지난날을 생각하니 후회스러워 줄곧 눈물이 났다는 것이다.

거짓말에 대한
대단한 본성

제5공화국, 전두환 정부 때의 '일해재단' 비리를 밝혀내려는 청문회가 열린 적이 있었다.

이 청문회는 우리나라 방송사상 최초로 라디오 방송으로 생중계 됐었다. '청문회 스타'가 혜성처럼 떠오르기도 했다. 당시 노무현 의원은 변호사 출신답게 핵심을 찌르는 질문으로 청문회 스타가 되었다. 그래서 대통령이 되는데 초석이 되기도 한 듯하다. 연설을 잘해 대통령이 됐다는 미국의 오바마가 생각나는데 비등한 듯하다. 청문회 당시 증인석에 앉아있는 전두환 전 대통령을 향해 명패를 던진 노무현 의원의 모습은 '청문회 스타'로서 옥에 티였다. 일해재단 청문회는 정치인, 경제인 언론인 등이 망라돼 증인으로 출석해 증언을 했다. 증인으로 출석한 사람들 중에는 상당수가 자기가 저지른 일에 정당화하려는 모습이 역력했고 애써 잘못을 덮으려 하는 모습도 마찬가지였다. 진실보다는 노노(no no) 변명하기에 급급했다.

예컨대, "잘 모르겠다.", "기억이 나지 않는다."라고 말이다. 그 말들은 유행어가 돼 회자되기도 했다.

증인으로 출석한 사람들 중에는 불리하다 싶으면 묵비권을 악용하기도 하고 기억이 나지 않는다. 잘 모르겠다고 해 달아오른 청문회는 김빠지곤 했었다.

대통령 경호실장, 안기부장을 지낸 장세동은 심열충복으로 전해져 온다. 그가 증인으로 출석했었다. 그는 증인으로 출석해 비교적 우물쭈물, 요리조리 회피하는 기색이 적었다는 평과 담담하게 솔직 담백한 면면을 보여줬다는 촌평이 있기도 했다. 증인석에는 그는 시종일관 흐트러지지 않은 부동의 자세로 "책임을 지겠다"라는 등 당당한 모습은 부정적 견해도 있었지만 놀랄만 했다.

그래서 그의 충성심과 의리, 당당함, 강인함 등의 이미지는 세간의 화두가 되기도 했다.

말이 어그러졌는데 '넘어진 김에 쉬어 간다.'고 전두환 대통령에게 심열충복 장세동이 있었다면 김대중 대통령에게는 심열충복 박지원이 있다. 대통령 비서실장을 지냈다. 어그러진 걸 제 궤도로 세워보자. 야구 감독 김경문이 안 떠오를 수가 없다. 2004년 처음으로 두산 감독이 된 김경문은 그해 팀이 최하위권에 머물자, "핑계 대고 싶지 않다. 감독으로서 모든 책임은 내가 진다."고 한 말이 와 닿는다. 스스럼없이 탈피하는 그의 자세가 진작돼 승승장구하는 성공한 감독이 될 수 있었을 것이다!

사람은 하루에 평균 200번의 거짓말을 한다고 한다. 어찌 보면 사람은 거짓말의 대한 대단한 본성을 가진 듯하다. 하루에 200번의 거짓말을 한다는 것은 거짓말을 하기 위해 태어나는 것인지 모르겠다.

비록 영화지만 거짓말을 잘하는 사람이 거짓말을 안 하고 생활화한 미국의 한 영화가 불현듯 떠오른다. 간략한 내용인즉 평소 입만 벙긋하면 거짓말이 일색인 영화 속 주인공이 거짓말을 일절 않

고 생활했더니 일상이 우스꽝스럽고 엉망진창으로 돼버렸다는 것
이었다라는 것이다.

실화가 아닌 영화라고 하지만 무릇 짐작건대 평소 주인공이 했
던 거짓말은 선의적 거짓말일 것이고 사람이 하루에 200번을 한다
는 거짓말에 대한 실험적 영화일 듯하기도 하다.

거짓말은 유형의 차이가 대척지는 되는 듯하다. 도덕적 책임이
수반되는 악의적 거짓말과 도덕적 책임이 수반되지 않는 선의적 거
짓말은 극과 극에 있다는 말이다.

선의적 거짓말은 전진하는 데 자양분이 될 수는 있지만 아니 필
수적 요소일 테지만 악의적 거짓말은 나락으로 가는 길로 성공이
야말로 요원할 것이다. 여태껏 쌓은 공든 탑을 한순간에 바벨탑이
되게 하는 것과 별반 차이가 없을 것이다.

만년설을 녹여
식탁에 물을

━━━

　언젠가 언론은 미국의 남극에 고속도로를 건설한다고 하는가 싶더니 2006년에 고속도로가 개통됐다는 보도가 있었다.

　지구상에서 유일하게 오염되지 않았다는 남극, 많은 지하자원의 보고(宝庫)라고 하는 남극에 기지를 건설해 과학자 등 각 분야의 대원들을 파견하여 상주시키고, 생물에 관한 연구, 기후변화 등에 관한 연구를 하고 있다고 한다. 우리나라도 뒤질세라 서울에서 무려 1만 7,240㎞나 떨어져 있다는 킹조지섬에 세종기지를 세워놓고 연구에 몰두하고 있다고 한다. 또 다른 기지를 추진 중이라고 한다.

　남극 대륙과 주변의 섬에는 26개 국에서 세운 기지가 있어 주도권 경쟁이 치열하게 전개되고 있다고 한다. 보이지 않는 땅따먹기 놀이를 보는 듯하다. (어렸을 때 했던 놀이) 하지만 외롭게 생활하는 각국의 대원들이 합류해 각종 행사도 갖는다고 한다. 친선을 도모하기 위해서라고 한다.

　2007년 7월 27일에는 8개국 대원들이 참가해 '남극 올림픽' 대회가 최초로 열렸다고 한다. 세종기지 대원팀이 종합 2위를 했고 칠레가 우승을 차지했다고 한다.

　한편 우리나라는 대원들의 안전과 편리를 돕기 위해 건조하는 쇄빙선의 용골을 2008년 5월 올렸다는 소식도 있다. 지구상에 떨어지는 운석 중에 십중 칠팔이 남극에 떨어진다고 하는데 크고 작은 상당량의 운석을 수거해 국내에 반입시켰다는 소식도 있다.

세상은 과학자들에 의해 발전하고 인류에게 편리함과 질 높은 삶을 영위하는 데 무한히 공헌되고 있다. 남극에서 과학자들의 노력도 마찬가지일 것이다.

온천지가 눈과 얼음으로 뒤덮여 있고, 때로는 모든 걸 송두리째 흔들어 놓을 것 같은 바람, 영하 몇십 도 기온, 사람으로서 도저히 견뎌내기 힘든 악조건이라고 하는데 자국을 위해 고군분투하고 있는 것이다. 이러한 과학자들의 노력은 자국은 물론 전 인류에게 혜택이 돌아갈 수도 있을 것이다.

오래전에 미국은 구소련의 영토였던 알래스카를 헐값에 매입해 알래스카주로 만들고 성조기에는 별 하나가 늘었다고 한다.

눈 덮인 꽁꽁 얼어붙은 동토의 땅을 매입하는 건 아무짝도 없는 쓸모없는 짓이라는 게 지배적이었다고 한다. 하지만 알래스카에는 엄청난 천연자원이 매장돼 천문학적인 금액을 가늠하기조차도 힘든 금노다지 땅이라고 한다.

우리나라는 국토가 좁고 게다가 지하자원마저 부족한 나라다. 뿐만 아니라 물만 해도 그렇다고 한다. 유엔이 우리나라를 물부족 국가로 지정해 올려놓은 바 있다.

물이 부족하다는 게 언뜻 이해가 안 갈 수 있다. 전국 방방곡곡 가는 곳마다 강이 있고 담수호가 있어 물이 넘실거린다. 게다가 겨울에는 눈, 봄, 가을에는 적당량의 비, 유기철이라는 여름이 있어 천혜의 많은 양의 비가 내린다. 그뿐 아니다. 지하에도 많은 양의 물이 저장돼 있다고 한다.

하지만 산업의 발달로 말미암아 물이 오염돼가 농업용수, 식용수로 이용할 수 있는 물이 많지 않다는 게 문제라는 것이다. 또한 대부분의 빗물을 고스란히 바다로 흘러가게 하는 것도 문제라는 것이다. (즉, 아스팔트나 콘크리트로 뒤덮인 도시는 지하로 스며드는 빗물의 양이 10%라고 한다. 뿐더러 농촌에서는 비닐하우스 등이 빗물을 바다로 흘러가게 하는 요소가 되고 있다고 한다. 그래서 지하수가 줄어들고 있다고 한다.)

말을 돌려보자. 혹여 실제로 물이 부족하면 태고의 역사가 담긴 만년설을 녹인 물이 반입될지 모르겠다. 선제적 대응을 잘한 우리나라는 선발주자로서 지분 확보는 우연만하게 해놓은 셈이다! 물 부족이 아니더라도 만년설을 여과한 물이 식탁에 오를 날은 받아놓은 단상으로 머잖은 듯하다. 설렌다.

써머타임제 도입에
따른 문제점

한국전쟁 때 중단된 적은 있으나 1948년에서 1961년 사이에 실
시하였고 서울 올림픽을 즈음해 1987~1988년 사이에 실시해 경험
해본 적이 있는 써머타임제, 정부가 써머타임제를 추진 중이라는
말이 들린다.

써머타임제를 도입하려는 주된 목적은 석유 한 방울 나지 않는
나라로서 효율적 에너지 절약과 써머타임제 실시로 늘어나는 오후
시간을 여가 생활로 활용하게 함으로써 삶의 질을 높일 수 있다는
데서라고 한다. 하지만 우리나라는 정서와 특성상 써머타임제 실
시는 문제가 있다고 나는 생각한다.

우리나라는 근로시간이 OECD 회원국 중 가장 많은 나라로 알
려져 있다. 예를 들어보자. 기획재정부와 경제 협력기구(OECD)가
발표한 2007년 연평균 근로시간을 보면 오스트리아가 1,474시간으
로 가장 낮았고 우리나라는 최하위인 2,261시간이다. OECD 회원
국 중 유일하게 2,000시간을 넘긴 나라라고 한다. 한편 임금 동향
도 오스트리아가 평균 41.837달러이고 한국은 25.379달러로 집게
됐다고 한다. 이런 판국에 써머타임제 도입은 불요불급한 일로 영
세 자영업자라든가 직업에 따라서는 근로시간의 영세 자영업자라
든가 직업에 따라서는 근로시간의 연장만 초래될 수밖에 없을 듯

하다. 이런 개연성으로 일부 노동계에서도 써머타임제 도입을 반대하는 것으로 알고 있다.

말을 돌리면 주 5일제 실시 이후 수혜자가 돼 여가 활용하는 데 도움이 되는 사람이 많을 것이다. 하지만 양분돼 비수혜자와 간격은 수만 리는 될 것이다. 매일매일 '다람쥐 쳇바퀴 돌 듯'하는 굴레의 열악한 자영업자들은 주 5일제로 삶의 질이 개선되기는커녕, 그림의 떡일 뿐이다! 하릴없이 놀아야 하는 게 태반일 것이고 현실이다.

영세 자영업자 중에는 곧 다가오고 다가오는 임차료 내랴, 아등바등 살아가는 사람들이 부지기수일 것이다. 그래서 써머타임제 제도를 실시한다 해도 영세 자영업자에게는 여가 생활을 할 여유가 요원하다! 때문에 고품질의 삶, 여가 생활이 된다고 하기에는 무리라는 것이다.

어떤 정책이고 국민에게 균등될 수는 없을 테지만 불균등이 초래될 개연성이 높다면 안하니 못하고 괜히 건드려 부스럼 만드는 꼴일 것이다. 그렇지 않아도 서브프라임 모기지(비우량 주택담보 대출)에서 시작된 글로벌 경제 위기는 서민들을 옥죄어 슬픔과 고통을 주고 있다.

써머타임제를 실시하려는 목적이 에너지 절약 차원이라고도 하는데 현실과는 다를 수 있다는 반론도 있는 모양이다.

세계에서 90여 개국이 써머타임제를 실시하고 있다고 한다. 혹여 그런 추세라고 해서 실시하려는 의도가 있는 건지 의심을 해본다. 하지만 세계적인 추세라고 해서 덩달아 따라 할 필요는 없을

것이고 선진화는 부자와 빈자의 간격이 지척이고 완만할 때 진정
한 선진화일 것이다.

수레바퀴가 축을 이뤄 굴러가듯 부자와 빈자가 공유하고 소통
할 수 있게 하는 정책이 최선일 것이다. 그래야만 건강한 사회가
구성된다고 생각한다.

병역특례,
어떻게 바뀌어야 할까

▬▬▬▬

2006년 미국에서 월드 베이스볼 클래식(WBC) 대회가 열렸었다. 한국이 4강까지 오르는 쾌거를 이루었다.

우리나라 야구는 80년대 프로스포츠 시대가 열리면서 활성화되기 시작했다. 하지만 우리나라의 야구는 이웃 일본과 비교하면 열악하기 짝이 없다고 한다. 우리보다는 일찍이 활성화된 일본 야구는 고교 야구팀만 해도 무려 4,000여 개에 달했지만 우리나라는 고교 야구팀이 겨우 50여 개에 지나지 않는다고 한다. 외양상 양적인 면만 봐도 어미 새와 얼쭝이라고 하면 어처구니없는 비교이다.

그런데도 우리나라 야구팀은 그따위 핸디캡쯤이야 아랑곳하지 않고 미국에서 개막된 제1회 월드 베이스볼 클래식 대회에서 일본을 거푸 두 번이나 이겼다. 그래도 성에 안 찬 듯 내친김에 야구 종주국이면서 야구 최강을 자랑하는 미국 대표팀을 침몰시켰다.

우리 대표팀이 메이저리그 선수들이 즐비한 미국을 이겼으니 즐거움은 배가됐었다. 그래서 박수 치고 환호했었다.

미국팀을 이긴 것은 야구가 국내에 도입된 지 101년 만에 처음 있는 일이라고 하니 경경사다울 수밖에 없었다.

월드 베이스볼 클래식 대회에서 우리나라 야구가 연승을 하자,

'푸른 도깨비' 응원은 기세등등했다. 나라 안팎이 온통 야구 열풍에 휩싸이고 모르면 모르되 푸른 도깨비 증가가 등배 급수는 됐을 것이다. 도깨비불 늘듯 했다고 해야 마땅할 것이다. 한일 월드컵 때 한국 축구가 승승장구할 때 '붉은 악마'(응원)가 진을 칠 때와 모름지기 별반 차이가 없었다!

우리나라 야구팀이 비록 결승전에는 오르지 못하고 공동 3위의 성적으로 만족해야 했지만 한국 야구의 저력을 전 세계만방에 알리는 데 전혀 손색이 없었다. LA타임스, 뉴욕타임스 등의 신문을 우리나라가 일본, 멕시코, 미국 등은 거푸 이기고 4강에 합류하자, "완벽한 수비를 했다.", "투수들의 재능이 뛰어나다."는 등 칭찬을 아끼지 않았다고 언론이 보도했었다.

우리는 월드 베이스볼 클래식 대회를 치르면서 '오 필승 코리아'를 외치고 환호하며 국민들의 마음을 하나로 모으는 데도 성공했었다.

한편 우리나라 야구가 예상 밖 성과를 거두자, 진원지는 잘 모르겠는데 "월드 베이스볼 클래식 대회에 출전한 선수 중 병역 미필자에 대한 병역특례 혜택을 주어야 한다."는 말이 언론을 탔다. 정부는 병역을 미필한 선수 11명에게 병역특례 혜택을 주었다.

월드 베이스볼 클래식 대회에 출전한 해당 선수에게 병역 혜택이 돌아가자, 다른 분야에서도 병역특례 혜택을 달라는 자원의 볼멘소리가 여기저기서 우후죽순처럼 일어났었다. 숫자가 무려 2만 1,500여 명에 달한다고 언론은 보도했었다. 아무런 지표 없는 형평성의 문제에서 파생된 발로인 듯하다.

어떠한 기준이 되는 획일적 잣대가 없는 게 문제라고 한결같이 언론들이 지적하기도 했다.

어느 잔치이고 잔치 뒤, 뒷말이 있을 수 있지만 잔치 뒤, 뒤풀이가 청량감은 미약한 듯하다.

영국의 왕위계승 서열 3위인 해리 왕자가 생각난다. 해리 왕자는 이라크 파병을 자원해 이라크에서 군 복무를 하기도 했다고 한다.

지정학적으로 복잡한 지역에 사는 우리(남자)로서는 병역의무가 있다는 것을 염두에 둘 필요가 있다고 생각한다. 대표팀 김인식 감독도 "국가가 있어야 야구도 있다."고 말했다고 한다.

'군대 가서 썩는다'는 말을 한 노무현 대통령이 생각이 난다. 그는 재임 중에 "군대 가서 썩는다."는 말로 언론의 질타가 일자 "내가 '군에 가서 남의 귀한 자식 왜 썩히고'라고 했는데 말을 잘못한 것 같기도 하고 보기에 따라서는 맞는 말 같기도 하고."라는 해명성 말을 하기도 했다고 한다.

병역의무는 일반적 관점에서 '군대 가서 썩는다.'는 말은 흔히 들을 수 있는 말로 파다하다. 대통령이 '군대 가서 썩는다.'고 할 만큼, 바쁘게 돌아가는 글로벌 경제, 한시가 모자랄 판인데 병역의무는 국가에 충성하는 것이다. 병역의무를 다하는 것은 자랑스러운 일이고 정작 해야 할 일일 것이다.

습관은 자연으로부터

"얘들아, 너희들의 아이들은 말보다 행동을 중시한다는 사실을 명심하라. 만일 너희들이 모범을 보인다면 너희들의 자식들에게 규칙을 정하지 않아도 된다는 사실을 기억해야 한다." 『정상에서 만납시다』의 저자 지그 지글라의 어머니가 자녀에게 한 말이라고 한다.

어른들은 아이에게 모범적인 행동을 해야 한다고 신신당부하는 게 불문법일 것이다. 하지만 차 안에는 버젓이 아이가 동승해 있는데도 담배꽁초나 휴지 등을 차창 밖에 내버리며 운전을 하는 사람도 있다. 분명 아이에게는 횡단보도로 건너야 한다라고 말했을 테지만 아랑곳하지 않은 듯 아이의 손을 잡고 무단횡단하며 뛰는 사람도 있다.

'이솝 우화'에 '어린 게와 엄마 게'라는 우화는 교훈하고 있다. 교훈인즉 어미 게가 갯벌 위를 걷는 어린 게에게 말했다. "너는 똑바로 걷지 못하고 그렇게 구부정하게 걷냐. 똑바로 걸어봐라." 어린 게는 "엄마가 먼저 똑바로 걸어보세요. 따라 배울 수 있어요."

동물은 어미의 모습을 보고 따라 배우게 된다고 한다. 어미가 된 뒤에는 어미가 했던 대로 행동을 하면서 살아가고 그 새끼 또한 그렇게 살아간다는 것이다.

예컨대 요즘은 농촌에서도 보는 것조차 흔하지는 않지만 암탉은 갓 부화한 어린 병아리를 마당 뒤뜰, 텃밭 등을 이끌고 다니면서 벌레 등 먹잇감을 찾는다. 암탉은 먹잇감을 찾아 잡은 먹이를 병아리 부리 속에 넣어 먹이지는 않는다. 다만 어미 암탉은 잡은 먹이를 부리로 쪼고 집었다 놓았다를 반복해 학습시킨다. 어린 병아리는 어미 닭을 따라다니면서 행동을 보고 따라 해 곧 먹이를 잡는다는 것이다.

미국의 텍사스대 레이철 페이지 박사팀이 개구리를 먹고 살아가는 열대지방의 박쥐를 관찰했다고 한다. 열대 박쥐가 먹이인 개구리들이 짝짓기할 때 내는 소리를 듣고 '소리 사냥법'을 어떻게 학습하는지를 알아보기 위해서였다고 한다.

결과는 난생 사냥을 안 해본 처녀 박쥐가 청각을 통해 사냥을 할 줄 아는 박쥐를 따라다니더니 평균 5.3번 만에 개구리를 잡는 것을 확인했다고 한다.

사람도 미물이나 크게 다르지 않다고 한다. 언젠가 EBS 교육방송에는 네댓 살 돼 뵈는 손자와 아버지와 할아버지 3대가 걸어가는 뒷모습을 찍은 사진을 보여줬었다. 3대가 모두 뒷짐을 지고 걸어가는 사진이었다.

부모의 영향을 많이 받는다는 취지였는데 요컨대 할아버지, 아버지가 나란히 걷는 뒤에서 손자가 걷고 있다는 것이다. 반면교사라는 것이다.

사람은 태어날 때 아무런 습관 없이 태어난다고 한다. 보는 게 자연 학습이 돼 습관이 된다는 것이다. 이솝우화에 어린 게는 정작 진정한 스승이다!

체벌,
비이성적인 이유로 존재하는 문제

화가 김홍도가 그린 풍속도에 학동이 서당에서 바지를 무릎까지 걷어 올린 채 회초리로 종아리를 맞고 있는 모습이 있다. 또 다른 풍속도는 학동들은 단정히 앉아서 공부하고 회초리는 훈장 선생님 옆에 놓여있는 것도 있다.

이러한 풍속도는 우리 조상들이 체벌에 대해 얼마만큼 지혜롭고 슬기롭게 대처했는가를 면밀히 가늠할 수 있는 대목인 듯하다.

조상들의 체벌 방식은 절대적으로 종아리만 국한됐다고 할 수가 있을 듯하다. 요즘 세태에 경종을 울리는 아주 좋은 교훈이고, 학교나 가정에서 그런 식으로 체벌을 한다면 체벌에 대한 사회의 큰 이슈는 되지 않을 것 같다. 체벌에 대한 찬반 논쟁도 불식될 것이다. 사회의 이슈로 대두하기도 하는 문제의 체벌은 대부분 회초리가 아니라 아무것으로 아무 곳이나 가해 문제의 발단이 된다고 할 수 있을 것이다.

이로 인해 급기야는 학부모가 선생님을 고발하는 사태로 진전되기도 한다. 불미스럽고 도저히 있어서는 안 될 일이지만 현실은 그렇지가 않다. 안타까운 일이다. 뉴스 속에는 잊을 만하면 스포츠 감독이 선수를 구타하는 장면이 동영상으로 방영될 때가 있지만 연막, 모자이크 처리해 실감은 감소한다.

요컨대 이런 류의 체벌은 비이성적에서 기인한다는 게 문제라는 것이다. 발길질, 주먹질, 뺨을 때리는 것 등의 체벌은 절대적으로 적대적 감정 없이는 행해질 수 없다는 것이다.

언젠가 나는 TV에 나온 전문가의 말을 들은 적이 있다. "청소년들은 신체 중에 얼굴을 자존심의 상징적으로 여기는 성향이 있기 때문에 얼굴을 때리는 것은 곧 벌집을 건드리는 것과 마찬가지라는 것"이다.

방송에서 말한 전문가의 말처럼 나는 내 아들의 뺨을 때려 톡톡히 경험했었다. 경험인즉 큰아이가 고등학교 1학년 때의 일이다. 정작 해야 할 공부는 열심히 하지 않고 문제만 야기하는 게 허다했다.

일찍 귀가해야 할 하교 시간은 밤늦은 시간으로 굳어지다시피 했다. 한번은 고작 고등학생이 술에 거나한 채 자정이 다 돼서 귀가했었다. 때문에 나는 아이의 버릇을 고친답시고 한 개의 회초리가 아닌 댓 개의 회초리를 움켜쥐고 아이의 종아리를 무지막지하게 한참을 때렸다. 하지만 그래도 격분은 풀리지 않아 순간 나는 손으로 아이의 얼굴을 부쳐대고 말았다. 아이는 마치 기다렸다는 양 분개해 막무가내로 대든 적이 있다.

반추해 보면 당시 내가 행했던 체벌은 순간 감정에 치우쳤고 훈육과는 동떨어진 행동이 되고 말았다. 때문에 교육적 효과는 차치물론하고 아무것도 얻는 것 없이 깊은 상처만 남긴 후회 중의 하나가 되고 말았다.

중국을 여행하고 펴낸 연암 박지원의 여행기, 『열하일기』가 불현듯 떠오른다. 그가 중국의 성경(심양)을 여행할 때 형을 다스리는 형부(刑部)를 발견하고 그곳에 들렀을 때 무릎을 꿇고 앉아 벌을 받고 있는 사람과 대나무 곤장을 들고 제멋대로 고함을 지르고, 곤장을 땅에 내팽개치고 죄인에게 다가가 손바닥으로 네댓 차례 뺨을 후려갈기다가 내팽개쳐진 곤장을 다시 집어 드는 것을 보았다고 한다. 얼토당토아니한 법 집행을 본 연암은 "글쎄, 법인즉 간편하다 할 수 있겠지마는 세상에 뺨치는 형벌이란 듣고 보기가 처음이다."(출처 『열하일기』 박지원 지음, 리상호 옮김, 보리출판)라고 썼듯 훈육한답시고 내 아들에게 형벌에도 없는 뺨을 때렸으니 무지렁이 치고는 극치를 이루는 듯하다.

요 며칠 전(2006년 5월) 한 고등학교 학생들이 선생님에게 회초리를 선물했다는 소식과 또 다른 학교에서는 학부모가 선생님에게 역시 회초리를(사랑의 매) 선물했다는 소식을 접했다.

김홍도가 그린 풍속도가 부활한 동영상을 보는 것 같아 감흥스럽다.

술의 매력과 함정

━━━━

　탈무드에는 술에 관한 말이 나온다. 인류 최초로 포도를 재배하는 농민이 있었다.

　그에게 어느 날 사탄이 양, 사자, 돼지, 원숭이를 끌고 와 포도농사를 함께 짓자고 한다. 그러고서는 양, 사자, 돼지, 원숭이를 죽이고 그 피를 포도밭에 흠뻑 뿌려 거름이 되게 했다. 많은 포도가 열리고 그 포도를 가지고 술을 빚었다.

　사탄은 사람이 술을 마시기 전에는 양처럼 순하고, 술을 약간 마시면 사자처럼 강해져 기세등등하고 좀 더 마시면 배설물 묻은 돼지처럼 더러워지고, 더 지나치게 마시면 원숭이처럼 미친 듯 춤을 추고 노래 부르고 인사불성으로 변한다고 암시하는 이야기가 있다. 인류 최초로 포도를 재배한 농민 이야기에 마치 와인의 효시이고 술의 기원인 듯하다.

　소주 2잔을 마시면 기분이 좋아지고, 소주 5잔을 마시면 판단력이 흐려지고, 소주 10잔을 마시면 몸을 가눌 능력이 상실되고, 소주 15잔을 마시면 혀 꼬부라지는 말을 하고, 소주 18잔을 마시면 혼돈 상태에 빠질 수 있고, 소주 20잔 이상을 마시면 의식을 잃을 수 있고 사망할 수 있다는 음주량에 의한 행동 변화 추이의 어느 표인데 술의 현주소인 듯하다.

술은 인류만큼이나 긴 역사를 같이하고 있다고 한다. 술은 다양한 종류가 있다. 우리나라에만 해도 오래전부터 내려오는 전통주가 있다. 전통주 중에는 맥이 끊겼다가 재현돼 전통주로 자리매김하고 있는 술도 있다. 수십 년 전만 해도 가정에서 내놓고 술을 빚어 마실 수 없었다. 주린 시대였던 당시는 혹여 술을 빚다가 발각이라도 되면 많은 벌금을 물어야 했었다. 하기야 물론 지금도 무단으로 빚은 술을 판매는 안 되지만 말이다.

내가 여남 살 됐을 때 일이다. 1㎞ 남짓 거리인 주막에 가 막걸리를 사가지고 올 때가 있었다. 당시에는 지금의 막걸리처럼 용기에 담아진 게 아니고 되로 계량해 판매했었다. 어느 날 나는 막걸리를 주전자에 담아 사가지고 오면서 주전자 주둥이에 입을 대고 꼴깍꼴깍 마시면서 온 적이 있다. 반추해 보면 어찌나 맛이 좋았던지 꿀맛 같다는 기억밖에 없다. 미뢰를 요동쳤든 모양이다! 요즘 나는 여러 잔의 술을 마실 때가 있지만 그때 그 맛에 비교하면 턱밑도 안 된다는 생각뿐이다.

농경시대라 할 수 있는 내가 어릴 적만 해도 논밭을 경작하면서 참 때가 되면 농주(막걸리)를 한 대접씩 마시는 것을 보고 경험했었다. 뿐더러 식사 시간에도 그랬었다. 경사가 있을 때도 넉넉한 주발만큼이나 넉넉하게 정담을 나누면서 함께 했던 것이 전통주 농주며, 전통 막걸리가 술 문화의 시작인가 싶다. 술을 어른에게서 배워야 한다는 말도 있다.

그런데 사회가 급변하고, 우리의 술문화가 '향락문화'에 파묻혀

신음 중인 것 같다. 사회생활을 하다 보면 술자리가 마련되기도 하고 1차, 2차로 이어지기도 한다. 그러다 보면 곤드레만드레 만취 상태가 되기 십상이다. 때문에 늦은 귀가 시간은 사필귀정이고 부부싸움의 원인이 되기도 한다. 마시고 마신 술은 경거망동한 언행이 되게 해 자신에게 먹칠을 하게 한다. 음주는 부상의 원인이 되기도 한다. 음주운전으로 사망하기도 하고 계속된 지나친 음주는 알코올중독으로 발전하기도 하고, 지나친 음주는 자살로도 이어져 남은 가족에게는 큰 고통을 주게 할 뿐만 아니라 생계 곤란에 처하게도 한다.

오랫동안 지나치게 마신 술로 알코올중독이 돼, 병원 신세를 지기도 하고 필경 폐인으로 허망한 삶을 보내는 사람도 있다.

이 밖에도 지나친 음주는 평화스러운 길거리에서 고성방가로 소음을 일으켜 피해를 준다. 한 발은 들지는 안 했어도 개인 양 전봇대에 방뇨하는 사람도 있고, 밤이 늦어지면 골목길에는 낙서하는 척하고 방뇨하는 사람도 있다.

기물을 파괴하는 사람, 행인을 붙잡고 행패를 부리거나 시비를 거는 사람도 있다. 이런 사람들은 시간과 돈을 투자해 잘 마시고 에너지는 잘못 발산하고 있는 것이다. 향락문화가 판치는 세태에 전이된 어떤 공직자는 과도한 술 때문에 성희롱을 하다 망신창이 되기도 했다. 또다른 어느 공직자는 취중에 고위 공직을 망각하고 폭언과 막말을 해댔다가 언론의 질타를 받기도 했다.

"술 때문에 업무에 지장을 주어서는 안 되며 술자리에서 술을 강권해서는 안 된다."라는 이 말은 영국계 주류회사 '디아지오 코리아' 사규에 명시돼 있다고 한다.

'처음에는 사람이 술을 마시지만 나중에는(술에 취하면) 술이 사람을 마신다.'고 하는데 잘못된 음주문화에 찌든 우리의 술문화에 대해 귀감일 듯하다.

대통령을 지낸 러시아의 보리스 옐친은 1991년, 강경파가 일으킨 쿠데타 당시 자신을 체포하려 출동한 탱크 위에 당당히 올라가 연설을 해 용감무쌍하고는 실로 비등점에 달한다. 술을 좋아한다는 그가 그런 용기를 낼 수 있었던 데는 술이 있었기 때문에 가능했다고 회자되고 있다.

그러나 그는 술 때문에 구설수에 오르기도 했다. 예를 들면 보리스 옐친은 대통령 재임시절 미국을 방문하고 러시아로 가는 길에 아일랜드 앨버트 레이놀즈 총리와 정상회담이 예정돼 있었다고 한다.

그러나 그가 타고 있던 전용기가 회담 예정지인 아일랜드(샤논공항)에 안착했지만 보리스 옐친 대통령은 끝내 모습을 드러내지 않았다고 한다. 술에 취했기 때문이라는데 국제적 망신을 샀다.

2009년, 일본의 나카가와 쇼이치 재무장관은 음주로 인해 로마에서 기자회견 도중 '횡설수설'해 장관직을 내놓았다고 한다.

지나친 음주는 체내에서 간을 괴롭혀 간경화로 간암으로 발전하게 하는 원인이 되기도 하고, 술과 함께 먹는 안주는 많은 칼로리로 복부비만을 가져와 성인병의 주범이 된다고도 한다.

지나친 음주는 성기능 장애를 가져와 성욕을 감퇴시키는 원인이 된다는 한 연구의 발표도 있었다. 하지만 한두 잔의 술은 혈액순환을 원활하게 해 성욕을 증가시키는 역할을 한다고 한다. 포도주는 더욱 그렇다고 한다. 부부가 마주 앉아 한두 잔의 포도주를 마시는 것도 괜찮은 일 같다. 행복한 부부는 안락한 가정을 꾸릴 수 있고, 안락한 가정은 건강한 사회를 이루는 데 원천이라는 생각도 해본다.

아 참! 나카가와 쇼이치 전 장관의 부인이 자신의 집 앞에서 "여보 걱정 마. 일본에서 최고야."라고 남편을 감싼 말이 우연히 기자들 스피커에 잡혀 공개된 것은 다행이라고 생각하고 음주 때문에 싸움이 잦은 부부에게 아니 남편들에게 천군만마를 얻은 격은 될 듯하다.

프랑스의 저명한 사회학자 마르셀 모스는 "한 사회의 문화적 특성은 음식문화에 압축돼 있다."고 말했다고 한다. 많은 음식이 있지만 그중에서 술이 선제적으로 가장 '문화적 특성'을 함축하고 있다고 봐야 한다고 생각한다. 음주문화를 업데이트해 격조 높은 고품격 사회가 됐으면 하는 마음이 절실하다.

비가 오지 않는 고통, 밀운불우

언론에 의하면 교수 신문은 교수 신문을 포함한 주요 일간지 칼럼니스트 교수 등 208명을 상대로 2006년 한 해 동안 한국의 정치, 경제, 사회 전반에 걸쳐 적합한 사자성어에 관한 설문조사를 했다고 한다.

그 결과 밀운불우(密雲不雨)로 결정되었다고 한다. 교수 신문은 "상생 정치의 실종, 대통령 리더십 위기로 인해 사회 각층의 불만이 임계점에 달했다." "치솟는 부동산 가격, 충분한 사회적 합의 없이 진행돼 갈등만 불러일으키고 있는 한미자유무역협정(FTA) 협상 등 체증에 걸린 듯 순탄하게 풀리지 않는 한국의 정치와 경제가 이번 사자성어 선정의 가장 큰 배경"이라고 분석했다는 것이다.

'일이 성사될 수 있는 조건은 충분히 갖추었으나 실제로는 일이 성사되지 않고 어떤 상황이 발생할 것 같을 때 인용된다.'는 '밀운불우'라는 말은 두꺼운 구름이 잔뜩 끼었으나 비가 내리지 않는다는 뜻이라고 한다. 2006년 발표한 사자성어 밀운불우를 보고, 나는 내가 20대 전반기까지 농사를 짓고 있을 때 비가 오지 않아 비를 애타게 기다렸던 농민의 심정이 불현듯 떠올라 적어본다.

내가 살았던 농촌은 지금이야 경지정리가 돼있고 모터펌프로 지하에 있는 물을 뿜어올릴 수 있는 기반 시설을 갖추고 있다. 뿐더러 스프링클러는 마치 비가 내리는 것처럼 뿌려지고 있다. 따라서 웬만한 가뭄에도 끄떡없이 농사를 지을 수가 있다.

하지만 내가 농사일하고 있을 적에는 농용수 지하수 개발이 발전 되지 않았을 뿐만 아니라 저수지 등 수리시설의 혜택을 전혀 볼 수 없는 지대, 천수답이었기 때문에 동네 대부분의 농가는 비에 의 존할 수밖에 없었다.

가뭄을 대비해 정부 시책으로 만들어진 관정(管井)은 있었지만 실용성에 문제가 돼 유용성 가치는 미미했고 유명무실하기가 짝이 없었다.

때문에 혹여 모내기 철이 가까워질 무렵 많은 비가 내릴 적에는 욕심을 부려 논둑이 모자랄 만큼 빗물을 가득 가뒀다. 온 들판이 빗물로 넘실거려 그것은 진실로 춘수만사택이고 황톳빛 물결로 출 렁이는 들판은 장관이었다.

생각건대 아마 지금의 기억으로는 대략 3년에 한 번꼴은 가뭄이 들이닥쳤던 것 같다. 당시 가뭄을 회상하면 농민들의 심정은 불볕 더위 위력 앞에 맥 못 추고 바짝바짝 죄어들었다.

한두 달 지속되는 가뭄으로 논바닥은 거북이 등처럼 선이 나있 는 것도 모자라 쩍쩍 갈라지고, 가뭄에 견디지 못한 벼는 바싹바 싹 타들어 갔었다. 타들어가기는 밭작물도 매한가지였다.

이럴 때 비구름이라도 가득 끼어 소나기가 줄기차게 한바탕 퍼붓 는다든가 아니면 한 이틀 쏟아져 농민들의 애끓는 심정을 달랬으 면 좋으련만 아침 일찍 시작해 온종일 는개가 내릴 때도 있었다. 가뭄이 이어지는 징조였었다.

밀운불우라는 말을 접하고 보니 그때 그 상황이 밀운불우였다는 것을 이해할 수 있었다.

2006년 사자성어로 선정된 밀운불우로 말을 돌리면 지금 생활고에 찌들대로 찌든 국민을 내가 수십 년 전에 경험했던 가뭄에 농민의 심정과 비유할 수 있겠다.

국민은 지금, 자우(滋雨)를 절실하게 갈망하고 있다. 국민의 만사태평성대를 말이다. 하지만 국민을 보살펴야 할 정치권은 지금 곧 다가올 2007년 대선에만 골몰하고 있는 느낌이다. 그나저나 어쨌든 간에 대통령은 선출해야 한다.

그래서 우리는 어떤 사람을 대통령으로 선출해야 하는가를 골똘하게 궁리해야 할 필요성을 느낀다. 조선시대 태평성대를 이뤘다는 세종 같은 사람이 등장한다면 무한량하게 좋겠다.

세종은 상정소를 둬 전제와 세제를 정비해 백성에게 편안하게 하기도 했다고 한다. 뿐만 아니라 '농자천하지대본'이라 하는 농업에 장려 정책을 펴 대다수 백성들이 만사태평할 수 있었다고 한다.

세종 같은 사람이 아니어도 마이크로소프트사의 빌 게이츠 같은 사람, 싱가포르의 리콴유 같은 사람, 두바이의 셰이흐 모하메드 같은 통찰력 있는 사람, 혜안을 가진 사람을 선출해야 한다.

그래야만 국민은 비전을 바라볼 수 있다. 그래야만 '밀운자우'(密雲滋雨)를 기대할 수 있다.

샌드위치론

▬▬▬

　삼성 이건희 회장이 '샌드위치론'을 말한 적이 있다. 일본과 중국이 경제 성장세인 반면 일본과 중국 사이에 놓인 한국은 경기 둔화에 따른 데서 한 말이다.

　샌드위치라는 단어를 국어사전에서 찾아봤더니 "얄팍하게 썬 빵 두 조각 사이에 야채, 과일, 치즈, 고기, 햄 등을 넣어 만든 음식, 무엇인가 중간에 끼어 있어 있는 상태. 이러지도 저러지도 못하는 어려운 상황."이라고 되어있었다.

　샌드위치 양쪽에 있는 빵의 주재료는 대부분 흰 밀가루이다. 맛은 무미건조해 별로이고 그대로 먹으라고 공짜로 준다고 해도 허기가 지지 않은 이상 먹을까 말까 할 정도다.

　저자 브라이언 트레이시의 『백만불짜리 습관』(용오름 출판, 서사봉 옮김) 11장 '건강한 사람의 습관' 편에 다음과 같이 쓰여있기도 하다.

　"배리 시어즈는 베스트셀러 『더 존』(〈존 다이어트〉 네오존 2003)에서 우리의 몸은 흰색 밀가루 제품을 분해하는 데 익숙하지 않다고 설명한다. 흰색 밀가루 제품은 소화기관 속에서 천천히 움직이는 걸쭉한 덩어리를 형성하여 졸림 현상과 변비를 유발한다. 이런 음식을 피해야 하는 또 하나의 이유는 흰색 밀가루 제품은 밀을 정밀하게 도정한 탓에 흰색을 띠며, 따라서 영양분이 모두 제거된 먹거리이기 때문이다. 이어 표백이 진행되는데 이를 통해 남은 영양분은 모두 죽게 된다. 흰색 밀가루 제품은 본질적으로 "활성이 없는" 음식이며 죽은 것이다. 어떤 영양학적 가치도 함유하고 있지 않다."

그래서 샌드위치 하면 사이에 낀 야채, 과일, 햄, 고기, 치즈 참치 등 속이 알짜고 5대 영양소가 충족되어 있는 것은 명약관화하다!

남극과 북극을 변방 꼭지라고 하는 건 몰라도 중국이 사칭 중앙에 있는 나라라고 자칭하는 모양인데 그렇다면 한국도 중앙에 있는 나라임에 틀림없다.

해상왕 장보고에게서 감명을 받았다고 하는 동원그룹 김재철 회장은 개척하는 도전정신이 충만하다고 한다.

그는 "젊은이들에게 '밖으로 나가라.', '해외로 나가라.'고 말하고 싶습니다. 한국인들은 똑똑하고 뛰어납니다. 그런 뛰어난 자질을 좁은 땅에서 '줄서기' 하는 데 소비하지 말고 더 큰 무대로 시선을 돌리라는 말입니다. 저는 도전정신을 키우는 일에는 지원을 아끼지 않을 겁니다."라고 말했다고 한다.

한편 그는 '역발상'해 '거꾸로 보는 세계 지도론'을 내세워, 세계 지도를 거꾸로 세워 한국이 역동적이고 용솟음치듯 굴기가 되게 했듯 네가 발상을 전환해 글로벌 시대를 창조했으면 한다고 했다.

말이 어그러진 듯한데, 샌드위치 양쪽 빵조각이 '방조제'나 '스프링'이 되게 했으면 한다. 그런다면 쓰나미가 물려와도 스폰지에 흡수되고 말 것이고 태풍이 몰아 때려도 스프링에 때리면 때릴수록 더 멀리 튕길 것이다. 자충수가 되고 말 것이다.

　우리나라 국민성의 위대한 저력은 정평이 나 있다. 위기 때마다 극복한 사실은 역사가 말하고 있다. 이전 유전자가 네게도 있을 것이다. 그래서 도래하는 듯한 스태그플레이션도 네 유전자에 막혀 처서가 지나면 모기도 입 삐뚤어지듯 맥 못 출 듯하다.

　'소리 없는 경제 전쟁' 속에 알짜, 야채, 과일, 고기, 햄, 치즈 등을 만드는 것은 열정적인 노력, 도전정신 외 뭐 있겠나 싶다.

　역할모델이 장보고였던 김재철 동원그룹 회장이 그랬듯 역할모델은 미래에 끼치는 영향이 크다고 한다. 2008년 여름 골프선수 신지애는 미국 여자골프(LPGA)에서 우승했다. 신지애는 기자회견에서 "박세리는 아직도 나의 영웅이다."라고 말했다고 한다. 그가 초등학교 때부터 '박세리 키즈' 꿈을 가졌던 게 실현됐다는 것이다.

　'영웅은 영웅을 낳고 천재는 천재를 낳는다'는데 어렸을 때 위인전 등을 많이 읽도록 하는 것도 역할모델과 맥락을 같이해 '선순환'의 결과를 낳는다고 한다.

　까닭에 성공, 출세와 불가분한 관계인 역할모델을 설정하고 보다 세분화해 이과를 생물로 할 것인지 화학 또는 기타 등으로 할 것인가를 숨은 그림 찾아나가듯 축약해 네가 혜안을 발견해서 꼭꼭 숨은 마지막 하나의 그림을 찾는다면 더구나 좋고 최소한 편도 2차선으로는 좁혀나가야 한다.

　스포츠를 관전하면서 박수를 치고 환호한다. 뇌 속에 '거울뉴런'

이라는 세포가 존재해 일어나는 현상이라고 한다. 마찬가지로 역할모델을 정해놓고 마음에 두고 있을 때 '거울뉴런'이 흥을 돕는 포지션이며 선순환의 촉매제이고 부영양호일 듯하다.

여덟팔자걸음

━━━━━

요 며칠 전 네 어머니가 네가 다니는 학교에 갔었다. 그때 막 체육시간 직전이었다고 하는데 실외 수영장 근처에서 웅성거리는 네 반 대부분의 학생들이 수영복 차림이었다고 한다.

네 어머니는 네 담임선생님과 교실 창가에서 내려다보고 있었다는데, 담임 선생님이 "동구가 저쪽에서 걸어오고 있네요."라며 손으로 가리키고는 "동구는 걸음걸이가 특이해 금방 알아차릴 수 있어요."라고 말했다고 한다. 내가 가끔 지적하는 너의 팔자걸음을 '특이해'라고 하는 선생님의 말씀이다!

팔자걸음은 조선시대 신분제도가 만연했을 당시 양반들의 전매특허였다!

당시 신분이 높은 사람들이 팔자걸음으로 걷다가 혹여 소나기를 만나도 조금도 흐트러짐 없이 그대로 걸었다고 하고, 당시 신분이 낮은 사람들은 팔자걸음이 선망의 대상이었을 테지만 팔자걸음으로 활보하는 것은 어림 반 푼어치도 없는 일이었다고 한다.

네가 어데서 고전을 통해 팔자걸음을 체득해 관심이 많아 팔자걸음을 걷는 건지 의문이 일기도 하다.

그들이 저술한 저서들은 꼼꼼히 챙겨 네 것이 되게 습득하는 건 신, 구를 이해하는 일이고 아날로그에 디지털을 업그레이드하는 일로 네가 목표하는 지향점 향한 지름길일 듯하다.

말의 본질은 팔자걸음인데 어그러진 말을 바로 세운다. 네가 걷는 팔자걸음은 타임머신을 탄 것 같고, 그래서 시대적 상황과도 정립되지 않는다.

걸음걸이도 시대가 변천함에 따라 많은 변화가 있었다고 봐야 한다. TV를 통해서라도 사관생도들이 도열해 사열식하는 모습을 봤는지 모르겠다. 그들의 걷는 모습은 역동적이고 머리와 허리가 일직선이다. 물론 팔자걸음은 아니다. 그들 중에 대한민국 장군이 태어난다.

네 할아버지로부터 들은 얘긴데 불과 수십 년밖에 안 된 이야기라고 하는데, 그래서 일천한 세월에 불과하건만 전설처럼 굳어져 가고 있는 이야기가 있다.

호남에서 열 손가락 안에 드는 재벌가가 있었다고 한다. 그에게 어느 날 느닷없이 이름도 성도 모르는 생명부지인 사람이 찾아와 자신이 처한 딱한 사정을 설명하고 재기할 수 있도록 하는 사업자금을 부탁했다고 한다. 그것도 입이 쩍 벌어질 정도의 어마어마한 액수를, 이말을 들은 재벌가는 담보라 해야 방문객의 전신이 전부이고, 담보 없는 그에게 분명히 거절했다고 한다.

사업자금 마련에 실패한 방문객은 한점 흠짓 없는 예를 갖추고 방문을 빠져나와 한참을 걸어 대문을 나설 무렵, 누군가가 달려와 "안으로 다시 들어와 주인님을 뵙도록 하라."는 말을 듣고 그는 안으로 들어가 재벌가가 주는 목표한 돈을 받고 그로부터 훗날 사업에 성공했다고 하는 이야기다.

요컨대 담보 없이 돈을 빌릴 수 있었던 것은 위풍당당한 걸음걸이 때문이었다. 재벌가는 그의 역동성을 지닌 자세와 걸어가는 모습에 매료돼 "안으로 다시 들어오게 하라."는 말을 했다고 한다.

속담에 '말소리에 힘이 없는 사람에게는 돈도 빌려주지 말라.'는 말이 있다. 그만큼 기개세가 출세와 성공에 밀접한 상관관계가 있는듯하다.

네가 걷는 팔자걸음은 일찍이 상급층에서 걸었던 팔자걸음과 판이한 데가 있다. 네가 걷는 걸음은 가슴을 활짝 펴지도 않고 두 팔을 힘차게 내젓는 기개도 없고 땅이 꺼질세라! 아장아장 걷는 걸음은 따로따로 따따로 때는 지난 반면 옛날에 상급층에서 걸었던 팔자걸음은 역동적인 발 동작에 가슴을 내밀고 내젓는 두 팔은 기개세가 넘쳐났다고 생각한다.

네가 걷는 팔자걸음을 11자 걸음으로 가슴을 활짝 펴고 기개가 넘쳐나도록 걸었으면 한다. 모든 게 진화하고 발전하듯 말이다. 온고지정이라는 말이 있는데 옛것을 살피고 생각해 잘 연구하여 새로운 '지식산업'에 긴요한 온고지신이었으면 한다는 책무를 팔자걸음을 걷는 네게 전가한다면 혹여 마뜩잖게 생각할지 모르겠는데 만약 그러하다면 아이스크림 녹듯 풀릴지 몰라 아인슈타인이 말했다는 말을 적어본다. "새로운 문제와 새로운 가능성을 제기하고 오래된 문제를 새로운 각도에서 다루기 위해서는 창조적 상상력이 필요하다. 상상력은 지식보다 중요하다."

녹내장

어느 날 아침, 잠자리에서 일어난 나는 연무가 낀 듯 뿌옇게 보였다. 느닷없이 한쪽 눈이 충혈됐기 때문이었다. 눈의 충혈치고는 정도가 지나칠 정도로 심각했다.

그래서 나는 오전 일찍 서둘러 꽤나 유명세가 있는 안과에 갔었다. 기초 검사를 받은 소견은 안압의 수치가 20 이하여야 한다는데 39가 나왔다. 때문에 "보다 정밀성이 요구된다."며 "몇 가지 검사를 받아야 할 것 같다."라고 하는 의사의 말을 들었다.

평소 시력이 떨어져 신문이나 책을 읽는 데 다소 어려움은 있었으나 피로 누적으로 인해, 그러려니 했었는데 정밀검사 결과는 뜻밖에 녹내장으로 판명됐다.

"녹내장이 있습니다."라고 하는 의사 선생님의 말에 불현듯 충격이 와 닿은 내가 즉시 '예'라는 대답을 못 하고 그냥 있자, 의사가 "녹내장이 있습니다."라고 다소 언짢은 투로 대답을 강요하듯 할 때 그제야 나는 "예, 그렇습니까!"라고 반문하듯 대답했다. "왼쪽 눈의 안압이 높고 왼쪽 눈 아랫부분 시신경이 상당 부분 파괴됐습니다."라고 말한 의사 선생님은 "충혈은 눈을 비볐거나 피로 누적, 충격 등도 원인의 하나가 될 수 있다. 충혈은 한 달 정도 갈 수도 있으나 지금 충혈은 중요하지 않습니다. 점안액을 점안해 안압을 낮춰야 합니다. 그래도 안압이 떨어지지 않으면 수술해야 합니다.

그렇지 않으면 실명할 수도 있습니다."라고 말하고 "수술을 하는 건 녹내장의 진행을 막는 것이고 이미 파손된 시신경은 회복되는 것은 아닙니다."라고 말을 이었다.

불현듯 나는 2008년 1월 한국에 온 '프랭클린 플래너' 개발자, 세계적 시간관리 전문가 스미스가 떠올랐다.

언론에 따르면 그는 "한국인들은 매사에 서두르며 일을 너무 열심히 해서 걱정스럽다. 맹목적으로 일에만 치중하는 것은 생산성 향상과 거리가 멀 뿐 아니라 인생에서 소중한 부분을 놓칠 수 있다."라고 말했다.

또한 『사막을 건너는 여섯 가지 방법』(저자 스티브 도나휴, 옮긴이 고상숙, 출판 김영사)이라는 책에 "오아시스를 만날 때마다 쉬어 가라."고 하는 말은 내게 많은 것을 선사하고 있다.

'위기가 기회'라는 말이 있듯 전화위복으로 자위적 안위도 해본다. 좌안의 녹내장 진단은 내일모레이면 60이 머잖은 내겐 오아시스라고 생각하고 힘주어 방점을 찍어 새로운 설계를 해보려고 한다. '인생은 60부터'라는 말이 있듯 '인생의 2모작'을 말이다.

앞만 보고 녹록하게 걸어온 나는 하루에 두 번 무릎을 꿇어가며 버거운 짐을 지고 그것도 팍팍하게 메마른 사막을 오직 앞만 보고 버겁게 걷는 낙타인 듯한 생각도 해봤다.

'다람쥐 쳇바퀴' 돌듯 코 아래 옆으로 10㎝도 안 되게 찢어진 곳, 다물면 한일자가 되고 벌리면 원이 되는 '목구멍이 포도청'이라고 입을 풀칠하느라 정장면립인 무지렁이 내가 여념이 없었기 때문이다.

보이스 컨설턴트 강사가 방송에서 말한 이야기가 생각난다. 그는 어느 날 경찰들을 상대로 강의를 했다고 하는데 거기서 가장 계급이 높은 무궁화 네 개의 경찰서장이 말을 했다.

정년을 대비한 경찰서장은 3개월 만에 제과 기술 자격증을 땄다고 했다. 청장 진급을 못 하면 빵 만드는 제과점을 차리려고 제빵 제과 자격증을 땄다는 것이다. 경찰서장은 그 외도 떡 만드는 자격증을 따고자 했다는데 떡 만드는 학원이나 인증제가 없어 재래시장에서 배우기로 결심하고 퇴근 후 잠바 차림으로 떡집에 가 떡 만드는 법을 배우겠다고 간청했다고 하는데 돌아온 건 거절이었다. 그래서 그는 떡 만드는 법을 배우려는 욕심에 권력을 빙자한 유머라고 할까! "나 서장인데 떡 안 가르쳐 주면 재미없다."라고 말했다고 했다.

딸과 아들 남매가 있다는 경찰서장은 학생에게 가장 책무라고 할 수 있는 공부를 딸과 아들에게 "공부해라! 공부해라!" 않는다고 했다. "너희들 공부하고 싶으면 공부해라. 아버지가 대학까지는 보내줄게 그런데 공부하기 싫으면 하지 마라. 아버지랑 떡집 하게."라고 말하며 "그런데 제가 애들 학원 한 군데는 의무적으로 보냅니다."라고 말했다고 한다. 그래서 의무적으로 보낸다는 학원이 뭘까 하고 궁금했던 강사가 "영어 학원 보내시죠. 영어 학원은 요즘 되게 중요한데." 라고 물었더니 "아뇨, 태권도 학원이요. 아버지가 서장인데 맞지 마라. 쪽팔리게."라고 하는 유머러스한 대답을 했다고 한다.

소개된 서장의 목소리는 그다지 특출하지는 않은 터였나 본데 유머만큼은 타의 추종을 불허하고, 기골이 장대한 그는 걸음걸이 또한 기품이 있었나 보고 역동적이었나 보다!

설혹, 청장이 안 된다고 해도 그만큼 성공한 사람이 만약을 대비해 제과 기술자가 되고 떡 만드는 기술자가 되려는 적극적인 자세, "나 서장인데 떡 안 가르쳐 주면 재미없다."는 유머가 도전의 극치를 보여주는 듯하다.

그에게 '퍼팩트 스톰'이 부딪쳐도 털끝 하나 끄떡없을 듯하다. '퍼팩트 스톰'이란 어려운 경제 상황을 압축한 말로 초대형 태풍을 뜻한다고 한다.

1초

우리나라가 농경사회에서 산업사회로 진행되고 있을 즈음 나는 농촌에 있었다. 당시 농사일을 돕고 있었는데 설이 시작되면 정월 대보름이 될 때까지는 농사일하지 않고 어영부영하기 일쑤였다.

나뿐만 아니라 농촌에서는 대개가 그랬다. 겨울이 시작돼 설 전까지도 가축이나 돌봤다고나 해야 할까 노는 일이 하는 일이었다. 남는 시간을 유용하게 소용할 데가 마땅찮은 시대적 상황이기도 하다.

그로부터 반세기가 머잖은 지금의 농촌은 한겨울에도 하우스 재배 등으로 농경사회 때 농촌이 아니다. 농촌도 과학적으로 진화하고 있다.

산업사회를 거쳐 정보화 시대, 디지털 시대인 지금 기업에선 한때 '시테크'에서 '분테크'의 중요성을 강조하는가 싶더니 작금에 이르러 '초테크' 개념을 도입해 활용하고 있다고 한다.

"시간이 돈이다." 속담의 극치를 보는 듯하다. 기억의 초테크를 능가하는 동화가 있었다. 국내 한 방송에서 애니메이션으로 제작해 인기리에 방영하고 있는 'TV동화'라는 프로를 한날 시청했다.

아버지가 사랑하는 어린 아들에게 시계를 만들어 선물했다. 시계를 선물받은 아들이 금으로 된 초침, 은으로 된 분침, 동으로 된 시침을 발견하고 그 반대여야 한다는 뜻으로 의아해하고 의문을 제기했다. 즉 시침, 분침, 초침이 순차적으로 금, 은, 동이었어야 한다는 것이었다. 그때 아버지가 "1초가 모여 1분이 되고, 1분이 모여 1시간이 되는 것"이라며 "1초의 중요성을 깨닫도록 하기 위해서였다."라며 답했다. 시간의 소중함을 알려주는 감명 깊은 동화였다.

유머러스

"은근히 익살과 재치로써 학급에서 인기 있는 동구… 더 열심히 공부면 공부, 재미면 재미를 바라며 파이팅!"

네가 고등학생이 되고 처음 치른 중간고사 '성적 통지표' 개별 가정통신란에 쓰인 네 담임 선생님, 송현순 선생님의 글이다.

언젠가도 말한 바 있는데 '21세기는 창의 교육'이다 해서 너도나도 창의력 교육에 열중하다 보니 창의력 수준이 평준화돼 우열을 가리기가 어려운 설정이라고 한다. 그래서 각광받고 있는 관심의 대상이 유머라고 한다. 조사에 의하면 유머러스한 사람이 성공한 예가 많다고 한다.

대통령이 되고 나서 본부인과 이혼하고 이탈리아 모델 출신 카를라 브루니와 결혼해 화제가 된 프랑스 니콜라 사르코치 대통령이 떠오른다. 사르코치는 유머 감각이 풍부한 모양이다.

니콜라 사르코치와 카를라 브루니는 브루니 친구가 주선한 소개팅에서 알게 돼 결혼까지 이뤄졌다고 하는데 사르코치 프랑스 대통령 부인이 된 브루니는 언론인들이 그를 인터뷰한 내용을 소재로 한 책에서 "그토록 유머 감각이 탁월하고 삶이 충만한 사람은 본 적이 없다."라고 설명했다고 국내 언론이 보도했다.

그렇든 분위기 메이커가 되는 유머러스는 네가 성장하는 데 원동력의 기반이 될 듯하다. 어디에 서건 구성원의 오너 예행연습이 될 법하고, '분위기 메이커'를 고양시켜 속된 말로 헤게머니를 쥐었으면 하고 부가가치를 창출하고 전매특허 메이커가 되도록 했으면 한다.

해맑은 네 미소는 이른 봄 버들개지 같기도 하고 나뭇가지, 곁가지의 무수한 움 같기도 한데 분위기 메이커가 돋는 모양임에 명약관화한 듯하다. 반면에 가득한 유머러스는 파워플랜이고 발전하게 촉진하는 가이드 같기도 하다.

1980년도 미국의 대통령 지미 카터와 한판을 겨룬 대통령 선거에서 압도적인 표차로 당선된 영화 배우 출신 레이건은 미국 역사상 최고령으로 대통령이 된 사람이라고 한다.

그는 인플레율이 증가하고 실업률이 증가하고 경제 여건이 악화 일로이었을 때 정권을 인수받았다고 한다. 한편 그는 대통령에 취임한 지 40일이 되던 날에는 암살 미수범이 발사한 총탄이 폐에 박혀 쓰러져 생사의 갈림길을 넘나들기도 했다.

고령으로 대통령을 지낸 레이건 대통령은 미국의 국부로 칭송받는 에이브러햄 링컨 대통령만큼이나 위대한 대통령으로 칭송받는다고 한다. 그가 난관을 걷어내고 위대한 대통령이 된 데는 그의 일관된 소신과 용기를 대다수의 국민이 신뢰해 가능했다고 하고, 국민에게 가까이 다가갈 수 있는 커뮤니케이션은 유머러스가 소통의 매개가 돼 '위대한 커뮤니케이터'를 재생산해 전진하고 성공할 수 있는 원동력이었다고 한다.

공화당이었던 레이건 대통령은 총탄을 맞고 조지 워싱턴대 병원 수술대에서 수술 전 의사들에게 "당신들이 공화당원이기를 바랍니다."라고 한 유머는 극치를 이루고, "나 서장인데 떡 안 가르쳐 주면 재미없다." 어느 경찰 서장의 유머러스와 비등할 듯하다. 남북전쟁을 승리로 이끈 링컨은 한창 전쟁 중일 때, 심각한 회의를 주제할 때도 먼저 유머로 시작하는 게 메뉴였다고 한다. 거푸 말하는데 자질적 유머러스가 풍부한 네게 유머러스는 무궁무진하게 전진할 수 있는 자원이 될 수 있고 원활하게 소통할 수 있는 커뮤니케이션일 수 있다.

너는 고등학교에 입학해서 모형 비행기 오래 날리기 대회에서도 최우수상을 획득했다. 상을 받는 것은 누구나 좋아하고 기뻐한다. 노벨 평화상을 수상한 넬슨 만델라 전 남아공 대통령은 "더는 상을 받지 않겠다"고 공언했지만 남아공 수도 프리토리아시가 선정해 주는 자유상을 수상했다고 한다. 자유상을 수상한 만델라가 "이번이 정말 마지막입니다."라고 말했다는 데서도 여실하다.

유머러스를 모형 비행기에 장착해 저 멀리, 높이 날도록 최선책을 강구해 쉼 없이 전진했으면 한다. 많은 상을 수상하도록 하는 매개가 될 수 있도록 말이다. 유머러스를 고양시키면 다른건 몰라도 스마일상은 따놓은 단상일 듯하다. 수상할 때마다 엔돌핀 생성이 득시글득시글 정점에 달할 것이고, 그래서 건강에 일익이 될 것이다. TV 화면으로 만델라를 볼 적마다 엔돌핀이 충만돼 있는 듯하다.

총성 없는 전쟁

1970년대 '오일 쇼크'가 두 차례 있었다.

그런데 당시는 지금의 원유가 상승과는 상이하다. 1970년대 오일 쇼크는 강대국들의 석유상들이 석유시장을 좌지우지하려는 데 산유국들이 반발해 석유 생산량을 감량해 벌어졌다.

그러나 지금의 원유가 상승은 오일 소비량의 증가가 원인이 되기도 하고 그보다 근원적 문제는 매장량의 고갈 직전이 머잖았다는 데 문제라는 것이다.

뭐가 됐든 소비량에 비해 공급량이 부족하면 가격상승으로 이어지는 법이고 반면 수요량에 비해 공급량이 남아돌면 가격하락으로 이어지는 게 불문율이다. 어쩌면 석유의 물동량 부족에서 빚어지는 가격상승은 당연할지 모른다.

13억 인구를 가진 중국이 산업 발달로 경유 소비량의 증가는 물론이며 경제 성장으로 육류 섭취량 증가가 곡물 시장의 판도를 가격 상승으로 이어지게 하는 데 상당 부분 기인한다고 한다.

육류 1kg을 얻는 데 16kg의 곡물 사료가 소비돼야 가능하다고 하니 다시 말하면 1kg의 고기를 섭취하는 것은 16kg의 곡물을 섭취하는 셈이다.

게다가 옥수수나 콩 등에서 얻어지는 '바이오연료'가 곡물 상승의 원인이 되기도 한다고 한다. 얽히고설키는 이해관계의 악순환

고리인 듯하다.

페터 브라베크 레트마테 네슬레 회장은 "증가하는 석유 수요의 20%만 바이오연료로 충당하려 해도 먹을 것은 하나도 없을 것"이라고 문제점을 지적했다고 한다.

지금까지 산업 발달 동력의 주 에너지원이 석유가 주류고 그래서 인류의 문명의 발달도 석유에서 기반했다고 봐야 하는데 풍요로웠던 시대는 갔다는 말이 이구동성으로 이어지고 있다. 그래서 하릴없이 허리띠를 졸라매야 되고 절약하는 수밖에 없다는 말도 줄을 잇고 있다.

석유 한 방울 나지 않는 우리나라는 지금 대중교통을 이용하는 사람이 늘고 있다고 한다.

네 어머니는 백화점, 대형카트에 갈 때면 으레 쇼핑백을 세 개 가지고 가는 건 인에 박혀 기본이 된 듯하다. 쇼핑백 하나에 50원씩 세 개까지 환불받는 제도로 150원의 이득을 얻는 차원에서다. 이렇듯 네 어머니는 근검절약에 익숙한 지가 벌써 강산이 몇 번 변할, 수십 년은 된 듯하다.

세계는 지금 부의 흐름이 제조업 국가에서 보존자원이 풍부한 국가로 이동하는 현상이 뚜렷해지고 있다고 한다. 이런 현상은, 부존자원이 빈약한 나라는 어려움이 고스란히 서민에게 가중된다고 생각한다.

태국, 캄보디아, 베트남 등은 2~3모작을 할 수 있는 환경조건으로 쌀 생산량이 많은 국가다. 이들 국가는 벌써 이웃 국가들과 동맹을 협력 중인가 보다. 산유국들의 오펙처럼 힘을 과시하기 위해서다.

보존자원이 전무하고 식량 또한 자급에도 미치지 못하는 우리나라로서는 '태양광 에너지' 개발의 폭을 넓히는 게 영원불멸의 고갈되지 않는 에너지라는 생각도 든다. 이웃 일본의 도요타는 하이브리드카 개발을 선점해 세계 자동차시장을 굴림하고 자동차 메카 미국에서도 떵떵거리고 있다. 도요타는 또한 태양열 전지로 달리는 자동차가 시속 160㎞까지 달릴 수 있게 하는 전지를 개발했다는 발표도 있었다.

자동차의 판도가 석유 에너지에서 고갈되지 않는 태양열 전지로 재편되는 듯한데 네게 무궁무진하게 잠재된 에너지를 계발해 어려운 세계 경제에 대처해야 한다. 미리 대처하고 준비할 때 질풍노도가 닥쳐도 허둥지둥은 없다.

원자재 가격상승, 곡물가 상승, 원유가 상승 등의 동반 상승은 1970년에 도래한 스태그플레이션과 같은 세계 경제공황이 닥칠지 모른다는 우려도 있다고 한다.

부존자원이 없는 우리나라는 수출입에 의존해 경상수지 흑자로 도약했다. 그러나 이제는 원유가 상승으로 '지역주의' 판도가 뚜렷해지고 있다고 한다. 즉 물류비의 절감을 위해 이웃에 위치한 국가와 교역량이 늘고 있어 대척지에 위치한 미국과 교역량이 많은 우리나라로서는 경상수지 흑자에 문제가 따른다는 것이다. 국가도 부존자원이 부족하면 어려움이 따르는데 개인의 자원(지식) 부족에서 오는 어려움은 더 말할 것도 없다.

지금 세계 경제를 가리켜 '총성 없는 전쟁'이라고 말을 한다. 소리 없는 경제 전쟁'에 맞닥뜨려야 하는데 무기 없이 전쟁에 나설 수는 없는 노릇이다. 총성 없는 전쟁에서 무기가 되는 자원이 무엇인가를 분별하는 판단력이 절실히 요구된다.

아날로그와 디지털

신조어 '아고리언'이 등장했다. 인터넷을 통해 의견을 주고받고 생각을 표현하는 사이버 공간으로, 다음 포털사이트 토론방을 일컫는 '아고라'는 '모이다'라는 의미로 '아고라조'라는 어원에서 출발했다고 한다.

아고라는 고대 그리스 도시에 있었던 광장이라고 하는데 시민들이 토론하며 서로의 의견을 나눴다고 하는데 인터넷 매체에서 서로와 소통하고 공유하는 아고리언의 효시인 듯하다.

2008년 6월 촛불집회가 정점에 달했다. 30개월 이상 된 미국산 쇠고기 수입 반대를 위한 재협상을 요구하는 시위였다.

남녀노소, 온 가족이 참여하기도 한 촛불집회는 인산인해를 이뤄 인해전술을 방불케 해, 수만 군중이 운집한 촛불집회의 위력은 매끄럽지 못한 미국산 쇠고기 수입 협상에 대해 이명박 대통령에게서 머리를 숙인 사과를 두 차례 받아내는 데 결정적이기도 했다.

이 대통령은 두 번째 사과에서 "미국의 30개월 이하 쇠고기 수입과 관련한 우리의 요구를 받아들이지 않으면 미국산 쇠고기 수입 관련 장관 고시를 할 수 없고 수입을 재개할 수도 없다."고 강조하는 모습이 생중계됐다.

이명박 대통령은 "어떤 경우에도 30개월 이상 미국산 쇠고기는 우리 식탁에 오르지 않을 것이다. 미국 정부가 보장하지 않는 30개월 이상 쇠고기가 들어오면 검역을 하지 않고 검역 이전에 반송될 것으로 본다."고 말했다.

또한 "식탁 안전에 대한 국민의 요구를 헤아리지 못했다.", "아무리 시급한 국가적 현안이라 해도 국민이 결과를 어떻게 받아들일지 국민이 무엇을 바라는지 잘 챙겨 봤어야 한다. 이점에 대해 뼈저린 반성을 하고 있다."고 심경을 토로했다.

이명박 대통령은 광화문 이순신 장군 앞에 용접하고 아스팔트에 쇠말뚝이 박히고 와이어줄로 연결되고 윤활유가 칠해진 대형 콘테이너 초유의 방패막 너머, 수만 군중이 운집한 촛불집회 감회를 "서울 광화문 일대가 촛불로 밝혀졌던 10일 밤 청와대 뒷산에 올라가 끊임없이 이어진 촛불을 바라봤다. 시위대의 함성과 함께 제가 오래전부터 즐겨 부르던 〈아침이슬〉 노랫소리도 들려왔다."고 말했다.

먼바다를 바라보며 '달 밝은 한산섬…'이라고 시를 읊었던 충무공이 떠오르기도 한다.

이명박 대통령은 이어 "캄캄한 산 중턱에 홀로 앉아 시가지를 가득 메운 촛불 행렬을 보면서 국민을 편안하게 모시지 못한 제 자신을 자책했다. 늦은 밤까지 생각하고 또 생각하고 수없이 제 자신을 돌이켜보았다."고 말했다. 한편 이명박 대통령은 이명박 정부가 탄생한 지 겨우 100여 일 남짓 됐는데 암벽에 부딪치고, 순항 못 하는 문제점 진단을 "돌이켜 보면 당선된 뒤 저는 마음이 급했다."며 "역대 정권의 경험에 비춰볼 때 취임 1년 내에 변화와 개혁을 이뤄

내지 못하면 성공할 수 없다고 생각했다."고 문제가 있었음을 자인하기도 했다. 인터넷의 위력을 실감하고 촛불집회가 얻어낸 이 대통령의 말들이다.

2008년 촛불집회나 2002년 대선은 그야말로 인터넷을 통해 형성된 공감대로 디지털 그 자체였다. 2002년 대선, 2008년 촛불집회 모두 하나로 똘똘 뭉치게 한 수훈은 인터넷이라 할 수 있지만 디지털에 아날로그가 업그레이드됐기에 가능했다고 봐야 한다.

부연하면 투표장소로 우르르 몰려간 유권자, 미국산 쇠고기 수입 재협상을 위한 촛불집회 장소로 달려간 집회자는 아날로그라는 것이다.

아날로그 전쟁이었다고 할 수 있는 1950년 발발한 한국전쟁은 중국군의 인해전술 때문에 우리 군이 무력해져 후퇴를 거듭해 썰물 빠져나가듯 부산 근처까지 밀리기도 했다.

그런데 지금의 전쟁은 디지털 전쟁으로 미사일이 전담하고 있다고 해도 과언이 아니다. 지난 미국과 이라크 전쟁은 미국이 미사일로 이라크를 한밤중에 공습하는 장면을 미국의 CNN 방송이 전 세계에 방영하기도 했다. 국내 방송도 이어받아 방영하기도 했다. 스포츠를 중계하듯 말이다. "역사는 밤에 이뤄진다."라고 하는데 실감 나기도 했다. 새벽까지 이어지는 미사일 공격은 마치 '불꽃놀이'를 보는 듯하기도 했다.

이라크를 미사일로 선제공격한 미국은 이라크의 주요 군사시설을 파괴하고 전쟁을 승리로 이끌었다. 전쟁에서 완전한 승리는 지상군(아날로그)이 점령해야 가능하다는 말이 있듯 미사일로 승리한 미국은 치안 유지군을 주둔하고 치안 확보에 나섰다고 한다.

전쟁에서 승리한 미국은 미국의 주도하에 이라크 대통령을 선출하게도 했다.

말을 바꾸면 지난 토요일 인터넷 게임에 열중이던 네가 게임을 일시 중단하고 근처 독서실 검색에 나섰다. "내일 비전독서실에 가 공부를 해야겠다."고 말했다.

그로부터 수 시간이 지난 자정이 곧 될 무렵이었다. "내일 비전독서실에서 공부하려면 어서 잠을 잤을 때 가능하다."고 나는 네게 말했다. 그 뒤로도 서너 시간이 지난 새벽녘까지 게임에 몰두한 듯한 너는 생활 리듬의 파괴로 '비전독서실'주변에도 얼씬대지도 못해 공부는 '어림 반 푼어치 없는 일'이 되고 말았다. 해가 중천일 때 잠에서 깬 너는 오후에도 잠에 취해 흐리멍덩히, 게슴츠레했다.

말은 디지털이고 행동은 아날로그라고 봐야 한다. 디지털은 아날로그가 업그레이드됐을 때 동력이 생기고 시너지 효과가 몇 배로 증진될 수 있다고 본다. 2002년 대선 2008년 촛불집회 이라크 전쟁 등만 봐도 소소명명히 증명된다.

"말로 온 동네 다 겪는다."는 속담이 있다. "음식으로 많은 사람들을 대접할 수 없으므로 말로나마 대접하는 체한다."는 뜻인데 "말로 떡 하면 세상 사람 모두가 먹는다."는 말과 맥락을 같이할 듯하다.

신용사회라는 말이 있다. 말과 행동이 일치할 때 성공의 바로미터로 직결되는 건 사필귀정이고 불일치는 두말할 필요도 없다. 우측으로 가겠다고 '우측 깜빡이 켜고 좌회전' 하는 꼴이다.

사람이 본다는 것은 두뇌가 명령한 데 따른 실천이라고 한다. 예컨대 네가 몇 시간이고 TV를 보는 것도 마찬가지일 것이다. 안타깝게도 사람은 비건설적인 데에 익숙하고 적극적인 듯하다. 비전 있고 건설적인 데에 더 익숙하고 더 적극적인 자세가 생득적으로 본능이라면 얼마나 좋을까 싶다.

사람이 달에 착륙하고 로봇이 화성에 가고 디지털이 날고뛰어 제아무리 발전을 거듭해도 디지털과 아날로그는 공통분모로 불가분 관계라고 생각한다.

앞서 말했지만 말은 디지털이고 행동은 아날로그인데 아날로그는 디지털을 쫓아다니게 해야 할 필요가 있다.

아날로그에 지남철을 달아 디지털을 따라 움직이고 달라붙도록 하는 자기력이 네게는 주요하다. "군자는 말은 서툴더라도 행동은 민첩하고자 한다."고 하는 공자의 가라사대도 있다. 사람이 만든 디지털을 네가 지배해야지 지배를 받는다는 것은 생치곤란이다.

2002년 12월 실시한 대선은 여당의 노무현 후보와 야당인 이회창 후보의 대결구도였는데 여론조사 결과도 그렇고 전국적 흐름이 이회창 후보로 기우는 듯했다. 이런 기세는 줄곧 선거운동 기간 내내 큰 변화가 없었고 선거 전날 막판에도 이회창 후보가 대통령 당선은 확고부동한 듯했다.

삼척동자도 노무현 후보가 대통령에 당선된다는 사람은 아무도 없는 터였고 심하게 말하면 신이 아닌 이상 국민 중 단 한명도 노무현 후보가 대통령에 당선된다는 사람은 전무한 상황이었다. 선거 당일 오전, 방송 등이 비공개로 실시한 누구를 찍었느냐는 출구 조사에서도 이회창 후보가 노무현 후보를 상당한 차로 제치고 앞서나갔다고 한다.

이러한 판세를 알아차린 노무현 후보 지지층의 20대들이 인터넷을 통해 '투표장에 나가 투표합시다.'라고 독려해, 투표장으로 우르르 몰려가 노무현 후보가 대통령이 되게 하는 데 '일등공신'이 되었다.

당시 네 형과 누나도 오후에 투표장으로 달려가 노무현 후보에게 투표한 주인공들이고 노무현 후보가 대통령에 당선되게 일조한 사람들이다.

재밌는 것은 여타 선거에서 20대들의 투표율이 저조했다는 것이다. 네 형이나 누나는 그동안의 선거에서 기권하기 일쑤였는데 앞서도 언급됐지만 2002년 대선 선거일에는 부랴부랴 오후가 돼서 투표장으로 나섰다.

쇠가 달았을 때 두드려라

네가 학습하는 기간을 20년이라고 한다면, 고등학교 1학년이니까 반환점을 막 돌고 있다고 할 수 있다. 노지재배 농사로 치면 6월쯤 될 듯하다.

노지재배 농사는 대체로 3월에 시작해 9~10월이면 종료된다고 봐야 하기 때문이다.

사람도 학습하는 기간 중 더 중요한 기간이 있는 것처럼 농사도 그런 기간이 우기철로 접어드는 6, 7, 8월이 될 듯하다. 까닭인지 농민들에게 구전돼 내려오는 말 중에 '미끈유월', '어정칠월', '동동팔월'이라고 하는 6월, 7월, 8월에 관한 구전되는 말, 즉 미끈유월은 농사를 짓다 보면 스르르 미끄러지듯 어느새 한 달이 지나가 버리고, 어정 칠월은 장마 속 습도로 말미암아 불쾌지수는 높아지고, 찜통 더위 속에 어정대는 사이 표연히 지나간다는 것이고, 동동팔월은 추수철은 다가오고 모자라는 바쁜 일손 때문에 발을 동동거린다는 것이다.

내가 잠시나마 농사를 지어본 경험으론 잡초에 맥 못 추는 게 씨 뿌려 심어놓은 농작물이다. 더욱이 우기철이 되면 농작물도 웃자라는 건 마찬가지지만 잡초에 비하면 아무것도 아니다.

비가 그칠 새 없는 장마가 한동안 지속되기라도 할 적엔 잡초밭으로 변할 때가 있다. 부지런하다고 해도 장마 속에 김매지 못하는 실정 때문에 어쩔 수 없는 상황에서 빚어지는 현상이다.

잡초가 농작물과 대적해 우위에 있는 건 조물주가 나태와 노력을 심판하기 위함일지도 모른다는 생각이 든다. 그래서 동동팔월은 나태한 사람이 허송세월하고 남들이 풍장을 걷기하고, 찬바람이 피부에 닿고, 다가올 엄동설한을 생각하니 이솝 우화 '개미와 베짱이'의 베짱이 신세로 전락한 데서 동인되는 발로일 듯하다.

농사가 6, 7, 8월이 중요한 때라면 네가 하는 학습 중에 중요한 시기는 학습의 반환점을 돌고 있을 듯한 지금이라고 생각한다.

속담에 "쇠가 달았을 때 두드려라."는 말이 있다. 중요한 때를 놓치지 말라는 경고의 메시지인데 경시해서는 안 될 속담이고 학습에는 분명한 데드라인이 있다는 것을 명심해야 한다.

미국의 록웰그룹 수석디자이너 스콧 벤더부르트가 2008년 7월, 강남의 삼성디자인교육원(SADI)에서 3차원(3D) 디자인 워크숍을 진행했다고 한다. 진행을 맡은 벤더부르트는 "디자인은 재료에 어떤 대상의 어떤 정체성을 이입하는 작업입니다. 나무가 금속을 손으로 만지고 느끼는 연습은 꼭 필요하죠. 디지털 디자인 도구도 당연히 잘 다뤄야 하지만 컴퓨터에 갇혀서는 좋은 디자이너가 될수 없습니다."라고 말했다고 한다.

네가 원대하게 목표하는 건 컴퓨터 공학도도 아니고 컴퓨터 게임도 아니다. 세계적 컴퓨터 공학도, 세계적 게이머가 되겠다는 꿈도

전무한 네가 중요한 시점에 컴퓨터에 갇혀 있는 게 정작 합리적인가를, 컴퓨터를 가지고 명명백백하게 도출해 냈으면 한다.

그저 언제까지고 아날로그 방식일 듯한 농사도 디지털 시대에 걸맞게 진화하고 있다. 언론에 따르면 2008년 7월 15일자 『뉴욕타임스』에는 '뉴욕 한복판에 농작물을 재배할 수 있는 30층짜리 농장 건축물이 추진되고 있다.'고 보도했다고 한다.

미국 컬럼비아대 공중보건학과 딕슨 데포미에 교수는 2008년 5월에 열린 '서울 디지털 포럼'에서 이 새로운 농경 모델이 미국과 유럽, 아시아의 대도시는 물론이고 아랍에미리트의 두바이처럼 척박한 곳에서도 농사를 가능하게 할 것이라고 말했다고 한다. 한편 그는 "30층짜리 빌딩을 지으면 약 5만 명에게 평생 공급할 음식을 생산할 수 있다."고 말했다고 한다.

이런 '빌딩농경'은 병충해도 없다고 하고 농업농수는 생활하수를 정화해 사용한다고 한다. 전기는 건물 외부에서 '풍력에너지'나 '태양광에너지'로 자급자족한다고 한다.

'빌딩농경'은 태풍이 불어도 홍수가 져도 폭설이 와도 끄떡없다고 한다. 뿐더러 소, 돼지 등 축산업도 할 수 있다고 한다.

벼 재배가 우리나라에서는 1모작이 고작이다. 우리나라와는 기후가 다른 아열대 지방, 캄보디아, 베트남, 태국 등 동남아에서는 3모작을 하는 건가 본데, 빌딩농경도 적어도 3모작은 거뜬할 듯하다. 그야말로 디지털 시대에 디지털 농경일 듯하다.

30층 빌딩농경이 5만 명이 먹는 음식을 충족시킬 수 있다고 하니 장사치고는 수지가 맞는 장사인 듯하다. 빌딩농경이 태풍에도 끄떡없듯 요동치는 디지털 시대에 질풍노도가 들이닥쳐도 끄떡없이 수지가 남는 장사가 뭔가를 곰곰이 생각할 때인듯하다. 그런데 컴퓨터가 네게 생각할 틈을 주지 않는 것 같다.

게임이 네가 정진하는데 하나의 편린이라도 된다면 괜찮으련만 역주행하게 하는 가이드다.

컴퓨터 앞에서 손바닥을 얼굴 가까이 세워봐라. 애오라지 1미터 거리도 안 되는 모니터가 뵈지 않을 것이다. 대략 15cm²가 될까 말까 하는 작은 면적에 의해서 미래가 안 보인다는 것이다는 것이다. 그래서 적어도 손바닥의 몇 배가 되는, 그것도 전구 이래 최고의 발명품 인터넷(모니터)이 앞을 가로막는 악영향의 폐해를 추량하기가 막연하다. 더구나 장장 시간을 그러니 엑셀로 산출해도 답이 나올지 모르겠다. 네가 가야 할 방향을 리트머스 시험지가 제시할지도 모른다. 가야 할 길이 어느 방향인가를 리트머스종이로 테스트해봐라. 컴퓨터 게임, 현란하게 움직이는 유혹의 색채가 모르핀으로 변질돼 네 정신세계는 물론이려니와 본유적마저도 아노미로 만들어 멀리 볼 수 있는 혜안의 꿈도 아예 꾸지 못하게 채근해 시샘하고 있다. 어제도 나는 안동답답이었으며 오늘도 마찬가지고 하지만 내일을 기대해 본다. 노력하지 않는 1등과 노력한 꼴찌 중 노력한 꼴찌가 중요하다고 반추해 본다.

내가 네게 종종 입버릇이 돼 말하는 "최선을 다한 꼴찌는 괜찮다."는 불현듯 떠오른다.

일본에는 1970년부터 선수 겸 지도자 생활을 하는 노무라 감독이 있다고 한다. 야구 감독 노무라는 지금까지 4개의 팀을 거쳐 왔다고 하는데 팀을 맡을 당시 팀의 성적이 리그 최하위에 맴돌던 팀들을 상위권으로 진입하게 해, 많은 승리를 이끌어 냈다고 한다. 하지만 그는 그동안, 2008년 6월 18일 한신 타이거즈에 패하기까지 1,454패라는 대기록을 세우고 "불멸의 오명을 남겼다."고 말했다고 한다. 그러나 그는 팬들에게서 "최다 승리보다 더 값진 기록이다."고 아낌없는 찬사뿐이지 그에게 쏟아지는 편린의 야유도 없다고 한다. 까닭은 많은 패배 속에 시달려야 했지만 열심을 다하는 노력에 대한 감사의 보답에서라고 한다.

한편 "한물갔다."는 레벨이 붙은 노무라는 "이상한 승리는 있어도 이상한 패배는 없다."는 말도 했다고 한다.

공자는 "지배하기를 원하면 복종을 배워야 한다."고 말했는데 네가 엎드려 공부하는 것도 상당 부분 합치한다고 보고 지배자로 가는 노정의 한 단면일 것이라고 긍정적 생각도 해본다.

"최고가 되려면 최저에서 시작하라."는 말이 있듯 엎드려 공부하는 건 부복으로 최저라고 생각해 본다. 기도하는 마음으로 부복해 일취월장하길 기대한다.

역류

우리나라 농경시대에서 산업시대, 정보화시대, 디지털시대까지 문명화되는 기간이 100년도 안 됐지 않나 싶다.

유해 요소를 제거한 수돗물이 땅속 둥근 수도관을 통해 자연적 수맥과 경쟁하듯 거미줄처럼 연결된 것도, 가스관도 그렇고 지상에는 건물과 건물 사이 도로 위 건너편을 거미줄처럼 연결한 전기, 전화선 등이 일반화된 건 반세기가 반세기가 될까 말까 할 정도다.

이런 문명은 동빙고 서빙고 등을 무용하게 하고 문화유산이 돼 명맥을 유지하는 게 고작이다. 대변혁이 있었다는 것이다.

봄에 나는 채소 과일이 가을, 겨울에 제철인 양 넘쳐나고 여름, 가을의 채소나 과일도 그러기는 매한가지다. 하우스 재배 과학적 냉장법의 점진이지만 전기의 수혜라고 할 수 있다.

초고층 건축물의 '빌딩농경'으로 농업이나 목축업을 할 수 있는 시대가 도래한다고 하니 그게 바로 대변혁인가 싶다.

산업사회로 발전하면서 한물가 쇠퇴한 게 농업이었다. 도농 간의 소득격차가 벌어지고 도농 간의 경계도 확연했었다. 하지만 '소리 없는 식량전쟁'이 부각되면서 기업농이 등장하는가 싶더니 '빌딩농경' 건축물이 미국에서 추진 중이라고 하는 것은 곧 농업과 도시가 공존한다는 것이다! "농사천하지대본"이라는 말이 부활해 빛을 발하는 듯하다.

대학 입시철이 되면 '합격사과'가 등장한다, '떨어지지 않는 사과'라는 것인데 대학에 합격한다는 의미다.

'합격사과'는 일본에서 유래됐다고 한다. 1971년 사과 수확기를 앞둔 일본 아오모리현에 강력한 태풍이 들이닥쳐 90% 사과가 땅에 나뒹굴어 농민들이 절망감에 빠져 낙심하고 있을 때 한 농민이 "괜찮아 우리에게는 아직 떨어지지 않은 10%가 있다."며 "우리가 만약 '떨어지지 않은 사과'를 떨어지지 않는 사과로 만들어 수험생을 대상으로 합격사과를 만들어 팔면 승산이 있다."고 말했던 게 효시고 당시 아오모리현 사과 농민들은 사과를 고가로 판매해, 되레 여느 때보다 수익성을 높일 수 있었다고 아오모리현 사과를 유명하게 하는 계기가 됐다고 한다.

물고기들이 물 흐르는 대로 따라가 살지는 않는다. 때로는 가파른 물살을 헤치고 역류를 거듭하고 거듭해 상류를 오가며 살기도 한다. 마찬가지로 사람도 때로는 역류를 해야 되고, 아오모리현 한 농민처럼 역발상의 아이디어가 정보화시대, 디지털시대, 세계화시대에 발전하게 하는 모델이 될 듯하다.

수렵시대에서 농경으로 전환한 사람이 약 다섯 배를 농경에서 산업으로 전환한 사람은 약 오십 배를 산업에서 정보화로 전환한 사람은 수백 배 수천 배 부를 창출한다고 한다. 독특하고 기상천외한 아이디어를 발판으로 한발 앞선 조류에 동승했으면 한다.

히딩크

유로 2008 대회에서 러시아를 4강에 진출시켰던 거스 히딩크가 한국에 왔다. '제2호 히딩크 드림필드' 준공식(2008년 7월 7일)에 참석하기 위해서였다고 하는데 그가 쏟아 냈다는 말들을 적어 본다.

'히딩크 마법'이라는 별명이 붙은 그는 "나는 마술사도 아니고 심리학자도 아니다. 다만 있는 선수들로 최대의 결과를 내기 위해 열심히 노력할 따름이다."고 자세를 낮춰 말하며 "6년 전 한국 대표팀을 맡았을 때 젊은 선수들로 새 팀을 꾸려 목표를 설정하고 선수들에게 '하면 된다.'는 자신감을 심어주었다. 그리고 열심히 했다. 러시아에서도 마찬가지였다."

또한 "동기부여도 필요하고 패배를 두려워하지 않게 해야 한다." 자신감과 격려의 중요성을 강조했다고 한다.

그는 "솔직히 말해 나는 마법사가 아니다. 다만 모든 일에 열심히 일할 뿐이다."며 "여전히 승리에 배가 고픈가."라는 질문에 "아주 좋은 문구다. 2002년 16강에 올랐을 때 또 다른 도전이 필요했다. 이번 유로 8강에서도 마찬가지다. 목표 의식이 있어야 선수들도 움직인다. 나는 아직 배가 고프다."라고 분명한 목표가 있고 도전할 의사가 있음을 피력했다고 한다.

스텔스기

일본에는 자전거 부품업체 시마노가 있다고 한다. 잘나가던 시마노는 자전거를 사용하는 고객이 줄어 어려움을 겪게 되었다고 한다. 그래서 어떻게 하면 고객이 만족할 수 있는 자전거를 만들 수 있을까 하고 궁리하고 연구한 끝에 핸들을 획기적으로 높이고 커버를 씌운 자동기어를 개발해 장착했다고 한다.

그 결과 선풍적으로 자전거 판매량이 증가했다고 하는데 판매량이 증가하게 된 모멘트의 핵심은 요컨대 높인 핸들이 아니라 기어가 외부에 드러나지 않도록 내장돼 있었기 때문에 가능했다고 생각한다.

기아를 내장시켜 놓음으로써 심미성 또한 도드라질뿐더러 시커먼 기름 찌꺼기가 묻을 염려도 없는 장점을 비컨대 적의 레이더망에 노출되지 않는 미국의 스텔스기와 비견된다.

스텔스기는 1991년 걸프전쟁에서 진가를 여지없이 발휘했다. 전쟁 초기 '사막의 폭풍' 작전은 거미줄처럼 얽혀있는 이라크의 방공망을 피해 2~3일 만에 이라크 주요시설 70%를 파괴해 초토화시켰다고 한다. 방공망이 일시에 파괴된 이라크는 전투기 한번 제대로 뜨지도 못했다는 말도 있다.

위용을 떨칠 수 있는 스텔스기가 군산 비행장을 통해 도입된 적이 있다.

비밀병기를 비축해 한국의 안보를 보강하는 것이다. 그리고 요즘 기업에서는 은밀하고 조용히 고객에 다가가 판촉하고 판매하는 '스텔스 마케팅'이 각광받고 있다고 한다. '소리 없이', '스텔스'식으로 회사 경영을 한다는 LG그룹 구본무 회장은 "소리 없이 강한 최고 경영자(CEO)"라는 평을 듣는다고 한다.

요즘 대입 시험 제도가 내신성적이 포함되고 필기한 노트는 내신 성적의 대상이기도 하다. 얼마만큼 잘 정리했느냐가 관건이 될 듯하다. 그런데 삶은 어차피 경쟁 속에서 진행되는 것이지만 학생 시절의 경쟁이 점차 치열해져가는 모양이다.

언젠가 방송에는 급우가 필기한 노트를 감추기도 하고 훔쳐보는 경우도 있다고 하는 뉴스를 시청한 적이 있다. 경쟁상대의 매뉴얼을 알고자 하는 뜻 같기도 하고, 삭막하고 씁쓸하기가 짝이 없다. 비신사적이고 비도덕적이지만 경쟁 속 몸부림인 듯하고 노트도 비밀병기화돼가는 기분이다.

미국의 스텔스기는 칠흑 같은 암흑 세계에서 적의 레이더망에 노출되지 않고 종횡무진할 수 있는 것은 백주에 질주하는 것과 다를 바 없다.

일본의 자전거 부품업체 시마노가 자동기어에 커버를 씌워 성공한 것은 마치 숨겨둔 비밀병기가 발현돼 발산하는 힘의 원천인듯하다. 그렇듯 빠르게 전개되는 세계 질서 속, '지식경제' 사회에서 절대적으로 필요로 하는 절대적 병기를 암중모색해 커버를 씌워 숨겨둬야만 든든하고 여유작작하고 만사튼튼이다!

마음가짐

<hr/>

"한강 물이 녹두죽이라고 해도 먹으려면 쪽박이 있어야 한다."는 말이 있듯 돈도 마찬가지일 듯하다.

이 세상에는 뵈지는 않지만 많은 돈이 공중에 떠다닌다고 하고 바닥에도 널려있다고 한다. 누구나 공중에 있는 돈을 낚아채면 되고 바닥에 널브러진 돈도 긁어모으면 된다는 말일 듯하다.

그런데 공중에 있는 돈이나 땅에 널브러진 돈을 챙기는 데는 그물망도 아니고 갈퀴도 아닌 배우려고 하는 열정적인 노력이 충만해 앎이 농익어야 가능하다는 것이다.

다이아몬드는 보석 중의 보석이며 늘 별인 양 영롱한 광채를 갖고 있다. 이런 다이아몬드도 갈고 닦지 않으면 다이아몬드 원석일 수는 있어도 내재된 광채를 뽐내진 않는다.

그렇듯 네게 엄청나게 비범한 재능이 내재된 듯한데 웅크리고 있는다면 잠재된 존재가치가 무의미하고 유용성에 문제가 다분하다. 잠복 중인 듯한 네 재능의 진면목이 아직 안 도드라지니, 포효하듯 진동을 일으키고 동토를 뚫고 나오려는 준비된 대기만성일 것이라고 안위도 해본다.

농어촌, 동네 어귀에는 몇 아름드리가 될 법한 느티나무들 당산나무가 있기도 하고 그런 곳이 아니어도 수백 년, 천년은 될 법한 나무가 산재해있다. 이런 거목들도 애초에는 커봤자 호두, 아니면 진애에 불과했던 게 거목이 된 것이다.

씨앗은 인고의 고통을 감내하며 카오스에서 빅뱅 해 우주가 탄생했듯 껍데기를 터뜨리고 두 쪽의 떡잎은 암흑 속의 흑을 뚫고 희망차게 태양을 맞이한다. 희망의 만세라도 부르는 양 두 팔 펴고 있다!

때로는 어떤 씨앗은 가뭄에 단단히 다져진 지표면을 자기가 성장해 가는 그림을 그리기라도 한 것처럼 자신을 중심 삼아 사방, 팔방, 십육방으로 지표면을 찢어가며 갈라지게 선을 긋고 살포시 떡잎을 내밀기도 한다.

말 못 하는 식물일지언정 블루오션을 개척하고 많게는 수백 년을 살아갈 로드맵인듯하다.

얼마 전 나는 높은 안압 때문에 병원에 가 안압을 낮추기 위한 점안액을 넣고 주사를 맞는 등 치료를 받았으나 안압 조절이 안 돼, 안압을 낮추는 수술을 받고 있을 때 수술을 집도한 의사선생님들의 대화가 불현듯 생각이 난다.

"몸이 천 냥이면 눈이 구백 냥이다."는 말도 있는 것처럼 눈의 중요성을 생각하게 됐고 충격도 어지간했었다. 눈에 마취를 하고 수술을 받는데 메스를 들고 수술을 집도한 의사 선생님과 얼추 짐작해 서너 명이 주고받는 대화 내용을 들을 수 있었다. 대화라기보다는 후진양성을 위한 교육현장인 듯했다. 뵈지는 않았지만 어찌나 쉴 새 없이 이건 이렇게 하고 저것도 이렇게 하라는 식의 상세한 설명은 극치를 이르는 듯했다.

이에 보답이라도 할까 의술을 습득하는 진지한 자세도 극치를 이르기는 매한가지였다! 수술을 집도한 의사 선생님이 "○○○선생은 어렸을 때도 배우려고 하는 노력이 열정적이었지 않나 싶다."고 하는 말을 수술대에 누워 들은 나는 긴장감 속에서도 불현듯 네가 생각이 나고 대비됐다. 배우려고 하는 열정적인 노력보다는 노는 데 편중해 열정적인 노력이 배게 하는 것뿐이다.

"용 될 고기는 모이 철부터 알 수 있다."는 말이 있다. "개천에서 용 났다."는 말을 들을 수 있도록 열정적인 노력을 했으면 한다.

너는 지금 나무로 치면 떡잎에서 줄기가 한창 자라고 있고 16방, 32방으로 가지를 펼치고 있다. 장차 거목이 돼 셀 수 없을 만큼 수많은 열매가 맺도록 하는 로드맵이다.

의기가 양양한 네가 마음먹기에 따라선 양양한 의기는 용기백배의 응원군을 얻은 것과 같을 것이고 지대한 발전이 있을 것으로 생각이 든다.

어떻게 생각하느냐가 얼마만큼 중요한가는 단적인 예로 1차 세계대전이 한창일 때 유럽에서는 병사들 중에 느닷없이 수족이 마비되고 눈도 이상해 앞이 뵈지 않는 병사가 늘어 전쟁 수행에 어려움이 있었다고 한다. 그러자 이들을 꾀병으로 간주해 체벌했다는데 뒤늦게 판명된 것은 마음에서 발병한 '신경증적 마비 현상'이었다고 한다. 전쟁의 두려움에서 파생된 마음의 병이었다는 것이다.

너의 양양한 의지를 예를 들면 평소에도 늦으면 30분 아니면 한시간 정도는 일찍 학교에 도착하는 네가 어느 날 평소보다 30분은 더 앞당겨 학교에 갔었다.

학교에 오는 순서에 따라 선택해 앉을 수 있기 때문이었다. 너는 맨 앞쪽에 앉기 위해서였다. 나의 지난날을 돌이켜 보건대 네가 부러운 동시에 나 자신이 부끄럽기 짝이 없다. 나의 어린 시절이 불현듯 주마등처럼 스친다. 종렬로 줄서기를 할 때는 이리 피하고 저리 피해 기를 쓰고 뒤쪽에 서려고 했다. 의기소침의 극치인 듯하다. 내재된 의기소침은 나의 삶에 많은 악영향을 미친 듯하고 장애 요소가 됨은 틀림없는 듯하다.

내가 의기소침에 서 있었다면 너는 용기, 의기가 만만한 대척점에 서 있다.

그런데 의기가 충만한 네게 통찰하는 직관력이 미진한 게 못내 아쉽다. 현상을 직시하는 직관력이 발현될 때 발전할 수 있는 기반이 되는 원동력이라고 생각한다.

앞서 대기만성이라는 말을 했는데 간이 두꺼운 씨앗은 땅속에서 1~2년 돼야 비로소 빅뱅 하듯 껍데기를 터뜨리고, 새 희망을 품고 세상 밖으로 떡잎을 내밀기도 한다.

그런가 하면 일 년 중에 3개월하고도 10일 동안 즉 가을까지 꽃이 피는 배롱나무 씨앗은 겨우내 붙어 있다가 그것도 다음 해 10월이 돼서 여문다고 한다.

언젠가도 말한 바 있긴 한데 너의 초등학교, 중학교 적 학습은 실패한 학습이었다고 해야 옳다. "실패는 성공의 어머니다."라는 말도 있듯 실패한 데서 교훈을 얻었을 때 가치가 있지 아무런 교훈도 얻지 못한다면 그 연장선상에 가로 놓인 실패는 불을 보듯 명명 백백하고 "실패는 성공의 어머니"라는 말은 어불성설로 성립되지 않고 기우에 불과하다.

"넘어지지 않고 달리는 사람보다 넘어진 사람이 일어나서 다시 달릴 때 박수를 더 받는다."는 말이 있다. 비컨대 실패한 네 초등학교 중학교 시절은 달리다 넘어진 형국이라 할 수 있다.

고등학교에 입학한 네가 원대한 지향점을 향해 달리는 것은 넘어졌다 일어나 다시 달리는 것이라고 할 수 있지만, 아직 미진하고 언행의 불일치가 전진하는 데 상당 부분 장애가 되는 주범이라고 생각한다.

"최고가 되기 위해서는 최저에서 시작하라."는 말이 있다. 곱씹을 말인 듯하다. 누구나 갈망하는 꿈은 있다고 한다. 하지만 꿈을 이루는 사람이 있는가 하면 그렇지 않은 사람이 있는데 그 차이는 얼마만큼 노력하느냐에 결정된다고 한다.

조금만 더 노력해 어변성룡이 되겠다고 하는 마음가짐이 중요하다고 생각한다.

2008년 6월 14일 일본 도호쿠에서 지진이 발생했다. 지난 5월에는 중국 고대의 양귀비 고향이기도 한 쓰촨성에서 지진이 발생하기도 했다.

일본에서 발생한 지진의 강도는 7.2, 중국에서 발생한 지진 강도는 8.0이었다. 지진 강도의 차이는 0.8에 불과하지만 피해 규모의 차이는 상상을 초월했다. 일본의 피해는 사망, 실종자 22명, 부상자는 235명이었다. 건물 파손 등 재산적 피해도 경미했다고 한다. 지진 강도가 8.0이었던 중국의 피해는 수만 명이 사망, 실종되고 쓰촨성 대부분의 건물이 파괴돼 그야말로 참혹했다고 한다.

이러한 차이점은 지진 발생이 잦은 일본은 이미 오래전부터 지진에 대한 연구와 기술을 확보하고 건축물의 내진설계를 강화했기 때문에 피해를 줄일 수 있었다고 한다.

태풍 속에 티끌이듯 사람은 자연 앞에 불가항력적이지만 능동적인 대처에 따라선 비켜나갈 수 있고 '커버링'도 할 수 있다는 증거인 듯하다는 것을 도호쿠, 쓰촨성 지진은 대비돼 여실히 교훈하고 있다.

'식량전쟁', '석유전쟁', '물전쟁' 등의 경제에 관련한 전쟁이라는 단어가 홍수 난 듯하다. 곡물가 인상, 원유가 인상 등 상당 부문은 불변가격으로 요지부동이고 따라서 물가 인상이 도미노 현상화 돼가고 있다.

어려운 경제로 말미암아 각종 전쟁이라는 단어가 난무하는 시대에 '경제 미사일'을 개발하는 주인공이 된다든가 경제 전쟁을 승리하도록 이끄는, 별을 단 '경제 장군'이 되려고 하는 자세가 중요하다고 생각한다.

그렐린이라는 호르몬은 식욕을 촉진하게 한다고 한다. 호두, 브로콜리 등 뇌를 닮은 식품과 물고기 기름 등은 두뇌식품으로 두뇌활동을 활성화하게 한다고 하는데 식욕 당기듯 학습욕이 당겨 과목별 학습마다 게 눈 감추듯 마스터했으면 한다.

음악을 듣는 것 자연의 소리를 듣는 것도 식물을 보는 것도 알파파라는 물질을 생성하게 해 학습에 도움이 된다고도 한다. 알파파 물질은 심신을 안정되게 해 집중력과 기억력 사고력이 고조되게 해 두뇌활동이 활발해져 학습효과가 잘 된다고 한다. 뿐더러 숲의 그림만 봐도 알파파 물질이 생성된다고 하는데 사람이 가장 민감하게 반응한다고 하는 녹색에 비밀이 있다고 한다.

베란다에는 네 어머니가 잘 가꾼 녹색의 식물들이 꽉 차 있다. 아마도 피톤치드 물질이 가득할 것이다. 가득 찬 피톤치드가 녹색의 연무가 돼 네 방까지 소통의 연결고리를 이뤄 학습의 견인차 역할을 했으면 한다.

옛날 옛적에 길을 직선화하고 넓히기도 하고 새로운 길을 내기도 한다.

일본이 지진에 대비해 대책을 세워 재앙을 최소화하듯 책은 다가오는 미래의 대비책이다.

「나그네의 폭풍기」 등의 희곡 시를 써 '질풍노도 운동'이라는 문학 운동의 새로운 지평을 열고 그 시대의 중심인물이 된 괴테는 고등학교 시절을 '질풍노도 시기'라고 표현했다고 한다.

글로벌 시대에 '퍼펙트 스톰'이 닥친 지금 얼추 200년 전의 「나그네의 폭풍기」 등의 책을 읽는 건 절호의 적기인 듯하다. 네가 지금 고등학교 학생이기 때문에서다.

한발 앞선 정보는 지대한 영향을 줄 수 있다.

"책 속에 길이 있다."는 건 책이 네게 정보를 주고 네가 가야 할 미래의 방향을 제시하는 내비게이션과 같다는 것이다.

"사람이 책을 만들지만 책은 사람을 만든다."는 말도 있다.

어느 조사에 의하면 아이러니컬하게 여름 방학이 끝나고 가을이 시작될 무렵 '독서의 계절'인데도 1년 중 가장 책을 안 읽는 것으로 밝혀졌다고 한다. 추우까 더울까 활동하기에 좋은 때라서 활동량이 많은 까닭인 듯한데 활동하기 좋은 만큼 가을은 책읽기에도 적합한 독서의 계절이다.

선행학습하려 학원 가방 메고 학원에 가는 것도 종요롭지만 한 권의 책을 읽는 게 더 종요로울 듯하다. 이 가을에 잘 고른 책 한 권 읽었으면 한다. 네가 학교 도서관에서 빌려온 지 벌써 한 달이 다 돼가는데 연암 박지원의 '열하일기'를 가져다만 놓았을 뿐 아직

권두라도 읽었는지 의문이다. '시작이 반'이라고 했듯 읽기 시작하면 게 눈 감추듯 읽을 수 있다. 빌려온 책을 읽는 건 도리이고 행동의 체면이기도 하고 책을 읽는 건 학생의 책무이기도 하다.

요즘 나는 만화가 허영만이 동아일보에 「식객」과 「꼴」이라는 만화를 연재하고 있는데 「꼴」이라는 만화를 흥미진진하게 읽고 있다.

만화 「꼴」은 사람의 생김새를 예리하게 진단하는 꼴인데 흥미가 있어서다.

허영만 화백은 꼴을 연재하기 위해 관상학의 대가로부터 관상을 배워 「꼴」을 연재한다는 그는 "관상학의 대가 신기원 씨에게 직접 배워보니 관상도 변하고 운도 변하는 것이더라"고 말했다고 한다.

동아일보에 연재되는 「꼴」을 보면 요즘, 재벌가도 소개되기도 하고 성공해 돈 많이 번 스포츠 스타도 소개되기도 한다. 그들은 한결같이 꼴이 좋아 성공할 수 있다는 것이다.

그런데 내가 생각하기에는 꼴이 좋다고 무조건적으로 돈 많이 벌고 성공하지는 않을 거라고 생각한다!

이런 이야기가 있다. 옛날에 시골에는 형제가 살고 있었다고 한다. 그들 집에 어느 날, 지나가는 관상가가 잠시 쉬었다 가기 위해 들러서 형제의 관상을 보고 형에게는 '장차 큰 부자가 될 것'이라고 한편 동생에게는 '쪽박 찰 상'이라고 말했다고 한다.

이 말에 충격을 받은 동생은 집을 나와 동냥짓을 면하기 위해서는 오직 최선을 다해 열심히 사는 방법밖에 없다고 생각하고 열심히 일하고 꾸준히 저축해 전답을 장만하고 굉걸한 기와집 짓고 아들딸 낳고 부자가 되어 행복해지자. 두고 온 고향도 생각나고 형님도 보고 싶은 생각이 간절해 수십 년 만에 고향을 찾았다고 한다.

형님도 부자가 되어 행복하게 살겠지 하고 편린만큼도 의심의 여지가 없었건만 놀랍게도 형님은 다 쓰러져가는 오두막집에서 거지꼴로 살고 있었다고 한다.

'천재는 태어나는 것'이냐 아니면 '만들어지는 것'이냐를 두고 담론하기도 하지만 결과는 분분하다. 머리가 조금 뒤져도 노력이면 천재가 될 수 있다에 머리가 뒷받침이 안 되는데 어떻게 천재가 될 수가 있냐는 논리이고 반명 머리 좋은 사람이라고 해도 노력하지 않고서는 천재가 되는 것은 불가능하다는 것이다.

앞에 관상이 좋아 부자가 돼 잘살 거라는 말을 들은 관상 좋은 형이 외려 거지꼴로 살 듯 노력 없는 천재는 존재하지 않는다고 생각한다. "천재는 99% 땀과 1% 영감으로 이뤄진다."는 에디슨의 말이 갑론을박의 담론을 종결짓기에 충분할 듯하다.

나는 네가 중학교에 입학했을 때 네게 나는 "선생님의 한마디 말도 놓쳐서는 안 된다."고 말하며 "선생님의 얼굴을 주시해야 한다."고 말한 적이 있다. 그런데 중학교 3년 동안 네 성적표를 보면 줄곧 선생님의 말을 놓친 데서 파생된 결과라는 게 확연하다.

몽골의 칭기즈 칸은 자기의 이름조차도 쓸 줄 모르는 사람이었다고 한다. 그런 그였지만 그는 세계를 정벌했다. 그가 세계를 정벌하는 데는 남의 말을 잘 듣는 경청의 능력이 뛰어나 가능했다고 한다. 많은 경청을 함으로써 정보를 얻고 정보는 블루오션이 되고 인프라가 구축돼 세계로 펼쳐 나갈 수 있었다는 것이다.

『또라이 제로 조직』, 『역발상의 법칙』의 저자이고 인사 행동 분야의 로버트 버튼 스텐퍼드대 교수(경영과학, 공학)가 〈동아 비즈니스 리뷰〉와 인터뷰에서 경청을 잘해 성공한 인텔의 '전설적 경영자'였다고 하는 앤디 그로브를 가리켜 "그는 자신의 아이디어에 도전하는 사람은 누구든 자신의 방으로 초대해 건설적 논쟁은 즐겼습니다. 결코 지위나 지식으로 상대방을 굴복시키지 않았고 자신이 틀렸다고 생각되면 존경을 담아 그 부하 직원을 칭찬했죠. 이것이 바로 경청의 힘입니다."라고 말했다고 한다. (동아일보에서 인용)

'귀동냥'이라는 말이 되뇌진다. 고등학생을 대상으로 하는 한 방송의 '골든벨'이라는 프로가 있다. 박식한 1학년 학생이 거침없이 파죽지세로 문제를 풀어 골든벨을 품에 안는 주인공이 됐다. 1학년 학생으로서 발굴의 실력을 보인 데에 대해 그가 "이것저것 들은 게 도움이 많이 된 것 같다."라고 했었던 말을 반추했으면 한다. 남의 말을 도외시하고 애써 외면하려 하는 네 태도가 절대 마이너스라고 생각하기 때문이다.

한 방이 필요한가

네가 중학교 때 관할 교육청에서 실시한 '모형 비행기 날리기 대회'를 관전한 나는 날지 못하는 '잠룡'도 봤었고 '이무기'도 봤었다. 모양이 비슷하고 무늬만 같다고 해서 전부가 하늘을 나는 용은 아니라는 것을 목도할 수 있었다.

"반짝인다고 다 황금은 아니다."고 했듯 모든 게 겉모양은 비슷하고 똑같을지언정 잠룡이 있고 이무기가 있는가 하면 용이 있다는 논증은 네가 한 말에서도 여실하다.

그렇지 않아도 가뜩이나 잠이 부족한 네가 밤늦도록 모형 비행기를 조립 중일 때 대나무로 된 날개 골격을 몇 번씩이나 도면에 대고 구부리고 잘못됐다 싶으면 다시 펼치고 하는 모습이 한편으로는 태평스럽도록 시간만 자꾸 지나가고 그래서 "적당히 해 둬도 괜찮지 않냐."라고 말을 했었다. 그때 너는 "정밀도가 부족하면 비행력을 잃어 날 수 없다."라고 말했듯 세상만사가 마찬가지일 듯하다.

궁구하여 노력하는 건 '정밀도'를 높이는 것이며 용이 되도록 하는 단초라고 생각한다. 너는 지금 학생이고 공부가 버겁지만 책과 겨뤄야 한다. 책을 '한 방'에 눕히도록 하는 게 급선무고 우선시해야 할 과제라고 생각한다.

『태백산맥』, 『아리랑』 등의 조정래 저자가 KBS 아침마당에 출연해 글 쓰는 어려움을 "글감옥"이라고 표현하기도 했듯 현 입시 제도

하에서 네가 해야 할 학습의 실상이 저자들의 글쓰기(글감옥)와 비교해도 추호도 뒤지질 않는다고 생각하고 안타깝다는 생각이 들기도 하다.

이공계 물리학 분야를 지망하겠다는 너이기에 2008년 노벨 물리학상 공동 수상자인 일본의 고바야시 마코토 교수가 떠오른다.

물리학 전공이 꿈인 너는 지금 영어를 포함해 많은 과목을 하고 있는 데 반해 노벨 물리학상을 받은 고바야시 마코토는 "나는 물리학만 잘하면 된다."며 영어를 잘 못해 시상식 때 영어로 해야 할 연설을 일본어로 하겠다고 하니 말이다.

글감옥이라는 말이 나왔으니 망정이지 김대중 전 대통령은 80년대 내란 음모로 몰려 사형선고를 받았다. 그런 그가 교도소에서 많은 책을 읽었다는 건 뭇사람들이 익히 아는 사실인데 감옥에서 많은 책을 읽었기 때문에 대통령 권좌에 오르게 하는 사다리라는 매개가 됐는지도 모르겠다.

김대중 대통령은 임기를 마친 뒤, 연극인으로서 문화부 장관을 지낸 손숙 전 장관이 진행하는 한 방송프로. 손숙과의 대담에서 우스갯소리로 감옥에 한 번 더 갔으면 한다고 말하기도 했다.

책과의 싸움에서 승자가 되기 위해서는 변화된 네 마음 자세가 중요하다. 그렇지만 합리적이고 진취적, 진작의 생각을 해 마음이 바뀌게 하는 데는 간단하지 않다고 한다. 몇 번이나 말한 적이 있는데 증산도의 도조 증산상제의 말을 빌리면 그는 "일심(一心)이면 천하를 돌린다."며 "마음 고치기가 죽기보다도 어렵다."라고 말했다고 한다.

2007년 대통령 선거에서 '한 방'과 '헛방'이 맞붙어 대립각을 세운 적이 있다. 승자는 '한 방'이 '헛방'이 되게 한 이명박 후보가 승리하여 대통령이 됐다.

샌드백에 해대는 한 방은 헛방질하는 것이 가뭄에 콩 나듯 할 것이고 쌀자루 속에 뉘일 듯하다! 대상이 요리조리 피해 자유롭게 움직이는 유동의 물체라면 한 방은 쉽지 않다.

네가 이른 아침부터 밤늦게까지 온종일 접하는 책은 고정된 샌드백이 아니라는 것이다. 그래서 심기일전해 생각을 바꿀 필요가 있다는 것이다. 매번 모형 비행기 날리기 대회에서 보여줬듯 네게 내재된 저력을 유감없이 발산하도록 하는데 매개가 될 수 있도록 진일력을 당부한다.

최태원 SK그룹 회장이 떠오른다. 그는 2008년 1월 10일, 11일 양일에 걸쳐 전 계열사 사내 방영된 방송에서 "'이제는 강화한다.', '보강한다.'이런 표현이 아니라 전쟁을 해서 승리해 전리품을 얻어와야 합니다."라고 말했다고 한다.

한편 그는 2007년 개봉된 애니메이션 영화 '라따뚜이'에서 생쥐가 요리에 영감을 발견해 세상에서 둘째가라면 서러울 만큼 내로라하는 요리사가 된 생쥐를 예를 들며 "누구든지 노력을 하면 자신이 상상하지 못했던 데까지 할 수 있다."라고 말했다고 한다.

라면을 끓이며

"물 550(3컵 정도)밀리리터를 끓인 후 면과 분말스프를 같이 넣고 4분 30초간 더 끓이면 맛있는 라면이 됩니다."는 한 라면의 포장지에 적힌 조리법의 예다.

지나치다 싶을 정도로 도식적인 네 행동 때문에 적어봤다. 단적인 예로 네가 라면을 끓인다고 가정하고, 550밀리리터의 물을 끓이고 면 분말스프를 넣는다. 그런 다음 4분 30초를 더 끓인다. 시계를 옆에 두고 라면 포장지에 적힌 조리법 그대로다. 한 치의 오차 없는 식이다.

특히나 음식에 관한 해서는 농후하게 도식적 행동이 고리타분한 생각마저 든다.

문명이 발전함에 따라 전통음식이라든가 기존 음식도 사람에 의해서 발전해 가고 있다고 말한 적이 있다. 기존 음식에 새로운 것을 업그레이드하면 전혀 다른 음식이 되는 식이라고 말했다. 또 다른 라면 조리법에는 "식성에 따라 김치, 계란, 파, 마늘 등을 넣고 끓이면 맛이 좋습니다."라고 했듯 조리 방식은 유여하다.

유명한 요리사도 창조적으로 요리법을 개발해 새로운 음식을 탄생시키기도 하지만 기존 요리법에 부식재료 등을 '가감법'을 사용해 요리하는 예가 허다하다고 한다.

"꿩 대신 닭"이라는 말이 있듯 파가 없으면 양파가 마늘을 넣으면 된다고 생각한다. 외국 속담에 "거위 요리 양념은 기러기 요리에도 쓸 수 있다."는 말도 있다. 다른 건 몰라도 음식만큼은 소탈한 게 보기에도 좋고 지녀야 할 덕량이고 소양이라고 생각한다.

참여정부가 출범한 지 한 달도 채 안 됐을 때 방송보도에 청와대 구내식당에서 배식을 받던 노무현 대통령이 식판에 떨어진 음식을 엉겁결에 무심코 엄지와 검지를 집어 입 안에 넣는 장면이 있었다는 것을 TV를 통해 보았다.

그래서 시청자 중에는 '대통령이 음식을 손으로 집어 먹는 건 창피하다.' '격이 낮다'는 말이 있었으나 대통령이 저렇게 소탈할 수 있을까! '와라는 극찬이 한층 우세했었다!

그로부터 5년 뒤 즉 2008년 3월 6일자 동아일보에는 이명박 대통령이 왼손에는 식판을 들고 흰 주걱 쥔 오른손으로 밥을 푸는 한 장의 사진이 있었다. 5일 청와대 여민관(비서관 근무 공간)의 구내식당이었다고 한다.

네가 학교에서 점심시간에 식판에 배식받는 일이 떠오른다. 학교에서 배식받는 것처럼 집에서도 그런 습관이 필요로 한다고 생각한다. 말이 어그러져 가는데 호주제가 사라지고 남녀평등이 '탕평채'인 듯하다. 교과서에 삽입된 삽화, 앞치마 두른 여자의 모습도 사라졌다. 밥하고 설거지하는 사람으로 비칠 수 있다는 불합리성 때문이라고 한다.

성공의 바로미터

2008년 3월 11일자 동아일보에 실린 한 장의 사진에는 7시 40분을 지나고 있는 원형의 벽시계가 벽에 걸려 있었고 손깍지를 하고 이명박 대통령이 의자에 앉아 있었다.

하루에 4시간밖에 안 잔다는 '아침형 인간' 이명박 대통령이 3월 10일 아침 대통령이 된 뒤 처음으로 기획재정부의 업무보고를 받기 전 인사말을 하고 있는 사진이라고 한다. 그것도 청와대가 아닌 과천 종합청사에서 말이다.

이명박 대통령은 이날 아침 인사말을 통해 "공직자는 국민을 위한 머슴"이라며 "주인인 국민보다 앞서 일어나는 게 머슴의 할 일"이라고 말했다고 한다.

이명박 정부는 2008년 2월 문을 활짝 열었다. 그로부터 보름 정도 됐을 때 너는 비전을 갖고 명문 고등학교에 입학했다.

대통령 직무를 시작한 이명박 대통령은 '아침형 대통령'에 걸맞게 청와대에서 9시에 열리는 아침 회의를 한시간 앞당겨 8시에 소집한다고 한다. "일찍 일어나는 새가 벌레 잡는다"고 하는데 '아침형 인간' 이명박 대통령은 통치권자로서 솔선수범해 모범을 뵈는 듯하다.

네가 초등학교, 중학교 때 하루도 거르는 날 없을 만큼 네 어머니와 아침마다 치르는 전쟁이 생각이 난다. '일어나라', '학교 가라', '밥 먹어라' 등의 한 말은 초등학교에서 중학교로 이월돼 귀가 덕지덕지 딱지가 앉을 정도였다. 그런데 네가 고등학교에 입학하더니 전혀 딴 사람으로 바뀌었다. '아이들이 몇 번 된다'더니 매우 놀랍다.

지각하기를 밥 먹듯 십상이었던 네가 '아침형 인간'이 돼 새벽에 일어나 손꼽을 만큼 일찍 학교에 당도해 복습하고 자습한다니 말이다.

네가 고등학교에 입학한 시점보다 조금 일찍 취임한 이명박 대통령의 '아침형 인간'이 네게로 전이된 듯해 기이하고 기쁘기가 그지없다. 앞서도 말한 적이 있지만 너는 초등학교, 중학교 때의 학습은 실패라고 말할 수 있을 것 같다. 그래서 "실패는 늘 하지만 그 실패로부터 교훈을 얻지 못하는 것이 더 큰 실패"라고 2008년 2월 22일 고려대 경영대학원이 주최한 'CEO대담'에서 말했다는 카를로스 곤 르노 닛산 회장의 말이 깊이 와닿는다.

네가 마치 카를로스 곤 르노 닛산 회장의 강의를 경청이라도 한 양 미시적 혜안을 발견한 듯하기도 하다. 카를로스 곤 르노 닛산 회장은 "실패를 두려워하지 말고 같은 실수를 반복하지 않는 것이 더 중요하다."고 말했다고 한다.

"위기 뒤에 기회가 온다."는 말이 있다. 네가 중학교, 초등학교 때는 위기였다고 할 수 있는데 고등학교 때 지금이 기회인 셈이다.

소리 없이 살며시 찾아온다는 기회, 기회가 주어졌을 때 달아나지 못하도록 확실하게 붙들 필요가 있다.

기업들도 실패를 교훈 삼아 성공한 예가 일상다반사라고 한다. 단적인 예로 포드는 1957년 생산한 최초의 스포츠카 '에드셀'이 둔

탁한 외형으로 실패한 것을 거울삼아 7년 후 '머스탱'을 출시해 세계 시장을 평정하기도 했다고 한다.

네가 실패한 초등학교, 중학교 시절을 반면교사로 삼아 방점을 명확히 표시해 두 번 다시 그런 실패가 거듭되지 않도록 해야 한다. 천재 발명왕 에디슨도 "실패는 성공의 어머니"라고 말했다.

'때를 잘 만나야 한다.'는 말이 있는데 2008년 들어선 이명박 정부가 네게는 정합되는 듯하다. 어정쩡하기는 하지만 정부가 나서는 듯한 영어 몰입 교육은 영어가 우연만한 네게는 가산점이 붙는 셈이고 수학, 과학이 뛰어난 너인데 이명박 정부는 과학, 기술 연구 개발 투자를 국내 총생산량(GDP) 대비 5%로 끌어올린다는 정책이 있기 때문이기도 하다.

이명박 정부에게 '아침형 인간'이 전이된 듯한 네가 차제에 일시적이 아닌 평생 영원히 몸에 밴 '아침형 인간'이 됐으면 한다.

'아침형 인간'은 이명박 대통령이 그랬듯 네게도 성공의 바로미터가 될 수 있기 때문이기도 하고 글로벌 시대에 절대적이라고 생각하기 때문이기도 하다. 꿈이 위대한 네가 "국민을 위한 머슴"이 되겠다는 각오와 신념으로 일찍 일어나는 습성을 생활화해 버릇이 되게 했으면 한다.

언젠가 미국의 성공한 어느 과학자의 말을 하면서 맹자의 '등문공 편'에 나오는 피장부아장부라는 고사성어를 말한 적이 있는데 반추해 봤으면 한다. '상대도 대장부이고 나 또한 대장부인데 그가 하는 일을 나라고 못할 리 없다.'는 말, 말이다.

신문과 책

1만여 년 전 어렵시대에서 농경으로 전환한 사람은 어렵을 하는 사람보다 약 5배의 소득을 농경에서 산업사회로 넘어갈 때 산업으로 전환한 사람은 약 수십 배의 소득을 요즘 '지식경제' '정보화시대'니 하는데 혜안을 발견한 사람들은 수백, 수천, 수만 배의 소득을 올리고 있다고 한다.

"어제와 오늘이 달라야 하고 오늘과 내일이 달라야 한다. 관습에서 벗어나지 않으면 우리는 경쟁사회에서 뒤질 수밖에 없다.", "지금까지의 관습은 참고만 해야 하며 미래는 새로운 창조를 해야 한다."라고 이명박 대통령이 청와대, 제외공관장 초청 만찬에서 말했다는 말을 적었다.

대부분 두려워하는 변화에는 예리한 판단력과 지혜와 용기 등이 응집됐을 때 최대의 적인 두려움은 문제가 안 되고 성공으로 가는 마인드라고 생각한다.

예컨대 충무공 이순신 장군을 영웅으로 칭송한다. 영웅으로 칭송받는 이순신도 두려움과 공포심에서 벗어날 수 있었기 때문에 전쟁에서 승리할 수 있었고 영웅으로 남을 수 있었다고 한다.

이순신이 임진왜란 때 하루도 거르지 않고 썼다는 난중일기에 웅크릴 축(縮)자가 자주 등장하는 데서도 사학자들은 증거로 제시하고 있다고 한다.

불현듯 나의 유소년 시절이 생각이 난다. 네게 말한 바 있지만 나는 자라면서 한마디로 압축하면 의기소침했었다. 비가 오는 날에는 억수가 쏟아져 휴교령이라도 내려지길 바랐고 눈 오는 날에도 마찬가지였다.

배가 아프고 머리가 아프기라도 할 때면 며칠이고 지속됐으면 하는 생각이 간절했었다. 상투적 꾀병이 도지기도 했었다. 의기소침한 두려움 속에서 용기는 어림 반 푼어치도 없었다. 게다가 내향적인 성향이 한몫을 톡톡히 한 것 같기도 하다.

이런 나는 원대한 지향점이 있을 리 만무했다. 정규교육의 문턱을 제대로 넘나들지 못했던 내가 원대한 꿈이 있었다면야 아니 의기소침하지 않았다면야 어떠한 방법을 찾든 원대한 꿈에 지향됐을 것이다.

그로부터 10여 년, 20여 년이 지난 뒤 나는 책이 서재에 산더미처럼 켜켜이 쌓여 있는 것을 볼 적마다 부러운 대상이 됐다. 그래서 나는 일확천금을 손아귀에 쥔다면 대형 서점 한쪽 벽면에 있는 책들을 그대로 옮겨놓을 거라고 터무니없고 허무맹랑한 생각을 갖기도 했다.

내향적이었던 나와 적당히 외향적 기질이 깃든 네가 비교가 된다. 내가 보건대 너는 나의 어릴 때와는 판이하다. 즉 의기소침한 것도 없고 원대한 꿈은 있고 적극적인 자세도 우연만 하고 용기도 충만하다. 거기다 네게 나는 용기도 복돋우고 있다. "될성부른 나무는 떡잎부터 알아본다."고 너는 태어나면서 좋은 떡잎으로 태어났다. 지금 잘 자라고 있고 앞으로도 잘 자라야 한다.

식물이 자라는 데 3대 요소라고 해야 할까 햇빛, 물, 토양이 적당하면 잘 자란다고 할 수 있다. 나무가 잘 자랐다는 건 나무가 성공한 것이라고 말할 수 있을 것 같다. 하지만 사람은 다르다고 생각한다. 다시 말하면 사람에게도 필요한 요소가 식물 못지않게 환경적 요소는 필수적이겠지만 열정적 노력이 수반되지 않고서는 식량전쟁 등으로 글로벌 경제가 요동치는 판국에 어려움이 따른다는건 불을 보듯 불문율일 듯하다.

네가 고등학교에 입학한 지 두어 달 됐을 때다. 현관 앞에 배달된 아침 신문이 없어지곤 했었다. 뒤늦게 안 사실이지만 네가 학교에 가면서 갖고 갔기 때문이었다.

'논설', '사설' 등을 필독해야 한다는 선생님의 말에 따른 데서 빚어진 행동이었는데 한 열흘 정도 지나더니 개 꼬리 감추듯 그만두었다. 하기야 "학교에서 신문 읽을 시간이 어디 있겠느냐?"고 네게말한 적이 있다.

말이 엇나가도 상당 부분 어그러져 가는 듯한데 '투자의 귀재'라고 하는 워런 버핏 버크셔 워서 회장이 2008년 5월 3일 3,1000여명이 운집한 주주총회에서 7학년(중학교 1학년) 소년에게서 "세상에는 우리가 꼭 알아야 할 것이 많지만 학교에서 다 가르쳐 주지 않는다고 생각합니다. 어떤 것을 읽어야 할까요."라고 하는 질문을 받고 "일간 신문은 전 세계가 어떻게 돌아가는지를 이해하는 데 많은 도움이 된다."며 "어느 시점에 스포츠든 경제 뉴스든 관심이 가는 분야가 생기게 되고 더 많이 알수록 더 배우기를 원하게 될 것입니다."라고 대답했다고 한다.

한편 워런 버핏은 이날 "세상을 이해하려면 어릴 때부터 신문을 꼭 읽어야 합니다."라는 말을 했다고 한다.

평소 독서에 익숙하지 않은 네가 등화가친이라는 벽, 크나큰 장벽에 어려움이 따를 줄 안다. 나도 제대로 한번 읽은 바 없지만 세 번을 읽어야 한다는 삼국지가 있다. 삼국지에 등장하는 조조는 병사를 이끌고 황량하기가 짝이 없는 수천 미터의 산을 넘으면서 갈증에 물을 갈구하는 병사들 앞에서 "저 산을 넘으면 매실나무가 있다."고 말했다고 한다. 입안에 침샘이 동인되게 해 침이 분비되도록 하는 위함이었다고 한다.

갈증에 매실의 효과처럼 네게 독서하도록 하는 '처방전'이 절실한데 여의찮다. 네가 스스로 체득할 수 있는 방법 외 뭐가 있나 싶다. 독서가 성공의 척도라고 생각하는데 네가 읽었던 책들을 네 전용 서재에 한 권 한 권 꽂아가는 것은 앎을 넓혀가는 증거이고 한 우충동이 됐을 때는 네 지식이 농익었다는 증거일 듯하다.

네가 금년 봄, 모형 비행기 날리기 대회에서 부상으로 받은 '도서 상품권'이 아직 그대로 있다. 책과 교환하면 새로운 감회가 남다를 듯하다. 학교 도서관에서 빌려다 보는 것도 좋긴 하지만 한 권 한 권 구입해 읽은 책이 켜켜이 쌓이는 것은 너의 지식을 추량할 듯해 괜찮은 듯하다.

많은 책이 쌓여간다는 것은 금광에서 어처구니 금을 캐는 것과 같다. 그렇듯 책 속에 숨겨진 비밀을 발굴 색출해 보물이 되게 했으면 한다. 비밀을 알려고 하는 것은 인간이 지닌 흥밋거리고 본능이라고 한다. 화가 김홍도의 그림, 냇가에서 빨래하는 여인들을 엿보는 것처럼 불합리성은 있지만 남이 보는 책을 컨닝하는 적극적 사고력이 요망된다. 시험에서의 컨닝과는 사뭇 본질이 천양지차다.

"책을 읽는다는 건 콩나물시루에 물을 주는 것과 같다."는 말이 있다. 콩나물시루에 물을 주면 물이 밑으로 빠져나가 버리지만 콩나물이 무럭무럭 자라듯 네가 책을 읽는 것도 마찬가지라는 것이다. 콩나물시루에 주는 물이 어디론가 흘러가 버리는 것처럼 읽는 책 모두를 기억할 수는 없어도 자양분이 돼 진작해 성장한다는 것이다.